The Best Mysteries 2024

ザ・ベストミステリーズ
推理小説年鑑

日本推理作家協会 編

講談社

目　次

★は第77回日本推理作家協会賞短編部門最終候補作

カバーコラージュ
yama

装幀
next door design

序

日本推理作家協会代表理事
貫井徳郎

読書をするとき、人は何を求めているのでしょうか。

読書という行為が知的活動であることは間違いありません。摂り過ぎたカロリーを消費したいとか、筋肉を増強したいがために読書をする人はいないと思います。知識の取得や知的好奇心の刺激、それらが目的と見做しておおむね正しいはずです。

読む本を小説に限定した場合、知識の取得よりも知的な刺激を求めてのことが多くなりそうです。小説はどんなジャンルでも、知性を刺激してくれます。

本一冊を読み切るには、それなりの時間がかかります。人によって読む速さは違うでしょうが、少なくとも一冊の本を数分で読み終えるのは不可能でしょう。しばらくの間、小説と付き合うには相応の根気を必要とします。

その根気の源は何かと考えると、それこそが知的好奇心という答えが導き出されます。では、知的好奇心を刺激するものは何か。

前置きが長くなりました。知的好奇心を刺激するもの、それは〝謎〟だと私は思います。これってなんだろう？　という疑問は、人間を人間たらしめている重要要素だと言い切っても過言ではないでしょう。小さいお子さんから、「それ何？」と質問攻めにされた経験をお持ちではないですか。人間は知識に飢え、謎に直面すると解明したくなる。そういう生き物として進化してきたのです。

主人公がどうなるのか知りたい、この恋が成就するのか破綻するのか知りたい、謎めいた殺人事件の犯人が誰か知りたい。読書欲を牽引するのは、大半の小説で〝謎〟です。つまり、小説とは本質的に謎を含むストーリーなのです。謎を設定することこそ、読者に興味を持って読んでもらうための基本テクニックです。

中でもミステリー小説は、謎を解くことに特化したジャンルです。小説のあらゆるジャンルの中で、最も読者の知的好奇心を刺激すると、日本推理作家協会の代表理事として胸を張って断言します。

本書に収められているのは、２０２３年に発表されたミステリー短編の精粋です。いずれも、謎が解けることの知的快感を充分に味わわせてくれます。でもこれらの傑作を一本一本自力で探して読むのは、なかなか骨が折れます。一冊にまとまっている本書は、かなりお得な一冊ではないかと自画自賛しております。

知的好奇心が刺激されるひとときを、どうぞお楽しみください。

ベルを鳴らして

坂崎（さかさき）かおる

第77回（令和6年度）
日本推理作家協会賞短編部門
受賞作

1984年東京都生まれ。人間にとっての〈肉体〉の意味を問い直す「リモート」で第1回（2020年）かぐやＳＦコンテスト審査員特別賞を受賞したほか、数々の公募小説賞に作品を投じて受賞・入選多数。第4回百合文芸小説コンテスト大賞受賞作「嘘つき姫」を表題とする作品集（2024年3月、河出書房新社刊）で単行本デビューを果たした。このたび日本推理作家協会賞短編部門を受賞した本作「ベルを鳴らして」は、第14回（2023年）創元ＳＦ短編賞でも最終候補に残った履歴を持つ作品。邦文タイピストのヒロインは、昭和の戦争の時代に〝運命のおとぎ話〟を生きる。（K）

そこにひとつの戯画がある。

家一軒ほどの大きさのタイプライターだ。一九二七年二月一七日号の『ライフ』誌に、ギルバート・レブリングが描いた中国語タイプライター。一〇五〇個のキーがつき、中国人と思しき男性が、目の前の記者に誇らしげに、その巨大なタイプライターを説明している。レブリングは、前年のフィラデルフィア万博のパビリオンに感化されてそれを描いたようだが、現物は全く違う形のものだったし、そもそもこんな大きさなどではない。後年これを見ると、あからさまなアジア蔑視にシュウコはうんざりする。

でも、先生のことを思い出すと、その山のようにも見えるタイプライターは寓話として、よく彼のことを捉えている、と思った。肥大な理想、細部に拘泥する虚構、はるか遠い頂。だからシュウコは、わざわざアメリカからそのライフ誌のイラストのレプリカを手に入れて、家に飾っている。孫たちは訊ねる。「これは何?」「タイプライターよ」「こんなに大きいの?」「昔ね」「むかしむかしだ」「おとぎばなしだ」

「そうね」

シュウコは答える。「おとぎ話ね」

＊

シュウコはその人のことを先生としか呼ばなかった。こう書くとかの名作のような書き出しだが、理由ははっきりしていて、その人の名前をうまく発音できないからだ。彼は中国人で、学校の先生だった。まだ戦争を始める前のころだ。

そのころ、シュウコは京橋の邦文タイピストの学校へと通っていた。当時、タイピストは職業婦人の憧れの仕事のひとつであった。神田の日本女子商業学校が、タイピングの教授を始めたのが明治四一年。後に日本の発明家十傑に選ばれる、杉本京太が邦文のタイプライターを発明したのが大正四年。全国タイピスト組合が結成されたのが大正九年。シュウコが通い始めたときには、もうタイピストは花形として確固たる地位を築いていたと言っていい。ただ、噂はひとり歩きしていて、やれ月収一五〇円だ二〇〇円だと書き立てる記事もあったが、それは欧文タイピストの、その中でも大手商社の役員付で秘書も務めている、というような特殊な例であって、邦文タイピストであれば、せいぜい月収一五円から始まるぐらいなものだ。それでも、何となくその横文字の響きは、確かに華々しいにおいを感じさせた。

シュウコがその学校へ通い始めたのは、高女を卒業してからで、これと言って強い期待があるわけでもなかった。でも、他の同級生と同じように、よく知らない相手と結婚したり、親が決めた道に進むのは嫌だった。

「シュウコさんは特別ですものね」

同級生たちはそう言った。羨望とやっかみを半分半分含ませたその言に、いつもシュウコは真正面から「そうよ」と答えた。そうすると、相手は怯んだような表情をする。自分が「特別」なのは当たり前だ、とシュウコは思う。国語だろうが体操だろうが、何かを為そうとすれば、それに対して自分の全力を傾けるのは、シュウコにとっては当然だった。例えば、彼女は裁縫が大の苦手であったが、ランプを灯し、目の乾きに耐えながら毎晩毎晩針仕事を行うことで、成績を優にすることができた。その他の科目も同様だ。彼女にしてみれば、尽力もせずに、ただ羨ましいと口にするだけの彼女たちの方が不可解だった。

彼女の家は旧家ではなかったが、父は先の戦争でずいぶんと儲けた貿易商で、両親としては花嫁修業程度のつもりだったのかもしれない。シュウコは三姉妹の末っ子で、だいぶわがままを聞いてもらえたというのもある。女学校を卒業するとさっそく世話好きの親戚は既にあれこれと見合い話を用意していたのだが、「まだ勉学に励んでいるので」というのは体のいい断り文句になった。一度言い出したら聞かない性格を知っていた両親は、一言二言苦言めいた説教をしただけで、それ以上は何も言わなかった。

父は神田の西内先生の養成学校へやりたがったが、英語の授業があると聞いてあれこれ理由をつけて遠慮をしてしまった。京橋にあるそれは、父の知り合いが教えてくれたもので、邦文のタイピストを養成する、できたばかりの小さな学校だった。

先生は、初めて授業をした日に、自分は中国人である、ということを告げた。

「名前は林建忠と言います」

リン・ケンチュウと先生は口にして、それから黒板に自分の名前を書いた。「これは日本語に合わせた読み方で、本当の名前は違います。でも、あなたたちには関係ないでしょう?」

それから、念のためにと先生は、中国語での名前の発音の仕方を言ってみせたが、緊張した学生たちの顔をほぐしたぐらいで、おそらく誰も覚えられなかっただろう。「何も知らない人が名前だけ見たときは、ハヤシ・タケタダと読まれたこともあります」

　先生の日本語は完璧だった。ラジオのアナウンサーみたいだとシュウコは思ったし、予備知識もなく会話をしたら、誰も先生を中国につながりがある人だとは思わなかっただろう。歳のころがよくわからない見た目で、シュウコの父親ぐらいのようにも見えたし、陸軍あがりの威勢のいい叔父ぐらいの年恰好にも見えた。きれいに撫でつけられた髪と、丸ぶち眼鏡、それからつるりと髭のない肌がそのように思わせるのだろう、とシュウコは考えた。

「私は子供の時分から日本にいます。中国にもときどき帰りますが、日本で暮らした時間の方がはるかに長いです」

　シュウコたちの疑問に先回りするように、先生は言った。なるほど、とシュウコは思ったし、同時に、ではなぜわざわざ中国人であることを明かすのか、とも訝しんだ。他の生徒も同じように感じたかもしれない。だが、先生はそれに気づいているのかいないのか、授業をさっさと始めてしまった。とは言っても、その日は大まかな学習の流れや、用語の解説などの講義中心で、拍子抜けしたような内容だった。

「タイピングはどうだった」

　家に帰ると、母がそう訊ねた。今日は説明だけだったから、と言葉少なにシュウコは答えた。先生はどんな人、となおも訊かれたので、普通の先生だよ、とシュウコは言った。どうしてだか、中国の話はしなかった。

仔羊と小魚

　それで、継母は魔法をつかふことを知つてるものですから、兩人に魔法をかけて、兄さんの方をお魚に、妹の方を仔羊にしてしまひました

邦文タイプライターは、欧文式とはだいぶ様相が違う。今の時代はワープロが主流になっているから、その姿を知らない人も多いかもしれない。ひらがなの五十音、それにカタカナや拗音や促音、そして何万とある漢字をどうやってタイプするのか、という疑問を持つ者もいるはずだ。時代はまた、漫画家のレブリングが描いたように、全ての字を網羅した、巨大なタイプライターを想像する段階へと戻ってきている。

「時代が変わるというのはそういうことなのです」

　先生はきっとそう言うだろう。寂しげに。「大切なのは、変わったのが何かというのを見定めるということです。私たちの心なのか、私たちの心の外のことなのか」

　初めて邦文タイプライターを見たとき、シュウコはこれは無理かもしれない、と諦（あきら）めるような気持ちになった。欧文式のようなアルファベットのキーは、その機械にはついていない。代わりに、長方形の大きな文字盤が画板のように水平に鎮座し、植字工が探すような、鉛でできた活字がひとつひとつずらりと並んでいる。それをタイプバーと呼ばれる機構がつかんで振り投げるように紙に打ちつけるため、活字は逆さに配置されており、それもまた雑多で迷宮のような印象を与えた。話には聞いていたが、見るのは初めてだったので、シュウコはその字の洪水のような風景に驚いてしまった。

「よく使う字が、おおよそ二〇〇〇ほどあります」

　先生はそう説明した。「タイプライターの使用の要は、この字をいかに早く拾えるかにあります。欧文では一分間に一〇〇字程度の速さを求められますが、邦文では二〇ぐらいが目安でしょう。とにかく、字の場所を覚えるというのが、勉強の大半になります」

　活字は一見、無秩序に並んでいるように思えたが、先生曰（いわ）く、「使用頻度によって一級、二級、とわかれています」ということだった。

「一級文字はひらがなやカタカナ、それから会社で働くわけですから、〈都〉や〈村〉といった住所に関係した文字、〈殿〉や〈願〉などといった手紙に使われるような字が、三〇〇弱あります」

　二級、三級と説明していって、先生は、「でもみなさんは疑問に思うのではないですか」と訊ねた。ぐるりと教室を見渡し、シュウコと目が合うと、「いかがですか」と促した。シュウコは急に質問されてどぎまぎしていたが、

「ここにない文字はどうすればいいのですか」と答えた。

「そうですね」

　先生はにっこりと笑った。「他の方も同じことを思われたでしょう。日常的な職務には差し支えなくても、やはり専門的な言葉もあるでしょうし、足りなくなるのは当然です。その際は、この予備文字を使います」

　そう言って先生は、タイプライターの文字盤の下を指さした。シュウコたちも、自分の前にある機械の下を覗（のぞ）く。

「この予備庫に八〇〇ちょっと、予備文字というのがありますので、三級までにない漢字が出てきたときは、こちら

を使用します。文字盤に空いている箇所がありますので、そこに入れるのです」

なるほど、とシュウコは思い、ではそこにもない字はどうするのだろう、と考えた。すると、先生はそれを見透かしたように、「でもこれでも約三〇〇〇。まだまだ漢字の全てには程遠いです」と続けた。「例えば名前なんかは、普段使わないような字の方もいらっしゃいますよね。ですので、これの他に、貯蔵文字というのが二〇〇〇ちょっとあります。専門的な会社では、独自の活字をつくっているところもあるそうです」

話ばかりもなんですから、と先生は、「実際に私が印書してみましょう。どなたか、こちらの好きなページを開いていただけませんか」と言った。先生が手にしていたのは教科書で、一番前の席に座っていた女性がおそるおそる手を挙げた。本を受けとり、ぱらぱらとめくると、「読んでもよろしいですか？」と訊ねた。先生は頷き、女性は読み始めた。

その内容は特に覚えていない。確か、「謹啓」と始まるような一般的な商業文であったと思う。とにかく記憶しているのは、先生の手業の速さだった。邦文タイプライターは、左手で文字盤のハンドルを握り、右手でキーをつかむ。めあての字を探して左手の文字盤を動かし、見つけたら右手のキーを押す。そうすると、タイプバーが活字をつかみ、インクがついたそれを、プラテンにつけられた紙に金づちのように打ちつけて印字する。その繰り返しだった。先生が初めに言ったように、字の場所を覚えていなければ到底できない。無論、先生は字の位置を記憶しているのだろうが、それでも、その速度は異常だった。速すぎて手元が見えない、というのは誇張しすぎだろうが、先生が何をもって次の字を探す準備をしているのか、まったくわからなかった。

女性はかなりゆっくり読んでいたとは思うが、それでも読み終わってからほんの少し遅れただけで、先生も印字を終えた。紙を引き出して見せると、教室からは自然と拍手が起こった。

「こんなのは曲芸みたいなもので、あまり役には立たないんです」

先生は照れ臭そうに言った。「そもそも、邦文のタイプライターは、口述筆記には適さないので、こんな使い方はまずしません。ここまでとは言いませんが、ぜひみなさんも、この機械を、ご自身の手足のように使って欲しいと思います」

そこまで言ったところで、先ほど教科書を読んだ女性がすらりと手を挙げた。どうしましたか、と先生が訊くと、彼女は言った。「先生は、ときどき、私が読むより早くキーを動かしていたように思うのですが、それはどうやっていたのですか」

よく気づきましたね、と先生は感心した声を出した。それから、「簡単なことです」といたずらっぽく笑った。「教科書の文章は全部覚えているので、最初の一文を読んでもらえれば、次に何が来るのかすぐにわかるのです」

雪白と薔薇紅

ところが、熊は口をきいて、

『怖がらなくツていい、みなさんをどうも爲やしません、寒くツて寒くツて五體が凍りつきさうなので、みなさんのとこで些と暖めさしていたゞきたいのです』と言ひました。

『熊さん、お氣の毒な、さア、さア、火のそばへおいで。だが、お前、毛皮を燃さないやうに氣をおつけよ』

手足のように使って欲しい。

先生の言葉をシュウコは何かの比喩かと思ったが、それは本当に言葉通りだった。左手の文字盤のハンドルと、右手のキーを自在に操れるようになるためには、字の場所を覚えるのはもちろん、この二つの操作に習熟しなければならなかった。キーもただ押すだけではいけない。文字の画数によって、その強さを変えないと、滲んだり掠れたり、ひどいときは鉛の部品が壊れてしまうこともあった。集中して使っていると、タイプライターが自分の身体の一部のように思えてきた。

シュウコはその感覚が嫌いではなかった。そこには自分の身体が増え、自由に解き放たれる気分があった。彼女は五体満足で生まれたし、精神的にも身体的にも、なにか不自由があったわけではない。でもそこには、奇妙な安堵感があった。その感覚の大元をうまく言葉に表せないまま、シュウコは技術の習得に励んだ。

初めシュウコは、盤面の文字の位置を頭で記憶するものだと思っていたが、それはどちらかというと身体的な記憶に近かった。自転車に一度乗れればそれを忘れないように、糸と針で手ぬぐいを縫うときに物思いにふけっても完成するように、それは身体に馴染ませるものだった。

文字盤は、先生が説明したように、使用頻度によって活字が並べられている。例えば「日本」と打ちたいときは、一級文字である「日」の場所へ、それから二級文字の「本」の方角へと、自然と身体が動くようになっていった。その後は「は」や「が」などの格助詞が続く場合が多いので、ひらがなの活字の集まりを、自動的に左手が持つハンドルで導く。常に次の言葉の先の先を予測しながら打つ必要があり、そのような思考を続けることで、より速く文字を打てるようになった。

学校で行われたタイピングのコンテストで、シュウコは一等になった。「すごいじゃない」と小枝子さんが声をかけてくれた。彼女は、あの日、先生に教科書を読むために、おそるおそる手を挙げた女性だ。

「まだまだ、先生には敵わない」

そうシュウコは答えた。それは謙遜ではなく本心だった。シュウコは一分間で平均三〇から四〇字ほどは定量的に打てるようになってきた。これは邦文タイピストとしては合格点であるが、先生はそれ以上だと思った。最初のデモンストレーション以来、先生はあのような「曲芸」を見せてくれることはなかったが、明らかに彼の打つ速度は自分より速かった。

「私はじゅうぶんだと思うけど」

言葉少なに小枝子さんは言った。彼女はいまだに文字盤を覚えるのが不得手なようで、コンテストも下から数えた方が早いぐらい、とぼやいていた。そんなこと、とシュウコは言いかけたが、それは嫌味のようになってしまうと思い、口をつぐんだ。

小枝子さんも市電で通学していたので、よく二人で帰るようになり、自然と話をすることも増えた。二人とも歳は近く、小枝子さんの方がひとつ下だった。母ひとり子ひとりで、就職のためにタイピングを始めたというが、彼女はあまり詳しいことは話さなかった。そのため、代わりにシュウコがよくしゃべった。姉たちのひどい悪戯の話や、父の取引先の笑い話に、この前読んだ雑誌のモデルの着ていた洋装のこと。それらにシュウコは特別に興味があるわけでもなく、どちらかというと彼女も静かに本でも読んでいる方を好んだ。それに今は、タイピングのことを話したかった。自分がいかにしてこの速さを維持し、日々どんな練習を積んでいるのかを伝えたかった。しかし、苦手だという小枝子さんにその話ができるわけもなく、自然と会話は空空漠漠としていった。始終おどおどしているような彼女の態度にシュウコは苛々としたが、まわりの女学生時代の友達は大方結婚してしまい、他に話し相手というのもいなかった。それに、高女の同窓と話したところで、彼女たちが今の自分を見てなにを思うかが気になった。まだ彼女たちにとって自分は「特別」だろうか？

「シュウコさんはどうしてもっとはやくなりたいの？」

珍しく小枝子さんが話を続けた。どうしてって、とシュウコは口を尖らせた。そんなの当たり前じゃない、と言いかけ、自分の気持ちを何と説明すればよいか考えたところで、先生の顔が浮かんだ。あのつるっとした口元を思い出した。

コンテストの一等は学校長が表彰した。先生もそれを横で聞いていたが、シュウコが賞状を受けとっているときも、眉ひとつ動かさず、お義理のように周りにあわせて手を叩いていた。シュウコはたまらず、「どうですか先生」と、わざわざ彼のところまで賞状を見せに行ったが、先生は一言、「これからも精進してください」と言ったぎりだった。それがシュウコは気に入らなかった。

「勝ちたいのよ」

小枝子さんの質問に、一言シュウコは答え、その一言が、意外なほど自分の気持ちに合っていると感じた。

そのため、シュウコのタイピングの熱は収まるどころか、ますます度を越していった。文字盤の早見表を常に携帯していて、停留所で待つときや、夜寝る前など、寸暇を惜しんで覚え続けた。予備文字や貯蔵文字の位置も覚えようと、自分で紙に書き写した。さすがに高価な邦文タイプライターを買うことはできなかったので、その早見表を机の上に置き、空で左手のハンドルを動かし、キーを押して印字するところを想像した。ガタタタという振動、ハンドルの重さに、それらが擦れて出す金属の音。それらも容易に、自分の頭の中で再現することができた。「一」のときの打字と、「御」のときの打字の強さも、その空中の機械において、指先に感じられるようにまでなってきたと、シュウコは思った。

「お前は人間タイプライターだね」と、父が笑っていたのも束の間で、徐々に常軌を逸していくシュウコの気持ちの入れ方を、家族たちは不審に思うようになってきた。

「少し休んだ方がいいんじゃないか」と母は言い、「だから早くお嫁にやればよかったのよ」と姉たちはため息をついた。だが、シュウコが頑固なことも彼らは知っていたので、とりあえずは成り行きを見守ることに決めたようだった。

「シュウコさん、大丈夫？」

そんな様子だったので、奥手の小枝子さんまでも、シュウコに心配の言葉をかけた。暇さえあればシュウコは、家の外でも空想のタイプライターを動かしていた。「なんだか、気持ちの入れ方が、その」

「大丈夫」言葉少なにシュウコは答えた。停留所は人が少なく、夕暮れ時、二人の長い影が地面にできていた。

「少し顔もやつれたみたいだし」小枝子さんはなおも続けた。「私でよければ話を聞くけど」

「話？」

思わずシュウコは鼻で笑った。努力もしない人間がなにを、と彼女は心の中で続け、さすがにそれは口には出せず、「特に話すこともないから」と、前に向き直った。

「でもシュウコさんはすごい」

その態度に気づいているのかいないのか、小枝子さんはそう言った。「ベルの音が聞こえるもの」

「ベル？」

「ほら、行が終わるときに鳴るじゃない。最後の字の一つ手前で、チン、って」小枝子さんも、空手でタイプライターを弄(いじ)る仕草をした。「シュウコさんがお外でタイプライターの練習をしてるとき、行のはじっこまでいくのがなんだかわかるの。そしたら、ベルが鳴るのが聞こえる。変かしら？」

「いえ」

シュウコは頷き、黙った。お世辞なのかとりつくろいなのか本気なのか判別がつきかね、シュウコは小枝子さんの顔を覗いた。彼女は思ったよりも涼しい目をして、「私好きだな」と続ける。

「ベルの音？」

「あの音、好きなんだ」

「そう」

小枝子さんは言う。

「私なんか打つのも覚えるのも遅いけど、あの音が鳴ると、ああよかったって思うの。とにかくひとつ終わらせられる、やり切れる。また新しい行が始まるって、わくわくする。知らない道を歩くみたいで」

そこまで言うと、小枝子さんは顔を赤くした。しゃべりすぎちゃって、と小さく言うと、それからは黙ってしまった。しかし、その考えはシュウコには新鮮だった。行替えのベルの音は、シュウコにとってただの区切りであり、どちらかというと、メトロノームのような、拍(テンポ)の調整の役割でしかなかった。新しい行。ふわふわとしたその言葉の手触りに、シュウコは戸惑った。でも、その戸惑いには相手にそこまで思わせたという自負のようなものも滲み、結局シュウコは、今まで以上に練習に精を出すようになった。

「私と競争をしてくれませんか」

そうシュウコが先生に告げたのは、そんな状態が続いてひと月ほど経ったころだった。課業が終わったときで、先生は帰り支度をしていた。

「どういうことですか？」

眼鏡を付け直し、先生は丁寧にシュウコに訊き返した。シュウコはタイプライターを指さし、「私とどちらが速いか、競争をしてほしいのです」と言った。

そうですか、と先生は困ったような顔をした。「あまり競争は好きではないのですが」と付け加え、シュウコの顔をじっと見た。シュウコは負けじと見返した。先生の目には敵意も情熱も見られなかったが、そこにある種の圧力のようなものがあることをシュウコは感じた。その瞳の前では、まるで自分が裸にでもされてしまったようで、シュウコは頰が赤らんだ。けれど、目は逸らさなかった。

「いいでしょう」

先生はため息のような声で言って、近くにいた小枝子さんに声をかけた。「隣の先生から、何でもいいから本を借りて来てください」

小枝子さんはためらうようなそぶりを見せたが、結局は本を借りに行った。彼女が帰ってくると、先生は「好きなページを開いて、好きな段落の文章をこちらに二枚分、書き写してください」と、紙と鉛筆を小枝子さんに手渡した。彼女は言われるままにページを開き、かりかりと書き写した。背表紙を見ると、どうやら法律関係の本で、そちらを専門に教えている先生がいるのだろう、とシュウコは思った。先生はその間に、自分のタイプライターの動きを確認したり、活字を入れ替えたりしていた。

「できたら頂けますか」

先生はそう言い、裏向きのまま紙を受け取った。シュウコも小枝子さんから紙を受け取ると、書見台に載せ、下を向き、「かけ声で始めます」と目を閉じた。

小枝子さんの「はじめ」と言う声で、シュウコは顔を上げた。小枝子さんが示したところは、三行程度の法文だった。シュウコはもちろんそれを知らないが、一瞬でだいたいの字数を把握し、複数回出てくる活字を確認し、その文字盤での位置に見当をつけた。法律であるから、カタカナを多用することは予想がついた。今の自分なら、おそらく三分ほどで打てるだろうとシュウコは思いながら、既に左手のハンドルは最初の「第」の字を打てる位置まで動いていた。それからは、一瞬も止まることなく、左手と右手が動き続けた。小枝子さんがほおと感嘆の息をつくのもわかった。先生を見る余裕はなかったが、今までの中でいちばんの動作をしているとシュウコは感じた。タイプライターは自分の手であり、目であり、唇であった。

だが、彼女は止まった。それは、「勅」という字の部分だった。勅令の勅。すでに五文字ほど前から彼女はその「勅」が文字盤上にないことに気が付いていた。そして、その字が八〇〇字入っている予備庫のどの部分にあるか必死に考えていた。だが、彼女はそれを取り出すことはできなかった。寝る間を惜しんで覚えた活字の一覧の中に、その漢字がないことを、シュウコは理解していた。

先生を見ると、苛立たしいほど緩慢な動作で彼は文字を打っていた。馬鹿にしている。シュウコは目の前が怒りで真っ赤になるのを感じた。絶対に負けられない。先生だってこんな使用頻度の低い字を貯蔵庫から入れているわけがない。とりあえず彼女はその字の部分を空白にして、続きを打った。シュウコが最後の文字を打ち、空白にした「勅」を手書きで書きこんでしばらくしてから、先生もプラテンから紙を取り出した。

「私の勝ちですね」

シュウコは紙を突きつけ、先生に見せた。先生は表情を動かさず、「とても上手にできていますね」と、賞賛の言葉を口にした。「お世辞ではありません。本当にすばらしい。あなたはそれでじゅうぶんなのではないですか」

「どういう意味ですか」

先生の言葉に、シュウコは鋭く言い返した。落ち着き払って先生は続けた。

「あなたが何を目指すのかということです」それから、自分の紙をシュウコに渡した。「極めれば極めただけ見える道もありますが、それは進むべき道がどんどんと細くなっていくということです。若い人たちは、本当であれば、もっといろいろな可能性を歩んでほしいんです」

シュウコは先生の打った文章を見た。先生もその法文を彼女とまったく同じように打ち終えていた。いや、一ヵ所だけ違った。あの「勅」だった。シュウコが手書きにしたそれを、先生はしっかり活字で打っていた。思わずシュウコは「どうして」と声を漏らす。

「もちろんどんな文章が出てくるかは私だってわかりませんでした」先生は紙をシュウコから取り上げると、そう続けた。「ただ、法律関係の本だというのはわかりました。〈勅〉という字は、ご存知だとは思いますが、勅令という言葉で使い、これはときどき法律の文の中に出てくることがあります。私は始める前に、そちらを貯蔵庫の活字からとってきておいたのです」

　思わずシュウコは自分の打ち終わった紙を破いた。その柔らかい紙はあっけなく不揃(ふぞろ)いにちぎれて落ちた。先生は黙ってそれを見ている。小枝子さんはどうしたらいいかわからないのか、とりあえずそれを拾い、大事そうに抱えた。

「笑いたければ笑ってください」

　シュウコが顔を伏せながら言うと、先生は思ったよりも強い口調で「そんなことはありません。あなたはすばらしい」と、彼女の言葉にかぶせるように言った。

「すばらしいが、あなたの目指すものは私と違うということを言いたいのです。文字盤を暗記することはもちろん大事です。でも、それが全てではない。私が邦文のタイピングでいちばん大切だと思うのは、相手を知ることです。相手が何を語るのか、それに耳を傾けることです。邦文タイプライターは方角の定まった羅針盤ではありません。相手に合わせて活字を付け替え、進化し、行き先を決める、そういう機械です」

　だからあなたは、もう少しいろいろなことを勉強して知識を得、自分の手足としなさい。最後に先生はそう言うと、荷物をまとめて教室から出て行った。教室はシュウコと小枝子さんだけになった。シュウコは顔を背け、必死に目を瞬(しばたた)かせた。泣いてしまいそうだった。

「シュウコさん」

　小枝子さんがそう声をかけたが、シュウコは返事をしなかった。構わず、小枝子さんは続けた。「私は、やっぱりあなたが一番だと思う」

「やめて」

　思ったよりも大きい声になったことにシュウコは気づいたが、止められなかった。「私は無駄な慰めが心底嫌いなの」

「慰めなんて」小枝子さんは黙った。「私はただ」

「やめてって言ってるでしょ」

　今度はシュウコは小枝子さんを見た。ほとんど睨んでいた。意外にも彼女はそのシュウコの視線をまっすぐ受け、でも、言葉をかけず、その代わりに、シュウコの破いた紙を手渡した。そして、頭をひとつ下げると出て行った。シュウコは自分の右手に握られた紙を見た。あの手書きの「勅」に目が留まり、それを合図にしたように、涙が止まらなくなった。誰もいない教室で、シュウコはしばらく泣き続けた。

兎とはりねずみ

それからもう一つは、誰でもお嫁さんを貰ふなら、自分とおんなじ身分のもので、自分とおんなじに見えるものを貰ふのが一番宜いといふことです。だから、若しこちらがはりねずみなら、おかみさんもやつぱりはりねずみでなくツてはいけないといふこと。まあそんなことです。

それから、シュウコのタイピングの熱は収まったように見えた。少なくとも家族からはそう思われた。

代わって、本を読む量が増え、物思いにふけるような様子がしばしば見られるようになった。何でもない間違いをして、他の授業の教師に怒られることもあった。鬼の霍乱、青天の霹靂、と姉たちは意地悪を言ったが、シュウコはそれに何も答えなかった。

「帰りましょう、シュウコさん」

それでも変わらず、小枝子さんは声をかけてくれた。あんなことを言ったあとだったので、よそよそしくなるかと思ったが、小枝子さんの態度は逆だった。停留所まで並んで歩く間、今度は小枝子さんがよくしゃべるようになった。シュウコはそれを言葉少なに受け止めながら、小枝子さんの態度を訝しんだ。しまいには、彼女が自分のことを馬鹿にし始めたから、よく話しかけるようになったのだと思うようになった。そのため、ますますシュウコは黙りがちになった。

「愚図愚図言うの、よしてくれない」

だから、シュウコがそう小枝子さんに言ったのは、ただ、自分の苛立ちをぶつけたにすぎない。小枝子さんはよく自分のことを「愚図だから」とか「鈍いから」などと評した。それがシュウコを引き立てようとする言葉だということにも気づいていたが、彼女の自己卑下が含まれていることも感じ、とうとうその日は我慢ができなくなった。

「本当に自分を愚図だと思うなら、もっと一生懸命になりなさい」一度ついて出た言葉は止まらなかった。「もっと必死になりなさい。もっと勉強しなさい。もっとあなたにはできることがあるはずでしょう」

シュウコは自分の額が熱をもつのを感じた。心の中がぐらぐらと煮えたぎるような気がした。だってシュウコさんは。女学校の同級生の言葉が蘇る。同じようなことを、昔、彼女たちに言った。だってシュウコさんは特別だから、そんなこと言えるのよ。

小枝子さんが次に返す言葉を予想し、シュウコは身構えたが、彼女は恥ずかしそうに微笑むだけだった。でも、シュウコの目をじっと見つめていて、先に逸らしたのは、シュウコの方だった。

「私にタイピングを教えてくれない?」

その次の日、学校で会うなり、そう小枝子さんがシュウコに声をかけた。どういうことかわからず、シュウコが「もう習っているじゃない」と答えると、そうじゃなくて、と小枝子さんは笑った。

「シュウコさんに教えてほしいの。この学校じゃ、やっぱりあなたが一番だから」

おずおずと、でも顔をあげて小枝子さんは言った。おためごかし、とシュウコは思い、「一番は先生だから」と素っ気なく答えた。小枝子さんは、ううんと首を振り、小さく笑いながら、シュウコの目をしっかりととらえた。

「この学校で、あなたが一番努力してる。私はそれを知ってる。だから、あなたが一番」

そのとき、授業の予鈴が鳴ったので、話はそれきりになった。でも、シュウコは授業中も、ときどき小枝子さんを盗み見た。小枝子さんはいまだに覚束ない手つきで、タイプライターを弄(いじく)っている。あなたが一番。そうやって、自分の努力を褒められたのは、シュウコにとって初めてだった。その言葉はシュウコの心にまっすぐ垂直に立った。だから苦手なんだ、とシュウコは思った。彼女はいつも、穏やかに、私の目を覗きこんで、やさしく、はっとする言葉を投げこんでくる。

シュウコは隣の小枝子さんの肩をつついた。ん、と小枝子さんが見てくるので、シュウコはタイプライターのハンドルとキーを動かした。イ・イ・ヨ。小枝子さんはにっこりし、同じようにシュウコの肩をつつき、ア・リ・ガ・ト・ウ、とゆっくり字を打った。二人はお互いの顔を見合うと、声を忍ばせ笑った。

課業後の教室を使わせてもらおう、と小枝子さんは言った。

「先生に言ったら許してくれる」

え、とシュウコはひるんだが、小枝子さんはそうしようそうしようと、早速教員の部屋にお願いに行った。

「残念ですが、邦文タイプライターは高価ですし、教室は鍵(かぎ)を閉めてしまいます」

先生の断りの言葉に、小枝子さんはあからさまにがっかりした。そんな彼女の表情を見ながら、先生は頰を緩ませ、こうも付け加えた。「でも、私は忘れっぽいところがありますので、もしかすると鍵を閉め忘れることもあるかもしれません。そのときはお二人で、タイプライターに異常がないか動かしてもよいですよ」

小枝子さんの顔がぱあっと輝き、シュウコの手を握った。それから、「ありがとうございます！」とバネ人形のように頭を下げる彼女の姿を、先生は細い目で見つめていた。

そうして、シュウコは小枝子さんと一緒に、課業後、タイピングの追加の練習を始めた。シュウコは、自分のタイプライターの打ち方を、小枝子さんに教えていった。彼女は決して覚えが悪い方ではなかったが、空間的な位置を記憶するのが難しいようだった。シュウコは文字盤を地図に喩えて、「ほら二丁目の山〈下〉さんが六里先まで〈汽〉車に乗って……」などという覚え方を披露すると、小枝子さんは面白がって、それから自分でも語呂合わせを作って覚えるようになっていった。感覚的につかんでいたものを言語化する、という作業は、シュウコにとっても新鮮だった。

ときどき先生も、「鍵を閉め忘れていましたか」と覗きに来て、三人で話をすることも増えた。そこに、女学校のころにはなかった空気があることを、シュウコは感じていた。女学校時代も、友達とよくおしゃべりはした。時間の流れもゆったりとしていた。でも、彼女たちと自分は違った。いや、違うのだとシュウコは思っていた。決められた未来に、何の抵抗もなく流される彼女たちを、シュウコは見下していた。だが、違うと思いこんでいたのは自分のせいなのだと、シュウコは今は気づいていた。だから、先生と小枝子さんと話しているときは、そういうことはなかった。自分たちの目標は一致していた。もっと速く、正確に。タイピングを中心に、三人は細くたおやかな糸でつながっていた。

「先生は漢字をぜんぶ覚えているのですか」

あるとき、小枝子さんが先生にそう訊ねた。彼女は一級や二級の活字はようやく頭に入ってきたようだが、三級や予備文字になってくると、探すのに手間取っていた。

「細かく配列を覚えているわけではありません。どちらかというともっと感覚的なものです」先生は答えた。「例えば、あなたが豆を指でつまもうとするとき、わざわざ豆の位置を目測したり、人差し指と親指がどこにあるかを確認したりしますか？　きっと自然に、自動的にできていることでしょう。私はタイピングをするとき、同じような動きだと思いながらやっています。いわば、身体の拡張（エクステンション）です」

　耳慣れない単語に、シュウコは小枝子さんと顔を見合わせた。先生は「機械が身体の一部に感じられる、ということです」と続けた。

「例えば自動車もそうです。あれは足の拡張だと考えることもできる。もっと身近で言うなら自転車も同様でしょう。でも、拡張は人間の行動をある一定の方向に規定します。自転車で言えば漕（こ）いでバランスをとるという動作。自動車であればレバーやハンドルの動かし方。だんだん人間は規定の方に隷属していきます。ちょっとしたロボットというわけです」

　ロボット、という表現を先生は使った。カレル・チャペックの『R.U.R.』が上演されたのは一〇年ほど前で、当時のシュウコはそれを知らなかった。後年、アシモフがつくったような機械人形ではなく、人造人間（アンドロイド）にそれは近かった。そういう戯曲があるのです、と先生はシュウコたちに説明をした。ロボットたちは人間では手に入らない力を得られますが、どこか悲しく、そして最後は反乱する。

「タイプライターも同様で、中国では、欧文式のタイプライターが流入してきたころ、中国語自体を変えようという動きがありました。その動きのひとつが、漢字をなくしてしまおうという考えです」

「ずいぶん極端ですね」

　シュウコが言うと、先生は苦笑した。

「実は御維新のころ、日本でも同じような動きがありましたし、今も同じような主張をしている人はいます。膨大な量のある〈漢字〉をなくせば、効率的に物事を表し、西欧のような進歩的な考えに近づけるのではないか。これは、言語が思考を規定するという考え方です」

「そうなってたら、私もこんな苦労しなくてよかったのかしら」

　小枝子さんが笑いながら言い、先生もそれに釣られたように笑顔になった。

「しかし、代わりに中国や日本では、欧文タイプライターとは全く違った考え方をもつタイプライターが生まれました。私はこの、新しい道の拡張の方法を考え付いたことがすばらしいと思うのです。それは、規定への隷属からの解放であり、進化と呼べるものです」

　進化、という言葉を先生は強調した。シュウコは細部はよく理解できなかったが、身体の拡張という考え方は自分に合っていると思った。速く打てているとき、タイプライターが自分の身体の一部になるような感覚は、彼女が常日頃から感じているものだった。

「まずはお豆をつまめるようにがんばります」

と小枝子さんは言い、三人は笑い合った。

獅子と蛙

　そこで、王女はお獅子と並んで坐つて、左の手でお獅子を搔きながら、右の手で刀をさぐつてみました、刀はお獅子の寝床のうしろにありました。それからお獅子がぐう〳〵寝たのをみすまして、その刀を抜いて、眼をつぶツて、一撃にお獅子の首をちよんぎツてしまひました。ところが、王女が眼をあけて眺めたときには、お獅子は影も形もなく、なつかしいお兄さまが王女の傍に立つてゐました。

日々は穏やかに過ぎていった。満州では関東軍が躍進し、次々と戦果をあげていることが報じられていたが、それは遠い地の実体のないものであり、シュウコにとっては、文字盤の上がすべてであった。その変わらない日常に、先生や小枝子さんとのおしゃべりがまじるのは楽しかった。

「お豆はつまめるようになりましたか」

先生はそんな冗談を小枝子さんに言うようになった。

「じゃがいもぐらい大きいものは」と小枝子さんもそれに冗談で答え、二人が笑う様子をシュウコは眺め、少し、ほんの少し、心の中がさざ波立つのを感じた。そしてすぐにその波を、他愛もないことだと静め、決まってそういうときは、タイプライターの文字盤を眺めることにした。小枝子さんの「枝」の活字を見て、それから先生の「林」の活字に目が滑り、そこに自分の名前の漢字がないことに気がつく。

先生はときどき、教員の部屋にも案内してくれるようになった。決まって、中国から来たというお茶を出してくれた。「中国のお茶は香りを楽しむのです」と、鼻を湯呑みにつっこむ先生の姿を見て、シュウコは小枝子さんと笑い合った。

先生の仕事の部屋には、中国語のタイプライターもあった。邦文のものとほぼ同じ機構だったが、ひらがなやカタカナがない分、漢字がずらりと黒々埋まっているような印象を受けた。緑色のその筐体はかなり年季が入っており、活字は端々が欠けているものもあった。

「私は、活字の位置をかなり弄っているんです」

どうして先生はそんなに速いのか、とシュウコが改めて質問をしたとき、先生はその中国語のタイプライターを手にそう説明した。

「中文のタイプライターも、多くは部首や画数に従って配列されています。それを、特定の字を中心として選択し、その周りにその字と対になる活字を置くようにしているんです」

小枝子さんが首を傾げたからだろう、先生は「例えばここに〈日〉があり、その上に〈本〉の活字があります」と、わざわざ指差した。

先生はタイプライターのハンドルを握り、「日本」と打った。「そして、左上に〈今〉の字がありますので、〈今日（チィンリィー）〉とも打てます。さらに」先生はなおも続けた。「その左下には〈百〉があるので、〈百日（バァイリィー）〉という赤ん坊がうまれて一〇〇日目を祝う儀式になり、すぐ下には〈紅〉があるので、〈百日紅（バァイリィーホォン）〉と、木の名を作ることができます」

瞬く間に、「日本」「今日」「百日」「百日紅」という字が並んだ。すごい、とシュウコは声を上げた。まるでパズルだった。ひとつの漢字が次々と別の漢字と繋（つな）がり姿を変えていく。

「ただ、文字盤の空間には限りがあるということを忘れてはなりません」先生は諭すように言った。「何かの活字を生かすということは、他の活字を捨てるということです」

それでも、シュウコは目が開かれた思いがした。今まで彼女は、いかに自分が多くの文字の位置を覚えるかだけを考えていたので、活字そのものの位置を変えるという発想は持っていなかった。基本的に活字は文字盤の上で、使用頻度ごとに一級、二級と区分けされたのち、いろは順に配列されていたし、それは絶対のものだと思っていた。速く打てないのは機械のせいではなく、自分が悪いのだと。単純なことだったが、気づいてみれば至極合理的な方法だった。

「すごい、これ、先生が考えたんですか？」

「いえ、私も先人たちの知恵を借用しているだけですよ」

寂しげに先生はそう答えた。「でも、前に伝えた通り、いつも似た言葉が出るとは限りません。清書をする内容がどんなものなのか考え、そしてそれについての知識をつける方が大事です」

それから、先生は特別に課題を出してくれるようにもなった。教科書にはない例文で、物語が多かった。

「商用文は定型が多いですが、物語は先の展開が違うので、いろいろな活字が必要になります。それを予想しながら打つのはよい練習になります」

先生は童話を好んだ。特にグリム童話を多く知っていた。蛙、狼、山羊、猫……グリム童話には実に多くの動物が出てきた。

「こんな子供が読むものでも練習になるのですか？」

シュウコが訊くと、とんでもない、と先生は言った。

「動物はあくまで寓話のいちモチーフです。何かに姿を喩えることで、世の中や人間の動きをそれそのものよりもはっきり表そうとしているのです。グリム兄弟は言語学者だそうですが、そういった機微のようなものをよくわかっていると思います」

特に先生は獅子が好きだと言った。先生が課題で出すものにもよく登場した。「勇猛だからですか？」という小枝子さんの問いに、いいえ、と彼は笑いながら首を振った。

「獅子はその厳めしい字の中に、〈子〉を飼っているからです」

課題は、冒頭だけ書くときもあれば、ヤマの部分だけを書くときもあった。シュウコがいくつか聞いた中では、「喰れた獅子」の話が好きだった。それはこんな風に始まった。

喰れた獅子

或る時、腹の空いた獅子が獲物がゐないかと探し廻つた。先ず魚を見附けた獅子は喰はうとしたが、「イヤ、もつと大きいのがゐるかも知れない」と、次の獲物を探した。


そうして獅子は、兎、鳥、羊、馬、と様々な獲物に出会うが、「もつと大きいのがゐる」となかなか食べようとしない。そして最後に象と出会い、食べられてしまう、というオチだ。

「象は獅子を食べるのですか？」

シュウコが訊くと、先生は微笑みながら「まさか」と答えた。

「だからこれは寓話なんですよ」

短い物語だったので、シュウコはそれを全て打った。先生はシュウコの打った字をしげしげ見つめると、「ではインクを乾かしてからお渡ししましょう」と、洗濯ばさみで紙を窓辺に引っかけた。それは夕暮れの赤に照らされ、何だかきれいだ、とシュウコは思った。こんな日がずっと続けばいい、と彼女は願った。

けれど、先生が去る日は突然訪れた。

シュウコは熱を出して学校をしばらく休んでいたので、詳しいことはよくわからなかった。あとで小枝子さんに聞いたところによると、授業の終わりに憲兵がやって来て、先生を連れていったらしい。折しも上海(シャンハイ)で大規模な戦闘が行われた時期だった。

「先生は中国人だったから、何か疑われたのかもしれない」

小枝子さんは青い顔をして言った。先生の部屋からは、本やら書類やら、そしてあの中国語のタイプライターも持ち去られ、空っぽになってしまった。

「何もなければ帰ってくるよ」

気休めのようなことをシュウコは言ったが、彼女はそれを確かめることはできなかった。この件が父に知られることとなり、学校をやめさせられてしまったのだ。シュウコ以上に頑固な父が、その方針を変えるはずもなかった。こっそり家を抜け出し、学校に行ってみたりもしたが、先生はおろか、小枝子さんに会うこともできなかった。

先生から手紙が届いたのは、それからひと月ほどしてからだった。シュウコもさすがに諦め、父の会社でタイピストとして働き始めていた。

封筒の差出人は小枝子さんの名前になっていた。だが、中身は先生しか送れないものだった。まず、紙が折りたたまれていた。あの、「喰れた獅子」だった。夕日に照らされ乾かされていた、グリム童話。シュウコが打ったそのままの字が、そこに泰然と据わっていた。そして、タイプライターの鉛の活字がひとつ、ころんと掌に落ちた。「楸」。

「これがあなたの漢字なんですね」

「楸」という字は、父がつけたものだった。「楸」と「子」でシュウコ。字義からヒサギとも読むが、碁盤のことも指すので、囲碁好きの父らしい命名だった。いつだったか先生は、シュウコの名前の漢字とその由来を聞き、大きく頷いてみせた。その日は、彼女と先生以外は誰もいなかった。

「中国にも昔からある木です。荘子や楚辞(そじ)にも出てきます。アズサ、キササゲのことを指しますが、昔からそうだったのかはわかりません」

先生は貯蔵庫を探ると、そこから活字を取り出し、シュウコに見せてくれた。「普通は活字としてありません。私はこの木が好きだったので、特注でつくりました」

「中国にもあるんですね」

「私の父は湖北省の花林（ファーリン）村というところの出身で、綿花栽培を営んでいました」先生は〈花林〉と、わざわざ紙に書いた。「私は本当に幼いときの記憶しかありませんが、村に大きなキササゲがあったことを覚えています。大木で、葉がよく茂り、とても濃い翳（かげ）をつくって、夏の暑い日に、涼やかな風を送ってくれました。母は私を抱いて、その木陰で歌を歌ってくれたんです」

　それから先生は中国語で歌を一節だけ歌った。意味はわからなかったが、やさしく、ゆったりとした子守唄だった。

「父と母は、幼かった私を連れて日本に来たので、あまりそれ以上の記憶はありませんが、だからこそなのでしょう、この字を私は大切にしていました」

　先生に他意はなかったのだろうが、シュウコは頬を赤らめた。彼もそれに気づいたのか、「年寄りの思い出話でしたね」と、照れ臭そうに言った。

　その活字が、シュウコのもとへと届けられた。先生は自分の名前を差出人にすると、シュウコに渡らないことを恐れて、小枝子さんの名前を使ったのだろうと彼女は推測した。シュウコはその冷たい小さな文字を、ぎゅっと握りしめた。嬉しかった。先生が自分を選んでくれたことが。自分を覚えていてくれたことが。先生はどこにいるのだろうか、と彼女は思った。中国に帰ったのだろうか。もしまだ日本にいるなら、と思い、シュウコは頭（かぶり）を振った。そうでない方がいい。日本にいない方がいい。その方が、先生は無事だと思うから。シュウコは、大きな木がざわざわと風に揺れる音を、微かに聞いた。

*

　それから何年か、シュウコは父親の会社でタイピストとして働き続けたが、戦争が長引くにつれ、経営は悪化し、結局畳むことになった。陸軍あがりの叔父のツテを頼り、シュウコは軍が管轄する研究所で、タイピストとして働くことになった。

　小さな研究所で、大それた実験をしているようには思えなかったが、待遇は悪くなかった。電車で通い、夜遅くまで働くことは稀（まれ）だったが、残業があるときは手当てがついた。基本的には、機密扱いではない研究の結果や本の写しなどをひたすらタイピングした。怪我の証明書や他の省への依頼文、最寄りの駅の時刻表までつくったこともある。時間が空いたときは、日記や雑感を打ち、自分の技術が衰えないようにした。

先生の消息はわからず、手紙が来ることもなかった。小枝子さんにもそれから会うことはなかった。タイピングの学校は閉鎖されたことを風の噂に聞いた。たまにシュウコ宛に届くのは、女学校時代の旧友からのもので、彼女たちはみな結婚し、子供が産まれていた。シュウコは彼女たちの筆跡を懐かしみ、過ぎ去った時間を思った。もうそこに「特別」はなかった。見合いをたんまりと持ってきた親戚たちも静かになり、口うるさかった母も余計なことは言わないようになってきた。ときどき姉たちがからかうぐらいで、職場と家とを行き来するだけの日々が続いた。

そんなとき、中支派遣軍から、従軍のタイピストを募集している旨を聞いた。シュウコが応募をしたいということを、研究所の所長に告げると、彼はびっくりした顔をした。シュウコももう若いとは言えず、応募年齢もぎりぎりだったし、そもそも安定した職についている女性がわざわざ外地に赴く理由はなかった。お国のための御奉公をしたいのです、と彼女は懇願した。所長は困った顔をしていたが、研究所自体の閉鎖の噂もあり、またシュウコのタイピストとしての腕の良さは買っていたので、推薦文を書いてくれた。連絡船に乗るために下関へと向かう駅で、母は泣き、父は口を利かずにシュウコを見送った。

任地は漢口の軍司令部だった。古くから日本租界のある町で、一度は放棄されたが、軍の侵攻により再び接収され、それなりに賑わっていた。シュウコは製油会社の社宅だったという建物にある、司令部の配属になった。そこの地下で、彼女は一日中、文字を打ち続けた。初めは公的な報告書や、将校の訓話の清書など、小さな仕事が多かったが、やがてシュウコのタイピングの技術が並外れたものであることに気づくと、何かと重宝されるようになり、ますます仕事も増えた。それはシュウコにはありがたかった。字を打っている間は、自分がここにいて、ここにはいない気分になれたからだった。

時おり空襲警報はあったが、空ぶりも多く、穏やかな日が続いた。シュウコは他の軍属の女性たちと同じ宿舎で共同生活をしていた。多くの女性はシュウコよりはるかに若く、元気があった。給仕や事務員、看護婦など、彼女たちは様々な仕事に就いていた。シュウコが年嵩ということもあり、悩みを打ち明けられたり、さめざめと一晩泣かれたりすることもあった。シュウコは、同い年の澄子さんと仲良くなった。澄子さんは事務員で、帳簿を片手に難しい顔をしているのをよく見かけた。

「シュウコさんはいつも落ち着いていてうらやましい」

そんなことを澄子さんに言われることもあった。シュウコは「そんなことないわよ」とただ笑った。そして一人になると、胸の中にある大きな木の葉擦れの音を感じた。自分はそれを探しに来たのだ、と言い聞かせながら。

特別何もない日は、シュウコは澄子さんと日本租界と同じく長江岸にあるフランス租界まで足を延ばした。夏の日は夾竹桃が真っ赤に咲いていて、租界の赤煉瓦の瀟洒な建物によく映えていた。澄子さんは、支給された従軍服のくすんだ色と比べてため息をついた。シュウコはそれに微笑むだけで、自分にはお似合いだ、と思っていた。

当初の任期の一年が過ぎ、二年が経った。シュウコは将校づきになり、扱う書類も増えた。ときどき、「部外秘」「軍事機密」などの判が押されたものも清書するようになった。

漢口にいては実感はないが、日々戦況が悪化しているようだった。北や南に展開していた部隊がこちらに戻ってくるときがあり、車両や馬も失くし、満身創痍という隊もあった。シュウコは町で会う、方々からやって来た灰色の顔をした兵士たちに、それとなく腕の良いタイピストを見たことがないかと訊ねた。それはそれは素早く、まるでしゃべるように字を打つのです。苦笑しながら「見たことがない」と答えるならまだ良い方で、「女のくせに男を漁りに来たのか」と怒鳴られることもあった。それでもシュウコはめげずに、他の地域から隊が帰ってくるたびに訊き回った。

三年目を迎えたころ、シュウコがついていた将校が任地替えとなり、新しい人が上官となった。それは厳しく嫌味な軍人で、厳めしい顔の口元に深い傷跡があり、勲章だとよく自慢をしていた。狼みたいな目つきの男で、誤字など見つけようものなら烈火のごとく叱り、若いタイピストもその怒りに巻き込まれ、便所で泣いているのをシュウコは慰めた。それでも自分たちはいい方だとシュウコは思った。衣食住があり、せいぜい機嫌の悪い上官に嫌味を言われるか、警報のたびに防空壕に入るぐらいで、身の安全も、日々の不自由ない生活も保障されている。シュウコはそれに甘んじないようにと、ますますタイピングの技術を磨いた。

その冬の日は寒かった。地下には暖房器具があったものの、指先が冷たく、そうすると字を打つ速度も下がり、間違いも増えた。それでも何とかこなしながら、次々とやって来る清書待ちの書類のひとつに、シュウコの手は止まった。

花林。

そこには確かにそう書かれていた。それは単純な偵察の命令書だった。シュウコの上官は清書をタイプライターで仕上げるのが好きで、軽重関係なくすぐに彼女に回してきた。文面は短く、花林村に共産党員潜伏の情報あり、念のため警戒にあたれ。そのような内容が書かれていた。花林。先生。シュウコは彼の子守唄を思い出した。ただの偵察だ、と言い聞かせながら、でももしそこに先生がいたら、と思った。そして、いるはずがない、と考えなおした。だがすぐに、先生の歌声を思い出し、木のざわめきを間近に感じた。そこに兵隊を行かせたくない。血で汚したくない。けれど、内容を書き換えれば、目ざとい上官にすぐに露見してしまう。シュウコは焦った。

「地図を見てもよろしいですか」

シュウコは別の書類仕事をしていたあの狼のような目の上官にそう訊ねた。鷹揚に彼は頷き、シュウコは備え付けの軍謹製の地図を広げた。彼女は端から端まで地図の地名を拾い上げ、手元の一覧のページをめくった。それから、ゆっくり地図をしまい、タイプライターの前に座り、文字盤を眺めた。欲しい活字は、その中にも、予備庫の中にもなかった。だがそれはあった。シュウコはいつもその活字を、持ち歩いていた。彼女は、左手でハンドルを、そして右手でキーを握った。大きな木陰を思い、風を感じた。

「できました」

いくつかの清書の束を、上官にシュウコは渡した。彼は睨みつけるようにそれらを読み、判を押していった。だが、先ほどの花林村の命令書の紙に判を押したところで、手が止まった。

「おい」その声に、シュウコは努めて平静な顔を装った。心臓は高鳴り、相手に聞こえるのではないかと思うほどだった。ゆっくりと上官は、紙の文字を指さした。「日付が間違っている。今日は三日ではなく五日だ」

それから二、三分ほど、彼はシュウコに嫌味を言い続けたが、彼女は内心ほっとしていた。その日付はわざと間違えたからだ。心に余裕が生まれ、目の前の男を、きゃんきゃん吠(ほ)える灰色の犬のようだと感じた。

「私は非力ゆえ、もう一度印を手にもつのが辛いのだが？」

皮肉を言う上官に対し、「そんなお手間をとらせることはいたしません」とシュウコは微笑んだ。「こういうとき、優秀なタイピストは直し方を知っているのです」

そして、清書の紙を再び受けとり、慎重にプラテンにその紙をセットし直す。タイプバーの位置を確かめながら、ハンドルとキーを操作し「五」の活字をとると、先ほどわざと誤って打った「三」に、強さをやや弱めながら打つ。「五」と「三」の活字は縦横がほぼ同じ寸法なので、コンマのミリ単位の位置取りと絶妙な力加減によって、重ねて打つことができるのだ。

「いかがでしょうか」

上官は日付の部分をじいっと見ていたが、やがてにやりと笑った。「今度は私の不始末も君に直してもらおう」それから、他の清書の書類を精査し始めた。

自分の机の前に戻り、椅子に座ると、気づかれないようにシュウコは息を大きく吐いた。叫びたくなるのを我慢した。それから、何でもない風を装って、活字をひとつ外すと、また自分の従軍服の内ポケットにしまった。彼女は胸に手を当てた。楸。彼女が直したのは、日付だけではなかった。予め、「花林」の字の間に、文字がひとつぎりぎり収まるほどの空白を空けておいた。他の文字の間隔も、怪しまれない程度に空けた。そして、上官に指摘され、日付を直すときに、合わせて、先ほど取り付けた「楸」の活字を打った。「花楸林」。花楸とはナナカマドを表す言葉で、「花林村」とは全く違う場所にある地名だった。それはシュウコの賭けだった。意地の悪い上官は日付の間違いにすぐ気づくはずだった。そこに注意を向ければ、他の修正には目がいかないだろうとシュウコは予想し、その賭けは彼女に軍配が上がったのだ。勝ちました、先生。私、勝ちました。シュウコはそう、心の中で呟いた。

次の日の朝早く、自分の部屋の窓際にシュウコはぼうっと座っていた。同僚の女性たちはまだよく眠っている。その窓からは、冬の街並みが見えた。乾いた空は曙光で満ち始めている。シュウコは内ポケットから、「楸」の活字を取り出した。インクが多少滲んだそれは、窓からの陽光に鈍く輝いた。これは偶然なのだろうか、とシュウコは考えた。先生は、こうなることを知っていて、私にこの活字を送ったのではないだろうか。「大切だと思うのは、相手を知ることです」先生は言っていた。「相手が何を語るのか、それに耳を傾けることです」でも先生。もしかしたらあなたは、相手が何を語るか、予めわかっていたのではありませんか。あなたは小枝子さんが教科書のどこを読むか、どの本を借りてくるか、その未来をわかっていたのではないですか。あなたの速さの秘密は、そこにあったのではないですか。

「いわば、身体の拡張(エクステンション)です」

先生、あなたは何を「拡張」したんですか。答えはない。いつか自分は先生と出会い、その話を聞くことができるのかもしれない。シュウコはそう考え、鉛の活字を指先で撫ぜ、爪(つめ)で弾いた。それはずいぶんと冷えた音を微かに立てた。

だが、シュウコはそこで先生に出会うことはなかった。そのすぐ後、大規模な空襲に巻き込まれて大けがを負い、帰国を余儀なくされたからだった。シュウコが庇ったのは澄子さんだった。真っ赤な炎に巻きこまれないよう逃げ惑う最中、崩れた石の下敷きになった。陸軍病院に運ばれたが、満足な治療はできず、左の二の腕の先を切り落とすしかなかった。助かった澄子さんは、泣きながら毎日シュウコの元を訪れたが、彼女は何度もあなたのせいではない、と言った。

「こうなる気がしていたの」

シュウコは、先のない自分の腕を見ながらそう呟いた。どういう意味かと訊ねる澄子さんに、彼女は何も答えず、ただ包帯を巻かれた腕を見ていた。何かの活字を生かすということは。シュウコは呟き、よかった、と、それは心の中で言葉にした。

帰国をしたとき、父は既に亡くなっていた。最後までシュウコの身を案じながら亡くなったと聞き、シュウコは泣いた。疎開先の母の実家でシュウコは終戦を迎え、落ち着いたころにまた東京に出てきて、女学校のタイピング科の教師になった。生徒たちはシュウコの左腕を見ると驚いた顔をし、どうやって印字をするのかと訝しんだが、彼女が手ぬぐいを左腕と一緒にハンドルに巻きつけ、見たことのない速さで文字を打っていく様子を見ると、敬意をこめて「手ぬぐいの韋駄天(いだてん)」と呼んだ。

小枝子さんと再会したのは、銀座(ぎんざ)の都電の停留所だった。彼女は赤ん坊を抱き、年相応の顔つきになっていたが、シュウコはすぐにわかった。声をかけると小枝子さんはたいそう喜び、ぜひ家に寄っていかないか、見せたいものがあると誘った。

彼女の家は上野(うえの)の住宅街にあった。東京は復興の途中で、小枝子さんの家は小さく、お世辞にも立派とは言えなかったが、小ぎれいにしていて、塀沿いに等間隔に菜の花が並んでいるのが彼女らしかった。玄関をくぐると、背が高く大柄な男性が立っていて、ぎこちなくシュウコに挨拶をした。夫だという彼の名前は中国名だった。

「もともと日本に留学していたのですが、もう向こうに戻れなくなってしまって」

彼は小枝子さんから受けとった赤ん坊をあやしながらそう言った。小枝子さんは、「見せたいもの」を持ってくるからちょっと待ってて、と奥の部屋へと消えた。小枝子さんの旦那さんは、気を利かせたつもりか、赤ん坊を抱いたまま庭へと出て行った。シュウコは部屋をぐるりと見渡した。初めて訪れる部屋なのに、どこか落ち着いて、懐かしい気分になった。何かに似ている、と考えて、それが先生の学校の部屋だったことを思い出したときに、小枝子さんが戻ってきた。大きな木箱を抱えている。

「ほら、懐かしいでしょう?」

それは鉛の活字だった。小さなその金属の直方体が、びっしりと箱に詰まっている。タイプライター自体はなく、活字だけで、数もすべてではないように見えた。シュウコはそれを手にとり、字をひとつひとつ読んだ。だが、いくつか見たところで、違和感を覚えた。

「そうなのよ」小枝子さんはシュウコの表情に気づいたようだった。「これ、中国語の活字なの。覚えてる? タイピングの学校の先生の」

そして小枝子さんは視線を一度落とし、しばらくしてまた上げた。「あの先生、私の父だったの」

え、という声がシュウコから漏れた。小枝子さんは、「私も知らなかったんだけど」と続けた。

「父は母が私を産むと、すぐに別れたそうなの。たぶん、中国の血筋をもつと知られると私が生きにくくなると思ったのね。私はもちろん知らなかったし、あの学校に入ったのは偶然だった。父の方は知らないけど」

先生が学校を去ってから数ヵ月後、この木箱と手紙が送られてきたのだと言う。

「自分が私の父親だということと、どうか心配しないでくれということ。この活字は売ったらそれなりの値段になるので自由に使って欲しい。そう書いてあった」

そんなこと言われたら売れるわけないじゃない、小枝子さんはそう呟き、視線をシュウコから逸らした。その瞳の先には、旦那さんと、赤ん坊がいる。赤ん坊は機嫌よく声を立てて笑っている。桃色の頬をたわませている。

「私のことは?」

シュウコは訊ねた。訊ねたあとで、なぜそんなことを言ってしまったのかと後悔した。小枝子さんは困った顔をして、「ごめんなさい、特にはなかったかも。短い手紙だったし」と答えた。

　小枝子さんは場をとりつくろうように、もしよかったらこの活字をもらわないかと言った。シュウコは断ったが、小枝子さんがぜひにと勧めるので、ひとつだけもらうことにした。いくつか探した中で選んだそれを、シュウコは小枝子さんには見せなかった。そして、不思議そうな顔をする小枝子さんの目を盗んで、いつも持ち歩いていた「楸」の活字を、そっと箱の中にしまった。それは主を待ち続けていたように、音もなくきれいに隙間（すきま）に収まった。

　夕飯をご馳走（ちそう）になり、シュウコは久しぶりに楽しい時間を過ごした。小枝子さんはシュウコの腕のことは何も聞かないでいてくれた。旦那さんも寡黙ながら、おかずや野菜をよそってくれ、細かな気配りをしてくれた。とても幸せな家庭になるんだろう。そうシュウコは思った。小枝子さんはグリム童話の話をした。「いろんな字があるから大変だった」と小枝子さんは言い、こうやってさ、と空でタイプライターを動かす真似をした。

「動物の話が多かったね」

　シュウコが水を向けると、そうそう、と彼女は頷いた。

「でも、今思うと」小枝子さんは言った。「童話の動物って、よく人間が変身してるじゃない。父も変身したかったのかも」

「動物に？」シュウコはわざと見当違いの返答をした。

「そうね」

　けれど、小枝子さんはそれに頷いた。「父は自分以外の何かに変身できればよかったんじゃないかしら」

　食卓が静かになった。シュウコは話題を変えようと、戦中に中国でタイピストとして働いていた話をすると、旦那さんは興味を持ったようだった。嫌な話じゃないですか、とシュウコが率直に訊くと、彼は微笑み、「昔のことですから」と口にした。

「でももし、自分の子供があなたのように戦地に行くなんて言ったら、縛ってでも止めるかもしれません」冗談のように、でも半ば真面目な口調で旦那さんは言った。「やっぱり、我が子が一番なんですよ、親にとっては」

　旦那さんは、そう言いながら赤ん坊に頬ずりした。つるりとした肌触りをシュウコは想像したが、小枝子さんの夫の彼は、熊のような髭面の持ち主だった。

　それからしばらくシュウコの戦地での話が続き、旦那さんは出てくる地名にいちいち頷いた。「中国のどちらの出身なんですか？」とシュウコが訊ねると、「ご存知ないかもしれませんが」と前置きをした上で、彼は言った。

「湖北省の花林村というところです。綿花が有名で」

そう、とシュウコは言った。一瞬押し黙っただけで、何事もないように彼女は会話を続けた。それでも、心は上の空だった。シュウコは、先ほど見せられた、たくさんの活字の詰まった箱を思い出し、それと、自分に送られた、たったひとつの活字が入った封筒を思い出した。その重さにどれほどの違いがあるか、彼女は架空の天秤で測っていた。会話は続き、食卓は片付けられ、気がつくと、玄関に立っていた。

「今日はありがとう」

小枝子さんは丁寧に頭を下げた。その仕草は、あの学校時代の彼女を思い出させた。それじゃあ、と歩き出そうとするシュウコの右手を、彼女はとった。冷たかった。

「悪くとらないでほしいんだけど」小枝子さんは目を潤ませていた。「私、最初はあなたのことが好きじゃなかったの。お嬢様然としているし、何だか怖くて」

「そうなの？」

シュウコの言葉に、小枝子さんは頷いた。

「だけど、覚えてる？　私が『愚図』って自分のことを言ったら、あなた叱ってくれたじゃない」

もちろん、とシュウコは答えた。あのときの苛立ちのざらつきさえ、シュウコは思い出せた。小枝子さんは、「あのとき、私はあなたがやさしい人だな、って気づいた」と言った。

「やさしい？」

「自分のことを大切にしろって、そういう風に聞こえたのよ」

あれは、と反駁しかけるシュウコを、そうなのよ、と小枝子さんは遮った。「難しいことはよくわからない。あなたの気持ちは違ったかもしれない。でも、あなたなら、あなたみたいな人がいるなら、私もついていきたいなと、あなたは私に思わせたの。自分も歩いていけると思えたの。私が今ここにいるのは、あなたのおかげ」

それに父も、と言いさし、シュウコの表情を見て、小枝子さんは言葉を止めた。この人は。シュウコは思った。いつも、私のことを、ちゃんと見てくれている。

最後に「また会いましょう」と小枝子さんは手を振った。それに手を振り返し、シュウコは暗い東京の町を歩き始めた。明かりは少なく、インクのような闇に町は沈んでいた。停留所に着くと、もらってきた活字を鞄から取り出した。それは「別」と彫られていた。花林村。本当は誰の故郷だったのか、もう、どちらでもよかった。先生が本当に大切に思っていたのが誰かわかったから。天秤が大きく揺れている。

　さようなら、先生。彼女は鉛のそれをぎゅっと握りしめた。

*

　そしてシュウコは結婚をした。繁忙期に省庁に出向くことがあり、そこで知り合ったドイツ人の男性だった。母も既に他界していて、二人だけで小さな式を挙げた。シュウコと夫は東京に居を構え、つつましく暮らした。高齢出産だったが、子供にも恵まれた。

　海外旅行の自由化を機に、夫は自分の生まれ育ったドイツの町を見せたいと言った。「グリムの町なんだよ」と彼は言った。グリム。シュウコは頷いた。

　西ドイツのその町は美しかった。夫は様々な場所を案内しながら、合わせていくつかのグリム童話のエピソードを披露した。その数篇(すうへん)をシュウコは覚えていた。あの部屋で、字をひとつひとつ打つ感覚も思い出せた。夕焼けに乾いた印書も思い出した。でも、すべてがあいまいで、誰かにそれは嘘(うそ)だと言われたら、信じてしまいそうだった。

　夫の蘊蓄(うんちく)が一段落したところで、「ライオンが食べられる話って知ってる？」とシュウコは訊ねた。夫はきょとんとして、シュウコがかいつまんで話した内容をあれこれ思案していたが、「いや、知らないな」と答えた。「たぶん僕は全てのグリム童話を知っているけど、そんな話はなかったと思うよ」

　次の日、シュウコは町をひとりで歩いた。東洋人は珍しいのか、何人かが話しかけてきた。それに彼女がドイツ語で答えると、もっと驚いた顔をした。町の外れまで来ると、古い石造りの建物をシュウコは見つけた。その柱の部分には、獅子(ライオン)のレリーフがあった。

　相手が何を語るのか、それに耳を傾けることです。

　シュウコは目を見開いた。いや、元々開いていたはずなのに、ずっと閉じていた感覚があった。町の中心部は碁盤の目のようになっていた。シュウコは文字盤を思い出した。久しぶりでも、彼女は決してその配列を忘れていなかった。彼女は文字盤を地図として、頭の中に描いた。小枝子さんに教えたときのように。

　「獅」の字は予備文字で、盤面にはない。でも、獅子には子(ネズミ)がいる。「子」は、二級の位置にある。獅子が最初に出会ったのは魚だった。「魚」は三級で、二級の配列の一二個分左側にある。シュウコは左を向くと、そこから建物を一二個数えて歩いた。次に会った「兎」は二級の右側の部分で、「魚」からは南東の方角になる。その次の「鳥」は三級。シュウコは獅子が出会った順番に、数を数えながら歩いた。だんだんとその歩調ははやくなり、ほとんど走り出していた。石畳がひっくり返り、逆さまの文字が現れた。そのでこぼこにシュウコは躓(つまず)きそうになる。でも彼女は止まらない。もっと速く、正確に。空は太陽が消えているのに真っ白で、そこにはにおいがたちこめている。インクだ。あの油っぽい、まとわりつくような。煉瓦造りの建物がゆっくりと倒れ、シュウコの踏みぬいた文字の上に覆いかぶさる。彼女はそれを、自分の右手で操る。強弱を考え、相応の力をこめると、建物がゆっくりと石畳ごと文字を持ち上げ、真っ白な空に黒々と字を打つ。それは輝いている。星のようだ。輝き、船乗りに教えるように方角を示す。そのときシュウコはドイツにいなかった。いや、この世界にもいなかった。彼女の足元すべてが文字であり、彼女の頭上の全てが真っ新(まっさら)な紙であった。彼女はそこを駆け、跳ねていた。建物が倒れては字を拾い、空の紙に打ちつけ、その間を彼女は、軽やかに、たおやかに踊っていた。やがて彼女の失われた左腕はハンドルになり、皺(しわ)の増えた右手はみずみずしいキーとなって、文字を打ち続けた。血はインクに、汗は油に変わった。イヤリングはベルになり、角を曲がる度にチンと鳴った。今この瞬間、彼女は機械そのものとなっていた。タイプライターそのものだった。先生も。彼女はその終わりのないロンドの中、思った。先生も、こんな気分で、タイプライターに向かっていたのだろうか。

「象」のところでシュウコは立ち止まった。ダンスは終わった。風が吹く。風景は戻る。目の前にあるのは骨董品(こっとうひん)店だった。扉を開けると、からんからんと音がした。それを合図にして、でっぷりと太った店主が、「いらっしゃい(Herzlich willkommen)」と声をかけた。シュウコは店内をぐるりと見渡す。彼女が目にしたものは予期していたものだった。それでも、思わず声を上げる自分の唇と喉(のど)を止められなかった。

「おお、お目が高い」

店主は嬉しそうに言った。「それは、世にも珍しい、中国語のタイプライターだよ、奥さん(Dame)」

「これをどこで?」

震える声で、シュウコはドイツ語で訊ねた。店主は首を振り、「来歴は知らないね。俺の親父曰く、ドイツ軍が接収した中に入ってたかもっていうことだが」

シュウコはハンドルをつかもうとして、自分が左腕を失っていることに気づいた。そのため、右手でそれをつかむ。ひやりとしていて、そして懐かしい感覚だった。「さすがだねえ」と店主が声をかけた。「やっぱり中国の人はみんなそれを使えるのかい」

そのタイプライターの文字盤は古びていた。ところどころ活字はなくなり、あっても欠けたり、崩れ落ちたりしそうなものが多かった。歳月を積み重ねた活字には、「漢」があり、そのすぐ下に「口」があった。左側には「傷」があった。上に「狼」があり、少し離れて「上」が配置されていた。シュウコはするすると視線を移動させた。「野」に「桃」に「菜」に「赤」、「枝」。そして、「澄」に「炎」に「左」。右側は活字が欠落している。漢口での日々を、上野の小枝子さんの家を、その家族を、失われた左手の痛みを、シュウコは思い出した。シュウコはまた、自分が文字盤の上にいるのを感じた。いや、今度はもっと縛られている感覚があった。まるで自分がひとつの活字になったように。その文字盤には、今までのシュウコのすべてが配置されているように感じられた。「私は、活字の位置をかなり弄っているんです」そう先生は言っていた。「いえ、私も先人たちの知恵を借用しているだけですよ」とも。でも、そこに「楸」の活字はない。先生はそのハンドルを握り、私の漢字を、運命を打ち続けたのだろうか、そんなことを考えた。でもそれは私のためではない。そうシュウコは気づいていた。あの小さな庭で、花に囲まれて暮らす三人を、シュウコは思い出す。先生はそれを守るために、自分の全てを拡張し、全てを利用し続けたのだ。恨み言が口をつくかと思ったが、小枝子さん、とシュウコはいつのまにか呟いていた。あなたのお父さんは、ロボットだったのかもしれませんよ。運命に向かって反乱を起こす。

シュウコは息をひとつ吐き、その場を去ろうとした。だが、文字盤の中に、ひときわ新しい活字があることに気づいた。三つ。恐らく、一度も使っていない、わざわざ付け足したもの。

「このタイプライターを誰か使ったことはある?」シュウコは訊ねた。

「もう何十年とそのままさ」店主は言った。「俺の親の代からあるものだから。誰も使い方なんかわからないよ」

シュウコはもう一度文字盤を見た。その、真新しい三つの活字を見た。中国語を結局ほとんど覚えられなかったシュウコでも、それはすぐに順番がわかった。

シュウコは右手に力を入れた。これを打てば、自分は先生を忘れられるかもしれない。なかったことにできるかもしれない。私ではなく、娘のことを思い続けた先生を。あの夕焼けの空を。ないはずの左手がうずく。大きな木のざわめきを思い出す。それがきっと、先生の、自分に向けての最後のやさしさなのだ。

「嘘だ」

シュウコは口に出す。口からついて出る。その日本語に、店主が怪訝(けげん)そうな顔をする。それに構わず、シュウコは「嘘だ」と繰り返した。嘘だ。それはやさしさではない。私は、私たちは、忘れてはいけない。

あの日、小枝子さんと再会したあの日。彼女の旦那さんの口から、「花林村」ともうひとつ、シュウコの知っている地名が出た。中国に帰らないのか、というシュウコの質問に対して、旦那さんは、それは難しいと言った。

「僕の親戚に、花楸林村の出身者がいるんですけど」彼は淡々と話した。「そこは戦争も終わりのころに、急にやって来た日本軍に、めちゃめちゃにされたそうなんです。多くの中国人はそうですが、とりわけ彼らは今も日本のことを恨んでいるだろうし、日本で所帯をもった僕を許さないだろうって」

何かの活字を生かすということは、他の活字を捨てるということです。

先生。シュウコは言う。私は忘れません。忘れてはいけないからです。何かを得るために犠牲にしていったものたちを。選ばなかった道を。破り捨てられた紙を。私は記憶します。道を戻ります。破られた紙を拾います。これはあなたの予定になかったもののはずでしょう。シュウコはポケットを探る。あの日、小枝子さんの家で受けとった活字を。声が出る。シュウコは、時間が巻き戻り、自分の声が、幼く、気高く響くのを感じる。先生、先生、私、今度こそ、やっとあなたに、

「勝ちました」

彼女の手には、小さな鉛の活字がひとつ握られている。これは今日のために受けとったのだ。自分が選んだのだ。それを、シュウコは文字盤に嵌(は)める。先生。彼女はもう一度言う。残された活字を生かす方法が、きっとあるはずです。そのために、私たちは忘れてはいけないのです。シュウコは右手でハンドルを動かす。位置を決め、手を離し、

再び鍵（キー）を右手で握る。その四文字を打つ。ゆっくりと。

　別忘了我（私を忘れないで）

　インクもない。紙もない。でも、シュウコにとってはお手の物だった。空想の中、想像の中、彼女は確かにその四文字を、ま白いそこに、黒々と打った。空白をひとつ入れる。ベルが鳴る。そう、次の行へと移るのだ。


【参考・引用文献】

タイプライターの形状や歴史については以下を参考にした。

『チャイニーズ・タイプライター　漢字と技術の近代史』トーマス・S・マラニー著、比護 遥訳（中央公論新社）

グリム童話については、以下より引用した。

『世界童話大系　第二十三巻　獨逸篇（2）』（世界童話大系刊行會）

ディオニソス計画

宮内悠介(みやうちゆうすけ)

第77回(令和6年度)
日本推理作家協会賞短編部門
受賞作

1979年東京都生まれ。早稲田大学第一文学部卒業後、大国や観光地でない諸地域を放浪した経験は、のちに『あとは野となれ大和撫子』や『黄色い夜』などに、また本作「ディオニソス計画」にも活かされている。2010年に第1回創元SF短編賞選考委員特別賞(山田正紀賞)を「盤上の夜」で受賞してデビューしたのち、同作を表題とする作品集によって第33回日本SF大賞に輝いて以降、吉川英治文学新人賞、三島由紀夫賞など受賞多数。日本推理作家協会賞には「青葉の盤」(短編部門)から11年ぶりに2度目の候補となり、見事受賞を果たした。(S)

がたつくテーブルに止まっていた蝿が、よろよろと外へ飛び立った。蝿が飛んだ先の空は、晴れわたっている。通りの向こうのほうに、新緑が茂っているのが見えた。通りは旅行者や土産物屋で賑わい、ケバブや煮物の匂いに満ちている。暑い。

アフガニスタンの首都、カブール。

その北部の、ヒッピー・ストリートと呼ばれる旅行者の多い通りだ。雰囲気は開放的で、ヒッピー・ストリートと言うだけあって、大音量でビートルズの〈アイ・アム・ザ・ウォルラス〉が流れている。

ぼくは通りを見渡せる茶屋に席を取り、何をするでもなく道行く人々を眺めていた。

チャドリと呼ばれるテント状の衣裳で全身を隠した女性と、ミニスカートの女性とが並んで歩いている。国王ザーヒル・シャーのもと、いまこの国は民主化を進め、出版や政党設立の自由が認められるなど、新たな〝文明開化〟を迎えつつあるという。

街からは新しい価値観に対する戸惑いと、それを上回る活気とが感じられた。

そしてぼくら旅行者も旅行者で、古い因習を捨て、新たな景色を求め、最高の旅先として再発見されたシルクロードを競うように横断していた。

一九六八年。

きっと、世界はよりよい方向へ変わりつつある。そう思えた。

店の奥には男が一人。白人だ。ぼくと同じように、じっと通りを眺めていた。あたりをうろつくヒッピーたちとは違う、透徹とした雰囲気が感じられた。その彼が、立ち上がるとぼくの向かいに席を移った。

「日本人だね」

「……なぜそう思うのです?」

「砂糖抜きの緑茶を頼んだ」

ぼくは目の前の浅い湯呑みに目をやった。

店主は紅茶を出そうとしたが、ぼくはそれを断って緑茶を頼んだのだ。それも、砂糖抜きのものを。理由はもちろん、それが故郷の味であるから。

警戒心からそれとなく身がまえ、横目に相手を観察した。

発音からすると、イギリス人か。——日本を発って十数ヵ国、数えきれぬほどの泥棒や詐欺師と会ってきた。おのずと、こうやって相手を観察する癖がついてしまっている。

「砂糖抜きの緑茶は中国人だって飲みます」

「華僑（かきょう）はもっといい店に入るものだ」

すぐさま答える相手は、旅行者にもビジネスマンにも見えない。眼鏡の奥の目には、ぼくの知らない別種の知性のようなものが感じられた。

お手上げだ。

「あなたは？」

男はアーサーと名乗り、小説家であると言った。わけあって、二週間前からアフガニスタンに滞在しているのだという。

「このへんで、条件に合う者を探していた」

どうも危ない匂いがする。ぼくは眉をひそめたが、アーサーはかまわず、一方的に条件とやらを並べ立てた。まず、東洋人であること。現地の言葉が話せること。何より、ヒッピー・ストリートにありがちなヘロイン中毒ではないこと。

なるほど重要です、とぼくは気のない素振りで応じた。

そっと目をそらす。

店の奥のテーブルで、真鍮（しんちゅう）の湯沸（サモワール）かしが湯気を立てている。入口近くに、チェス盤と原色の装飾を施した水パイプとを挟み、一局指している老人が二人。その二人のもとへ、店主が新しい茶を運んだ。

視線を店内に一周させ、ふたたび目の前の男に戻す。

思案していると、土産物売りの男が店に入ってきて、どっさり袋につめこんだ品物とともに、勝手にテーブルの横に立った。しきりに、絵葉書を買えと勧めてくる。

こちらが黙っていると、次々に別の商品が取り出された。きれいな装飾のナイフ。古い矢尻。金色をした飾り銃。

「よそをあたってください」

「わかった」めげずに、土産物屋は次の商品を出す。「こういうのはどうだ？　普通のペンだと思うなよ——どうだ、護身用に一本」

遮（さえぎ）るように、ぼくは手のひらを男に向けた。

「それなら羊毛帽子（カラコル）はどうだ。これはすごいぞ！　何しろ、羊の胎児からしか取れないんだ。だから、母子両方を殺さないといけなくてな——」

見かねたらしいアーサーが、強い口調で「ノー・サンキュー」と男を追い払った。

「強く言わないとだめだ。さて、どこまで話したか」

「ヘロインをやっていないこと。正直、怪しい話を持ちかけられていると感じています」

　強く言ってみたが、アーサーは「いいや」と笑った。じろりと周囲を見渡してから、少し小声になって言う。

「アポロ計画のことは？」

「……ある程度なら」

　いきなり言われてびっくりしたが、アポロ計画なら聞いたことがある。というより、旅行者のあいだではこの話題でもちきりだ。

　宇宙開発でソ連に遅れを取ったアメリカは、六〇年代のうちに人類を月に着陸させると宣言していた。タイムリミットは、あと一年半だ。航空宇宙局の長官は、ギリシャの太陽神にちなんで、計画の名前をアポロとした。

　確か、ロケットの六号だか七号だかが、このあいだ打ち上げられたばかり。

「本当に月旅行が可能なのですか？」

「もちろんだ。おそらく、来年のいまごろには実現するだろう。もっとも――」

　アーサーが声のトーンをさらに落とした。

「誰もが米ソの全面核戦争の恐怖に怯えている。そんななか、アメリカが威信をかけて立ち上げたプロジェクトだ。だから、万一への備えが必要になるのだが……」

　はじめて、アーサーが躊躇を見せた。問いかけるように、こちらの目を覗きこむ。

「月着陸映像を偽造し、万一のときには、それを放送するということになった」

「なんですって？」

　この男は、いったいどういう冗談を言おうとしているのだ。ぼくの戸惑いを無視し、アーサーがつづける。

「そこでわたしが呼ばれた。ちょうど、似たような映画のプロジェクトに関わったところでね。それが評価されて、アドバイザーとして雇われることになったのだよ」

　ゆっくり頷きながら、ぼくは考える時間を稼いだ。

「小説家とおっしゃいましたね。なぜ、そのような偽造に加担するのですか」

「いろいろあってね」

　眼鏡の奥で、アーサーの目がわずかに曇る。

「確かにこれは茶番だ。けれども、東西冷戦の剣が峰でもある。……大人は、世界のためにやらねばならないことがあるんだ」

　もう一度、じっくりとアーサーの表情を窺った。これは本音だ、と旅人の直感が告げる。

徐々に、好奇心が頭をもたげてきた。ぼく自身が、旅をする人間だ。宇宙や、それに関するものへの興味がないはずがない。

「撮影はこの国で？　なぜです？」

「検討の結果、地形その他から、アフガニスタンの砂漠が適しているとされた」

ここでアーサーが地図を広げ、アフガン中央部の砂漠を指さした。

「やや遠い。場所はサリ・バザール、ハザラジャートの村だ」

「ハザラジャート？」

「ハザラ人と呼ばれる、被差別のモンゴロイドが暮らす地域だ」

この国の多数派はパシュトゥン人と呼ばれるイラン系の人々。それで、人種も宗派も異なるハザラは〝文明開化〟に組み入れられていない。ゆえに中央政府はハザラジャートを軽視し、開発が遅れているという。

「我々はその村で準備を進めていたのだが、雇った現地通訳が金を持って逃げてね」

「よくあることです」

「そこで、東洋人旅行者を通訳に使う案が出た。現地の人間より金に困っていないだろうし、ハザラ人と同じモンゴロイドだから、通じ合う部分もありそうだ。仮に口外されても、与太話だとしか思われないだろう。むろん、口外はしないでもらいたいがね」

通訳の依頼か。

そういえば茶を頼む前に、店主と世間話をした。その会話を聞き、アーサーはぼくが現地語を話せると判断したのだろう。実際、ぼくはたいした取り柄はないものの、語学だけは得意で、言葉は耳で聞いて覚えられる。

「報酬は七百ドル。どうだい、悪い話ではないと思うが」

バックパッカーにとっては、破格の報酬だ。何も、麻薬を運べというのでもない。

「先に半金をもらえますか」

もちろんだ、とその場でドル札を渡されたので、すぐにそれをしまった。現地人は、ドル札を見ると目の色を変えるからだ。

出発は明日。ほかのスタッフは、すでにサリ・バザールで準備を進めているという。目下、恰好のいいプロジェクト名を募集中。

「そうですね」ぼくは顎に手を添えた。「アポロと言えば――」

ディオニソス。豊穣（ほうじょう）や酩酊（めいてい）の神。アポロは調和を、ディオニソスは混沌を司（つかさど）る。哲学者の一人は、アポロ的なるものの対照にそれを位置づけた。……というようなことを、以前カトマンズかどこかで自称医師の旅行者から聞いた。

「ディオニソス計画ってのはどうです？」

標高が上がるにつれ、木々の数が減っていく。バスは昼の太陽に照りつけられて蒸し、ひっきりなしに汗が首筋を伝った。

景色はほとんどが岩ばかりとなった。

道のあちこちに検問があり、バスはそのたび停まり、運転手が通行料を支払う。

「あの通行料は行政と部族で折半される」隣に座るアーサーが説明してくれた。「アフガニスタンでは部族の力が強いから、こういうことが起きるらしいな」

路傍を流れる小川の水量が増してくる。が、それに伴い、目に入る村の暮らしは貧しくなっていった。カブールとまるで異なる光景に、心がちくりとする。乗客の数も減った。

すぐ後ろの席に、子供連れが一組。モンゴロイドだから、ハザラ人だ。カブールを発ったときから、ずっと乗っている二人だ。一言二言交わしておきたいと思い、訊（たず）ねてみた。

「このあたりは、もうあなたがたの土地なのですか」

「まさか」と男が目をすがめた。「ここの連中は、俺たちの仲間なんかじゃねえよ」

アーサーが興味を示したので、ぼくはやりとりを英語に訳す。彼は少し考えてから、なるほど、と得心したように小さく頷いた。

「このあたりはイスマイールの村だ」

「なんですって？」

「グノーシス主義というものの影響を受けたイスラムの一派だ。彼らからすれば、異端の被差別の民ということになる」

しかし、ハザラもまた被差別の民ではないのか。

「白人が黒人を差別し、そして黒人が東洋人を差別するようなものですか」

訊いたが、アーサーは応えなかった。

バスは悪路をのろのろと走り、ときおり石を踏んでは大きく跳ねる。

目の前に山が迫ってきた。

灰色の岩山がつらなる向こうに、地層を剝き出しにした赤い岩山がそびえている。道沿いの川に一箇所、壊れている橋があった。それを見てアーサーが言う。

「このあたりは干魃に悩まされるのだが、ときに水害にも悩まされる。困ったものだ」

「そういえば、日本には人柱というのがあったそうですよ。要は人身御供で、橋などが流されないよう祈願して、生きた人間が犠牲にされたとか」

「ほう？」

そんな話をしていると、今度は先ほどの子供連れが話しかけてきた。二人の目的地も、サリ・バザールだという。ぼくらの会話から地名が聞こえ、行き先が同じだとわかったようだ。

「俺はママド」男が自分の分厚い胸を指した。「で、こいつはイエルガだ」

甥っ子なのだという。両親を早くに亡くし、ママドが面倒を見ているそうだ。背もたれ越しに手を振って挨拶すると、はにかんだような笑顔とともに、小声で挨拶を返してきた。

ママドはカブールへの買い出しのついでに、イエルガを歯科医に連れて行ったらしい。

「俺たちの村には、医者がいないんでね」

揺れるバスのなかで、イエルガは器用にノートに何事か書きつけている。

「八歳だが読み書きができる」ママドがイエルガの手元のペンケースを指さした。「隣の村の神学校でコーランの勉強をしているんだ」

「それは優秀だ」

ぼくが応えてから、ざっと通訳をする。アーサーは相槌を挟みながら聞いていたが、やがて、「そんな綺麗事ではないかもしれないぞ」と眉をひそめた。

「なぜです」

「戦士を養成しているのかもしれない。そういう話を聞いたことがある」

アーサーが話すあいだ、じっと、ママドはこちらを窺っている。

「学校の話をしたのです」

ママドには本当でも嘘でもないことを言い、取り繕った。

窓の外では、男たちが日干し煉瓦を道沿いに並べている。その向こうに、古い廟が見えた。大きさは、日本で住んでいた小さな安アパートくらいか。正面にアーチが二つあるが、崩れかかっている。

「シーア派の廟だ」

　アーサーがつぶやきを漏（も）らした。

「遊牧民のパシュトゥン人がイスラムのスンニ派なのに対し、農耕民のハザラはシーア派でね」

　頷き、景色を眺めていると、アーサーが小さな声で問いかけてきた。

「スンニとシーアの違いはわかるか？」

　歴史上対立してきたことは知っているが、外から見ると、まったく同じ宗教に見える。

「ちっとも」

　正直に答えると、ため息が返ってきた。

「……両派の対立は、ほとんどイスラムの起源にまで遡（さかのぼ）る。開祖である預言者ムハンマドは、後継者の指名をせずに死んだ。そこで新たな指導者として、ムハンマドの友人で古い同志、アブー・バクルが預言者の代理人とされた。こちらがスンニ」

　ところがその後、預言者ムハンマドの血統への回帰を図る一団が生まれる。彼らは、ムハンマドの従兄弟（いとこ）であるアリー・イブン・アビー・ターリブを後継者として推した。

「これがアリー派（シーアトゥアリー）、転じてシーアとなった。要は、指導者をどう決めるかについての意見の対立だ。シーア派のほうが聖者信仰に寛容だといった違いもあるようだがな」

「ずいぶんお詳しい」

「セイロン島に住んでいるからな。小さい島に、三種類もの宗教がひしめき合っている」

「セイロンですか。インドだったら、行ったことがあるのですが……」

　それからしばらく、アフガニスタンそのものの話になった。

　アーサーによると、この国は初の社会主義政党ができて三年。軍事面の多くをソ連に依存し、中立国であるこの国も、やがてはソ連邦に征服されると見る向きもあるそうだ。アフガンとイランを制したとき、ソビエトは悲願である不凍港を手に入れることになる。

　アフガンの〝文明開化〟――それはもしかすると、蜃気楼なのかもしれなかった。

　川沿いを、バスはゆっくりと進んでいく。川があるほかは、景色は不毛な茶一色だ。茶色い砂漠が砂丘のように波打ち、それが地の果てまでつづく。

　そこに急に、緑の畑が姿を現した。畑と砂漠のコントラストはくっきりしていて、砂の上に緑のカードを置いたかのように見える。点在する家は日干し煉瓦のものもあるが、簡易的な、泥で作られたものが多い。

「サリ・バザールだ」とアーサーが抑揚なく言った。

小さな村だが、バザールというだけあって、商店が多く目につく。ただ、商店とはいっても、一間ほどの幅の泥の家が並んでいるだけだ。けっして、栄えているという感じではない。食事を出す屋台もいくつか目に入った。あのあたりは、あとで探検してみよう。

家々が密集してきたあたりでバスが停まり、ぼくらはそこで降りた。

「撮影現場は村の北の端だ」

土の道の、その先が指さされる。

「そのあたりは、畑がなくて砂漠のままなんだ。そこを月に見立てるというわけだな」

スタッフは撮影現場のそばの小屋を二つ借り、片方を資材置き場にし、もう片方で寝泊まりしているとのことだった。ぼくも、これからその小屋で寝泊まりすることになる。

まずはそこを目指すことにした。歩き出すと、ぼくらに興味を持ったらしいママドとイエルガもついてきた。

泥でできた家や畑のあいだを通り、七、八分ほど歩いたころだろうか。やっと、北の外れの荒れ地に着いた。小屋が二つあり、その先は見渡す限り何もない。一つ、面妖なセットが目に入った。ロボットのようにも、実家でよく見かけた竈馬（かまどうま）のようにも見える。アーサーに訊ねてみた。

月着陸船だ、と答えが返ってきた。

なぜあんな形なのかと思ったが、どうせ訊いても自分にはわからないだろう。

「いまやっているのはリハーサルだ。実際の撮影は夜に行う。照明をつけて、月面での昼に見せかけるわけだ」

「照明をつけると、星空が消えてしまいませんか」

「それは月面でも変わらない。明るい地表にカメラの露出を合わせると、おのずと星の姿は消える。だとしても、星が見えないと言って疑問視する人間は現れるだろうがな」

ぼくらの姿を見て、三人の男が駆け寄ってきた。

「新しい通訳だって？」

さばけた口調とともに目の前に立ったのは、奇妙にだぶついた白い服を全身にまとった男だった。ヘルメットの前面が鏡面反射し、ぼくの顔が映っているのがなんだかシュールだ。服は分厚く、何重にも着ぶくれしているように見える。これが宇宙服というやつか。

背には大きな箱のようなものを装着し、それが後頭部にまで突き出している。

「背中に装着しているのはなんですか」

「生命維持装置だ」とアーサーが答えた。「あそこから酸素や冷却液が供給される」

「冷却液？」

「月の昼は摂氏一二〇度にも及ぶからな」

宇宙服を着た男がヘルメットを脱ぎ、右手を差し出してきた。

「俺はジェレミー。よろしくな」

「宙返りはできるようになったか？」

アーサーに訊ねられ、ジェレミーが言葉を詰まらせた。

「彼は先日公開された『２００１年宇宙の旅』にも端役で出演している」アーサーがこちらを向いた。「今回はシナリオに宙返りがあるから、いま、猛特訓中というわけだ」

「なんで最初からできる人をキャスティングしなかったのです」

「あとになって、本国からの通達で宙返りが加わったのさ。アクションがあると映えるからってね。あと、彼が監督のラリー、それからカメラマンのデレク。極秘の内容だから、人数は最小限、これで全員だ」

小太りのほうがラリー、背の高いのがデレク、とぼくは自分に憶えこませる。

その小太りのほうが憎々しげに口を開いた。

「俺はあの映画に嚙ませてもらえなかった」それから両肩を竦め、こちらを横目で見る。「今度の通訳は、本当に信用できるのか？」

「たぶんね」とアーサー。「それに、やっと見つけた語学のできる日本人だ」

「ふん」カメラマンのデレクが、鼻を鳴らして差別心を剝き出しにした。「日本人ね」

ぼくは応えずに視線を外す。

旅を通して知ったことの一つ。この手合いは、相手をするだけ無駄ということ。

「進捗は？」とアーサーがラリーに訊ねた。

「セッティングはＯＫだ。あとは、ジェレミーの宙返りと――」

視界の隅で、ジェレミーが目をそむけた。

「それから、風だな」

「止まないのか」

アーサーが問うと、渋い顔とともにラリーが頷いた。

「どういうことです？」

「月面で風は吹かない。空気がないからな」

ところが、撮影に適した無風の状態がなかなか訪れないのだという。

「ちなみに、ものの動きかたも月と地球では違う。月の重力は、地球の六分の一。だから、フィルムを遅回しにして重力を弱く見せかける予定だ」

現場を見渡してみた。

いまはついていないけれど、大きな照明が一つ。エンジンは自家発電だ。機材は少なく、カメラが一台だけ設置されている。それから、例の月着陸船。少し離れたところに、日干し煉瓦の小屋が二つある。あれが、資材置き場とぼくらのねぐらだろう。

あとは本当に何もない。

横では、イエルガが興味津々(しんしん)というふうに宇宙服姿のジェレミーを眺めていた。

「やあ、坊や」子供相手とあり、ジェレミーがおどけた口調で言った。「俺はね、たったいま、この船で月から帰ってきたんだ。どうだ、すごいだろう！」

よくわからない見栄を張る。

しかし、月や地球が天体であると、この子供は知っているのだろうか。どう訳したものか悩んだが、結局そのまま伝えることにした。

イエルガは首を傾(かし)げたが、それから目を丸くして、

「聖者様(ワリー)だ！」

と叫び声を上げた。

ぼくがそれを訳すと、アーサーが苦笑し、ラリーが手を叩いた。「そうとも！」とジェレミーが叫び、威勢よく宙返りをしようとして、失敗して転んだ。

デレクのみ少し離れた位置に立ち、ふん、とそっぽを向いて冷笑している。

「ですが……」ぼくは少々腑(ふ)に落ちなかった。「聖者も何も、ぼくらは異教徒です」

「まず、聖者とは何かなのだが」アーサーが静かに答えた。「イスラムにおいては、多くの場合、奇蹟を行いうる者を意味する」

そして、一口に奇蹟といっても、いろいろな種類があるそうだ。たとえば、短時間での長距離移動や、必要なときに食べ物を出現させる能力。水上歩行。空中飛行。

「民衆にとってはその人の国籍や信仰よりも、奇蹟を起こしてくれるかどうかが大きい」

事実、偉大な学者や歴史上の偉人など、異教徒が聖者に含まれることもあるのだという。

「月に行ければ、確かにそれは奇蹟です」

それが奇蹟であるからこそ、アメリカは巨額の予算をかけるのだ。アーサーが頷く。

「充分に発達した技術は、魔法と区別がつかない」

問題はその後に起きた。

それまで好意的だったママドが、はじまったリハーサルを見て表情を一変させたのだ。

「おまえたちは……」

声が震えていた。

「俺たちの土地に星条旗を立てようというのか！」

「ママド、時代は変わったんだ」

そう言ってなだめるのは、村の長老であるピシュカルだ。

ぼくとしては、思い入れのある撮影というわけでもない。むしろ長い移動のあとなので、早くケバブでも食べて横になりたかった。

が、とてもそんな雰囲気ではない。

撮影現場で星条旗を見たママドは怒りもあらわに、誰がこんな撮影を許可したのかとぼくらを問い詰めた。そしてそれが村の長老だとわかると、直談判すると言い出した。

撮影スタッフとしては、長老が意見を変えて、撮影が中止になってはたまらない。そこでラリーとデレク、ジェレミーも一緒に、ぞろぞろと五分ほど歩き、皆でピシュカル老の家へ押しかけたのだった。

突然押しかけられ、立ったままのピシュカルを皆が取り囲むような形だ。

「それにな」ピシュカルが説得をつづける。「中央政府の連中はソビエトと接近している。そして多数派のパシュトゥン人連中は、いまだこの土地に掠奪にやってくる」

――パシュトゥン。アーサーの言っていた、遊牧の民だ。

「……いま、アメリカと仲良くしておくのも悪くない」

ママドが頬をひくつかせた。

「だが、その前にここは俺たちの土地だ」

「なんとかしろ」小声で、ラリーがぼくに無理を言う。

「わたしはこの仕事で、あの忌々しいキューブリックの上を行くんだ……」

まるでアポロ計画の失敗が前提のようだ。

「言葉は訳します」やや苛つきながら、ぼくは応じた。

「ですが、人の心のことまでは」

目をそらし、土の匂いに満ちた部屋を見回した。壁は日干し煉瓦を積み上げたもので、玄関の扉の上には器用にアーチが作られていた。小さな窓もあるが、まるで洞窟に入ったようでもあった。一箇所、土壁に棚が埋めこまれている。あとはデスクが一つと、消えた蠟燭、礼拝用のカーペットがあるのみだ。床も土。隣の部屋につづく入口があるが、その向こうは暗くてよくわからない。

木材の稀少な土地なので、木はドアなど最低限の箇所にしか使われていない。

壁にそっと触れると、土の一部が脆く剝がれ落ちた。

「この村だって、いつまであるものか……」ピシュカルの口調は苦々しい。「若い連中から順に村を出て行って、もう子供はイエルガ一人。せめて、皆の精神の支柱となる廟かモスクでもあれば……」

このとき、玄関口から新たな声がした。

「――別にいいじゃないの」

皆が声の主を向いた。

一瞬、日本へ帰ってきたかと錯覚した。若いハザラの女性だ。洋装で、ミニスカートを穿いている。それでモンゴロイドなのだから、まるで日本人が入ってきたかのようだ。

女はデレクとジェレミーのあいだに入りこみ、ジェレミーの肩に腕を回した。親密な仲らしい。女の背丈がほとんど同じなこともあり、お似合いのカップルのようにも見える。

「アティヤ！」ママドが表情を歪めた。「やめろ、どうしておまえは……」

「時代は変わりつつある。わからないの？」

「……預かっている親戚の子だ」

ピシュカルが声を落とした。

「このママドとは、幼なじみ。小さい村だから皆親戚のようなものだがね。前にカブールへ行って以来、あの通りでな。躾けてやってくれと頼まれている」

ぼくの目には、アティヤの恰好も態度もそうおかしなものには見えない。が、この保守的な村では大問題ということなのだろう。

アティヤの開放的な雰囲気に、アメリカのバーかディスコでも思い出したのか、デレクが手を伸ばして彼女の肩に触れようとした。

その手を、アティヤが払いのける。

瞬間、デレクが顔を赤くして怒りを滲ませた。この顔は、旅行中ときおり目にしてきた。見下していた民族に虚仮にされて、怒りを覚えているのだ。

見てられねえ、とママドがアティヤの手を摑み、ぼくらから一歩引き離した。

「撮影は見張るからな」

ママドが言い残し、玄関口から外に消えていく。急に静かになった。窓から風が入るが、空気はどことなく淀んだままだ。やれやれ、とピシュカルがため息をつき、ジェレミーもそれにつづいた。

「先が思いやられるな」

同感だ。

——二日後の夜に起きた事件は、先が思いやられるどころではなかった。

*

照明が砂漠を照らし出し、架空の昼が立ち現れた。

遠くの星々は掻き消され、月着陸船が影を伸ばす。皆が息を呑んだ。カメラの傍らに置かれた発電機だけが、ど、ど、と低いうなりを上げている。そのガソリンの臭気が鼻をつく。光源が発電機横のライトしかないため、陰影はのっぺりとしている。

時刻は午後七時半ごろ。

アメリカの夜という言葉を、ぼくは思い出した。サイレント時代にハリウッドで広まった技法で、昼間に撮られたモノクロ映像を処理し、あたかも夜のように見せかけるのだという。だが、これから撮る映像は昼を夜に見せるのではない。地球の夜を、月の昼に見せかけるのだ。

「どうだ？」

「問題なし」

監督のラリーとカメラマンのデレクがささやき合う。

暑かった。

風はなく、大気はいまだ昼の熱気を宿している。けれど、やっと訪れた千載一遇の無風の夜。皆、一発で終わらせ、カブールに戻って冷えたビール、できればバドワイザーにありつきたいと思っている。

宇宙飛行士が、着陸船のハッチから一歩を踏み出した。

手に握られているのは、星条旗のポールだ。

決められた位置に旗が立てられたところで、アーサーが扇風機のスイッチを入れた。それに伴い、旗が風とともになびく。なぜ扇風機を使うのかと、ぼくは小声でアーサーに訊ねた。月面には空気がない。空気がなければ、風も起こらないのに。

「風がなくとも旗は揺れる」

答えるアーサーの表情は苦々しかった。

「旗を立てる反動が働くからだ。だから扇風機をつけるタイミングや方向も計算している。だが、本当はもっと強いワイヤーを入れ、旗は固定させる予定だった」

ここに、アメリカ本国から横槍が入った。

旗は揺らすこと。理由は、実際に月で使う旗はワイヤーが弱いからだと。これを聞いたスタッフは反駁(はんばく)した。アポロの旗など知ったことか。はためかない旗を積んだことにすれば、かまわないではないか。しかし、本国の通達は絶対だった。

「何が腹立たしいといって」アーサーはぼやいた。「月面でも旗は揺れると理解できず、疑問を抱く者はきっと現れる。しかも結論としては正しいのは彼らで、騙(だま)しているのは我々のほうなんだ」

旗が完全に大地にねじこまれた。

宇宙飛行士が小さく頷き、月面歩行をはじめる。どことなく、足取りが心許ない。

「いいぞ、リアルだ」

監督のラリーがつぶやいた。

「さあ、宙返りだ！」

旗を固定したあと、飛行士は宙返りをすることになっている。決め台詞(せりふ)のナレーションはこうだ。いま、人類史上初の月面宙返りがなされたのです。馬鹿ばかしいとは誰もが薄々感じている。しかし馬鹿ばかしいと言えば、アメリカとソ連のにらみ合いも充分に馬鹿ばかしい。

ふと、乾いた小さな音が聞こえた気がした。

宇宙飛行士が突如苦しみはじめ、身悶(みもだ)えをしてその場に倒れた。一瞬、ぼくはシナリオが変更されたのかと思った。誰よりも先に、ラリーが飛び出した。彼は駆け寄って役者のヘルメットを外し、一瞬驚いた顔をすると、何事か話しかけて頬を叩いた。

遅れてぼくらも駆け寄った。

ライトが照らすなか、宇宙飛行士は苦悶(くもん)の表情を凍りつかせていた。宇宙服の首のあたりから、血の色が目に飛びこんできた。

しかし何よりぼくを戸惑わせたのは、ヘルメットの下の宇宙飛行士の顔だった。

それは、ジェレミーではなかった。一昨日会ったあの女性、アティヤなのだった。

ラリーはわけがわからないという顔をして、その場にへたりこんでいる。

改めて現場を見回す。荒れ地に月着陸船のはりぼてがあるほかは、人が隠れられる場所、たとえば岩陰などはない。あとは、自家発電機とライト、撮影用のカメラだけ。強いて言えば二十メートルくらい先、ぼくらが使っている二つの小屋が間隔を空けて並んでいるくらいか。あのあたりから、ライフルなどで狙撃した可能性はあるだろうか？

ぼくは心拍数が上がるのを感じつつ、精一杯の軽口を叩いた。

「バドワイザーが遠のきましたね」

「それより」アーサーが浮かない顔をした。「これはどうにも奇妙ではないか？」

「どういうことです？」

「宇宙服のなかは血に塗れている。けれど、宇宙服自体はまったくの無傷に見えるのだ。これでは、まるで服の内側に突如凶器が発生したとでもいうようではないか」

確かにそうだ。ぼくは口元に手を添え、考えこんでしまった。

「本当です。どうしてこんなことが？」

カメラに目をやった。

パシュトゥン人の襲撃でもあったと思ったのか、デレクはこちらに駆け寄ってきもせず、カメラの横で地面に伏せたままだ。

「フィルムに何か残っているかも――」

ぼくはカメラを指さしたが、アーサーが顔を伏せ、首を横に振った。

「現像設備がない」

ラリーがぼくを見上げ、弱々しく言った。

「警察を……」

その通りだ。「警察！」とぼくは現地語で声を振り絞った。

そのとき、背後から男の声がした。

「そんなものが、この村にいると思うか」

いつからか、ぼくらのうしろにいたらしいママドとピシュカルが、悄然とした表情でアティヤを見下ろしていた。

ママドは屈みこむと、アティヤの目をそっと閉じさせた。

「なんてことだ……」

声に、深い悲しみがこめられていた。アティヤの西洋かぶれを苦々しくは思っても、裏には愛情があったようだ。

「逃げる準備をしておけ」

小声で、アーサーがささやきかけてきた。

「部族社会だ。住人は、わたしたちに報復するかもしれない」

よぎりかけた感傷めいたものが吹き飛び、急に、緊張感が高まってくる。

「ジェレミー」不意に、ラリーが立ち上がった。「ジェレミーはどこだ？」

そうだ。確かに。本来宇宙服のなかにいるはずだったジェレミーはどこへ行ったのか？

小走りに二つの小屋を確認しにいくが、いない。戻ってくると、デレクはなおも伏せたままで、アーサーは眼鏡を押さえながら何事か思案している。

ママドがアティヤを抱え上げ、資材置き場の小屋に向けて歩き出した。

「待ってください。現場はそのままに……」

言いかけて、警察などいないと告げられたのを思い出す。

「このままにしておけるか。……しかし、宇宙服というのは重たいものだな」

ママドがよろけながら小屋の奥へ消えた。

突風が吹いた。機材やセットが揺れ、一気に肌寒くなる。ぼくは星条旗がはためいていることに気がついた。大国の傲慢(ごうまん)を象徴するようで、そのままにしておけなかった。ポールを引き抜き、丸めて着陸船のハッチに放りこむ。着陸船は大きく見えたが、ハッチ内は、人一人がぎりぎり入れるくらいの構造だった。

デレクが伏せたまま、咎(とが)めるようにぼくを一瞥(いちべつ)した。


ジェレミーは見つかった。

正確には、ぼくらが見つけたのではなかった。ぼくらはその日の深夜、ピシュカル老に呼び出され、ジェレミーを拘束したと伝えられたのだった。

ピシュカルの話によると、アティヤの家族に事態を知らせるべくママドが暗い町を走っていると、うろついていたジェレミーと鉢合わせになった。咄嗟(とっさ)にジェレミーが逃げようとしたので、ママドは彼が事件の犯人だと確信し、その場で捕らえた。

それが、事件後の八時過ぎ。

ジェレミーは村の空き家に軟禁され、二日後には長老会(ウルス)で裁かれるという。

犯行方法もわかっていないのに乱暴な話だが、村からすれば、容疑者はよそ者のぼくらしかありえないのだ。犯人さえ決められれば、犯行方法などどうでもいいということだ。

いかけた。
アーサーがまっすぐにピシュカルを見つめて、英語で問
「ジェレミーは無事なのか?」
異国で喉が渇いてつらいとき、水はないかと問えば、そ
れが日本語であっても、えてして水は出るものだ。正面か
らの問いは、言葉は違えども通じる。
「……会わせることはできない」
ピシュカルが眉間に皺を寄せた。
「だが、まだ裁定前だ。したがって、長老会までは客人と
して扱うことになる」
「わかった」
ある意味では、この状況に感謝すべきなのかもしれな
い。ジェレミーが容疑者として捕らえられたことで、ぼく
たち外国人全員が命を狙われる心配は減ったからだ。
「長老会。裁判みたいなものですか」
ピシュカルに訊ねたつもりだったが、これにはアーサー
が答えた。
「部族において、長老会での決定は絶対だ。ときには政府
さえ介入ができないと聞く。アフガンの人々は、国より部
族への帰属意識が強い。それはハザラにおいても変わらな
い」
「裁定はどうなると思いますか」
「……目には目を」
アーサーは直言を避け、かわりにコーランの一節を引い
た。
「イスラム法の原則だ」
夜道を歩き、宿泊用の小屋に戻ったところで、ラリーと
デレクが頭を抱えた。
「どうする?」ラリーが誰にともなく問いを発した。
「もしかすると、ジェレミーのことは諦めて逃げるしか
……」
デレクの言を責めることはできないだろう。
そのとき、隣の小屋から声がした。アティヤの親族が、
資材小屋に遺体を引き取りに来たようだ。遺体の検分をし
たかったが、よそ者に許されるわけもなく、遺体は運び出
された。
それから、遅くまで作戦会議となった。
ジェレミーは軟禁され、公平な裁定も期待できない。頼
れそうなのは、カブールのアメリカ大使館か。が、アフガ
ンの政府も介入できない長老会に対し、大使館ができるこ
とはあるのか。
村には最初に一行が乗ってきたトラックがあるらしく、

それで逃げる案も真面目に検討された。また、どこかに軟禁されているジェレミーを見つけて救い出す案も出た。しかし結局は八方塞がりとなり、ラリーとデレクは疲れて眠ってしまった。

ぼくの目は冴えたままだった。

——俺はね、たったいま、この船で月から帰ってきたんだ。どうだ、すごいだろう！

無邪気に話す彼の顔が浮かぶのだ。そして、この場の通訳はぼく一人なのだった。

「残りの半金をください」

ぼくは腹を決め、アーサーに要求した。

「このままではジェレミーは無実を訴えることすらできない。事実上の欠席裁判です。残って長老会でジェレミーの通訳をやります」

怖くないと言えば嘘になる。でも、あくまで容疑者はジェレミーなのだ。

「あなたはどうします」

「決まってる」アーサーの回答は簡潔だった。「——真相を究明し、長老会に持ちこむ」

翌朝、ぼくは最初に目を覚まして村に出た。狭い村なので、皆、すでに事件のことは知っているのだろう。明らかに避けられているのがわかり、肩身が狭い。やがて、あとから起きてきたらしいアーサーがぼくを見つけた。

紅茶を売る屋台があったので、ぼくらはそこで朝食がわりに紅茶を頼んだ。

店主は迷惑そうにこちらを見ながらも、注文通りに茶を出してくれた。

「ラリーとデレクも村に残るそうだ」

眼鏡の英国人は開口一番にそう伝えてきた。

「きみが残ると言ってくれたのが大きい」

「そうですか……」応えながら、内心であの二人のことを見直した。「でも、別に彼らは逃がしてもよかったのでは？」

「それはいけない」

「なぜです」

「彼らが犯人かもしれないからだ」アーサーがこともなげに答えた。「仮に、ラリーやデレクが真犯人であったと長老会で指摘したとしよう。確かな証拠も得られたとする。ところが、その犯人は本国へ逃げている。この場合、裁定はどうなると思う？」

「さあ……」

ぼくは通りを眺めながら言葉を濁す。

「おそらくは――」アーサーが目を細めた。「ジェレミーが死刑となる。同害報復の原理において、罪を犯した同族は交換可能なんだ。そして、ジェレミーが殺された時点で報復は終了する。部族社会で、殺し合いの連鎖を止める知恵だ」

「でも、ぼくらの価値観とは相容(あいい)れない」

アーサーが頷いた。

「その通り。それではわたしたちが納得できない。我々は、この価値観と西欧の価値観、その双方と合致する結末を見出さなければならないのだ。つまるところわたしたちは、ただ真相を明らかにすればよいというものではないのだよ」

思わぬ指摘に、ぼくは天を仰(あお)いだ。自分が考えていたのは、せいぜい通訳まで。解決策など、考えようともしなかった。

しかし、そんなことが可能なのだろうか？　長老会は、もう明日なのにだ。

「なぜぼくにこんな話を？　だって、ぼくが犯人かもしれないじゃないですか」

「あの現場で、わたしたちは隣り合わせに立っていた。見張り合っていたようなものだ。きみだけは犯人ではないと思うから、こうして話している」

「……凶器などは見つかったのですか」

「不明だ。検死結果でもあれば知りたいが、あいにく医者も警察もいない。ただ、傷口は事件のときに確認できた。首の横側の小さいものだ。刺し傷か、あるいはきわめて小さい口径(こうけい)の銃。だから、ライフルのような大袈裟(おおげさ)なものではない。アティヤが歩いていた方向を考えると、傷の向きはライトやカメラの方角――わたしたちが集まっていた場所だ」

「遠方からの狙撃ではない。ということは、皆が撮影する前でどうやって被害者の首を狙ったにせよ……少なくとも事件が起きたとき、犯人は現場周辺にいた？」

「これに該当するのは、アメリカ側ではラリーとデレク。少し離れて我々がいた。対してハザラ側は、わたしたちの背後に、ママドとピシュカル。この六人で全員だ。それより問題は、宇宙服で被害者の顔が見えなかったことだな」

「ああ……」

「あのヘルメットは外からは鏡面に見える。わたしたちは、なかにいるのがジェレミーだと思っていた。つまり、犯人はジェレミーを殺そうとした可能性が高い。むろん、犯人が入れ替わりを知っていた場合はその限りではないし、無差別に我々を狙った可能性もある。さしあたっての謎は――いつ、どうして入れ替わりが行われたのか。どうやってアティヤは殺されたのか。ジェレミーに、あるいはアティヤに対して動機を持つ者はいるか。このあたりか」

アーサーが両手の指の関節を鳴らした。

「順に片づけよう。解くべき謎は多いぞ」

剝き出しの土の上に、寝袋や缶詰の空き缶が転がっている。

撮影にあたり、スタッフは使われていなかった二つの小屋を借りた。一つは資材置き場。アティヤがいったん運びこまれたのがそこで、そしてもう一つが、この寝泊まり用の小屋だ。通称、グランド・ホテル。あまりの悪環境に、アメリカが恋しくなったラリー監督が皮肉をこめてつけた名前だ。床には、長さが半分ほどになった蠟燭が二つ立てられている。

ラリーはぼくらの姿を見るなり、不機嫌そうに小太りの身体を揺らした。

「わたしに断りもなく、入れ替わるだなんて――」

「ということは、二人が入れ替わっていたことは監督も知らなかった？」

事件時の様子からそうだろうとは思うが、アーサーはまずこの点を確認した。

「当たり前だ！」とラリーが嚙みつくように答える。

「ほかに気づいた点などは？」

記憶を探っているのか、ラリーはゆっくりと視線を天井に向けた。

「飛行士役の足取りが心許なくは感じたが」――確かに、それはぼくも思ったことだ。「が、倒れるまで異変には気づかなかった」

「昨日、撮影の前にどういうことがあったか、順を追って説明してもらえるか？」

昨晩話し合ったのは逃げるかどうかといったこと。このような細かい話はしていない。

頷いて、ラリーが話しはじめる。

まず日没後の十九時過ぎ、風がないことに気がついた。ついで、ここグランド・ホテルで待機するデレクとジェレミーを呼び出し、キーとなる星条旗のシーンを撮ることにした。

ラリーはセットや構図を、デレクはカメラのセッティングを再確認し、ジェレミーは着替えのため資材小屋へ向かった。これが、十九時十五分ごろ。

「だから、この時点でまだジェレミーは近くにいた。資材小屋はわたしの注意の外にあったが……。入れ替わりがあった以上、アティヤも資材小屋にいたとするのが妥当だろう」

準備が整い、そこにぼくとアーサー、そしてママドやピシュカルが集まった。この間のどこかで、あるいはそれより前にアティヤは資材小屋に入り、ジェレミーは人目を忍んで現場を離れた。あとは、ぼくらも知る通りだ。

「そういえば、なぜ俳優はジェレミー一人だけ？」ぼくも気になっていたことを訊くことにした。「だって、アポロには何人もの飛行士が乗る予定なのでしょう」

「極秘の撮影だからな。人数を最小限にするためだ」ラリーが横を向いた。「あの着陸船だって、パーツごとに作っておいたものを有蓋トラックで運びこんで組み立てたんだぞ。ジェレミーには二役をやらせて、それを本国で加工してつなぎ合わせる予定だった」

「着陸船が月面に近づいていく映像とか、そういうのは作る予定なのですか」

「やらない。映像は最低限にしたほうがばれにくいし、派手な特撮も避ける。とにかく、映像が月っぽければいいんだ」

「ジェレミーは本国が要請した宙返りができなかった。それでも撮影を？」

「俳優は、本番で奇蹟を起こすものと決まっている」とラリー。

わりと大雑把な性格のようだ。

アーサーは明後日のほうを向いて何事か考えていたが、やがてラリーに目をやった。

「ジェレミーかアティヤに対する殺害動機がありそうな者はいるか？」

「思いつかない。強いて言えばデレクか。アティヤに袖にされて怒っていたからな」

「デレクはいまどこに？」

「資材小屋だ。やることがないから、カメラの整備をするとかなんとか言っていた」

アーサーが頷き、外へ目を向ける。

木材が貴重なので、普段使っていないというこの小屋にはドア一つない。その開け放しの入口から、撮影現場を見わたせた。

「誰がやったと思う？」アーサーが最後に訊ねた。

「誰が犯人ならありがたいかは決まっている」ラリーが目

をすがめた。「ママドとかいう邪魔者だ。罪は彼に背負ってもらい、なんだったら撮影を再開する。それが一番だ」

アーサーはそれには反応せず、行くぞ、とぼくをうながした。

小屋を出てから、ぼくは小声でぼやいた。

「ひどい話です。よく、あんなのの相手をしてきましたね」

「ましなほうさ」

アーサーが澄まし顔で応えた。

「あれがキューブリックだったら、まずもって質問すらさせてもらえないだろうからな」

資材小屋の隅に、血で汚れた宇宙服が抜け殻のように転がっている。この小屋のなかをちゃんと見るのははじめてだ。古い物置で、棚に農耕具や火縄銃、穴の開いた鍋といった使われなくなった品が並んでいる。

デレクはその一角に坐りこみ、長身を屈め、一人でカメラを整備していた。

足の踏み場もないので、入ってすぐの場所に二人で立つ。アーサーが質問をしようとしたところで、思わぬ人物が現れた。ママドだ。

「こそこそ集まってなんの相談だ？」

ぼくが訳すと、「捜査だ」とアーサーが答えた。ママドが鼻で笑い、ぼくらのうしろに仁王立ちした。監視するつもりのようだ。

アーサーがやりにくそうに咳払いしてから、デレクに訊いた。

「ラリーから聞いたが、風が止んだところでジェレミーとともに呼び出されたそうだね」

「ああ」デレクが仏頂面（ぶっちょうづら）で口を開いた。「で、この小屋にジェレミーがいるのを見たよ」

ぼくとアーサーは目を見合わせた。

「いつのことだ？」

「風が止んだと言われて、カメラを担いでグランド・ホテルを出て――ああ、こいつはなるべく身の回りに置いてるんだ――それで、セッティングしたあとさ。あいつ、宙返りができなくて悩んでいたんでな、一言、声をかけてやるつもりだった」

しかし、デレクは小屋には入らなかった。

資材小屋のなかから、話し声が聞こえてきたのだという。それが片言の英語であったので、何かおかしいと感じた。

覗くと、アティヤとジェレミーが蠟燭の灯りを挟んで向かい合っていた。

「やはりそのときか。二人はどんな話を？」

「アティヤはジェレミーの気を引こうとしていた。自分は宙返りができるから、かわりに宇宙服に入って演技がしたいと」

「英語で？」

「片言だがな。それと、ボディランゲージ」

するど、入れ替わりは二人の合意で自発的に行われたということか。

「黙認すべきか迷ったが、それで宙返りができるってんならいい。俺は早くアメリカに帰りたいんだ。ただ、いまとなってみれば、もっと早くこのことを皆に話しておけばよかったと思う」

「ほかに、二人の話を立ち聞きしていた人間はいるか？」

デレクは自信なさそうに、いないと思う、と答えた。

アティヤ、と固有名詞が出たことで、ママドがぼくに通訳を求めてきた。それで、デレクが話したことを彼に伝えてやった。うむ、とママドが喉の奥から振り絞るような声を出した。

ぼくは一人で外に回り、窓や出入口を確認してみた。小屋の周りに、視界を遮るものはほぼない。二十メートルほど先に、はりぼての着陸船が立ったままだ。

「菓子でも食うか？」

戻ったぼくに、デレクは突然そんなことを言った。それから宇宙服のバックパックを開け、その中身を並べはじめる。煙草。何かの薬。辞書。重さを調整するためだろうか、いろいろな品が入っていた。

生命維持装置だとばかり思っていたので、しばし呆気に取られてしまう。

こんなにものを入れていたら余計に宙返りなどできないだろうとも思ったが、それについては黙っておく。

「あった」

デレクがつぶれたポテトチップスの袋を差し出してきた。なるべくなら、死者が背負っていた菓子は食べたくないが、アフガンにいてこうした食品が懐かしいのも確かだ。礼を言って、受け取った。

「宇宙服、見せてもらっていいですか」

着脱しやすくするため、宇宙服は上半身と下半身に分かれているようだ。銃弾が貫通したような、そういう穴はやはり見当たらない。

「思ったより軽いです」

「だから宙返りしろなんて指示があったんだよ」とデレク。

　外装はプラスチック塗装でそれなりに作り込まれているし、バックパックも頑丈に見える。けれど予算の都合かなんなのか、あちこちに隙間が空いていた。

「これ、本物じゃなかったのですね」

「本物は何億ドルもする」とアーサー。「こんな撮影のために使えるものじゃない」

「案外に作りが粗いのですね」

「地上で使うのに気密性はいらないからな」

　偶然に、こうした隙間から銃弾が入った可能性などはあるだろうか？　いや、現場周辺に銃なんかをかまえた人間がいたか。いったいなぜ……。

　沈思しかけたところでデレクが口を開いた。

「……実のところ、ラリーとジェレミーの仲はぎくしゃくしていた。ラリーは自分が関われなかった映画にジェレミーが参加していたことをよく思っていなかったし、ジェレミーはジェレミーで、宙返りの件で苛ついていた。ときおり喧嘩をしているのを目にしたよ」

「そうなのですか？」応えてアーサーに目を向けたが、何事か黙考しているのみだ。


「前は意地悪く接して悪かったな、日本人」

　最後に、デレクがぼくの目を見ずに言った。

「明日の長老会、ジェレミーのことを頼む」


　枯れ枝を組み、茣蓙をかぶせただけの小さなひさしが突き出している。ピシュカルの家だ。ここに来るのは、もう三度目になる。ひさしの下では、ピシュカルが一頭のロバとともに、何をするでもなく景色を眺め、茶をすすっていた。

「何をしているのです？」

　今日は特に暑い。拭いては流れ出る汗に閉口しながら、ピシュカルに訊ねた。

　相手はゆっくりとぼくに目を向けて、

「何も」

と答え、そっとロバを撫でた。それから、素焼きの湯呑みに入れた紅茶を勧めてくる。

「きみたちは世界に対して開けている」とピシュカルがつけ加えた。「が、速すぎるな」

「あなたがたは？」

「この目に見えるのは、サリ・バザールだけ。だから、時の流れはゆっくりだ」

「……昨夜のことを教えてもらえるか」

アーサーが訊ね、ぼくはそれを現地語に訳す。その間、ピシュカルが二、三度頷いた。

「彼と一緒にいた」

ピシュカルがぼくのうしろを指す。ぼくらを監視するためについてきたママドだ。

「それは知ってます。いつから？」

「昨晩、わたしたちはここでまた口論をしていた。そのとき、撮影のライトが点いたのが見えた。あの光は強いからな。ママドが現場に向かい、わたしも追いかけたわけだ。あとは、ママドが撮影を妨害しないか見張っていた」

「ふむ……」アーサーが眼鏡を持ち上げる。「誰か、アティヤに恨みを持つ者などは？」

ジェレミーに対する動機はよいのだろうかと思うが、村としての見解は、この件はジェレミーによるアティヤ殺しなのだ。だから、アーサーとしても訊きかたが苦しくなる。

間を置いて、ピシュカルは首を横に振った。「あれで案外、みんなに愛されていたよ」

「ジェレミーの様子を訊いてくれるか」

名前が聞こえたせいだろう、ぼくが訳すよりも前にピシュカルがそれに応えた。

「客人扱いだ。手荒な応対はしていない」

ピシュカルから聞き出せるのはこんなところだろうか。礼を言って、身を翻(ひるがえ)したときだ。

「十年後」

不意に、ピシュカルが声をかけてきた。

「十年が過ぎたら、またいらっしゃい」

「なぜです？」

「いま、アフガニスタンは開けてきている。十年後には、もっといい国になるだろう。十年後には、もう少しちゃんと、あなたがたを持てなせることと思うから」

ママドはやっと満足したのか、「ふん」と鼻を鳴らすとその場を去っていった。


ぼくとアーサーは村の屋台に立ち寄り、ナンと羊の煮込み(コルマ)を注文した。

ここでも敵意を含む目を向けられたが、店主は何も言わずにナンをぼくらの前に出した。それはLPレコードのジャケットのように大きく、砂が混じっていて、嚙むと口内で音を立てた。

つづいて煮込みが出た。

「現場にいたという点では、ピシュカルも容疑者になります」ぼくは思ったままを口にした。「でも、彼がやったとは思えません」

「心証としてはな」アーサーが煮込みの骨と格闘しながら応えた。「だが、アティヤに対する動機ならあるぞ」

ぼくは瞬(まばた)きをした。これまでの話に、そのような要素はあっただろうか。

こちらが黙っているのを見て、アーサーが声のトーンを落としてつづけた。

「名誉殺人(オーナーキリング)という慣習がある」

そう言って、アーサーはナンを手でちぎる。

「殺人の対象となるのは、女性の婚前交渉や婚外交渉だ。これは家族全員の名誉を汚(けが)すものと見なされ、家族や親族の手で、家の名誉を守る目的から女性を殺すことがある」

「……本当ですか?」

「ああ。これは同性愛者も対象になる。さらに、強姦の被害者であっても対象になる。ときには、外国人と仲良くしただけであっても、名誉殺人の対象になりうるようなのだよ」

アティヤの新しい生きかたは、それ自体が危険なものであったということだ。

ただ、この動機が成立するのは、先に演者の入れ替わりを知っていた場合になるだろう。

「ややこしいです。せめて、二人のうちどちらが狙われたのかをはっきりさせたい」

「それができれば苦労はない」

「だとしても……」ぼくは羊肉の塊(かたまり)を飲みこんだ。「どうやって撮影中に彼女を?」

犯行方法。結局、これが最大の謎だ。

アーサーはすぐには答えなかったが、やがて、「そうだな」と口を開いた。

「被害者は皆が見ている前で倒れたし、宇宙服に銃痕(じゅうこん)もない。それだけ見ると不可能犯罪のように見えてしまう」

「ええ」

「ならば被害者は倒れる瞬間に撃たれたのではなく、実際は、倒れた前後に犯行があったとは考えられないか。たとえば撮影がはじまったとき、アティヤはすでに致命傷を負っていた」

「確かに、足元がおぼつかない感じでしたね。でも、助けを求めずに演技をつづけた?」

「あくまで可能性の検討だ。次に、倒れたあとのケース。

犯人はまず、なんらかの方法でアティヤを転ばせる。それから駆け寄って、ヘルメットを外す。その直後、早業で殺害に及ぶ。この場合、凶器はナイフか何かか。銃で撃ったら音が響いてしまうからな」

このケースでは、犯人はヘルメットを外した監督のラリーだということだ。

「可能性というならこういうのはどうですか。デレクがカメラの脇で小口径の銃をかまえ、撃つ。銃弾が偶然宇宙服の隙間から入りこんで、不可能状況のようになった」

「誰かにちらとでも見られたら犯行が露見する。その線は薄いな」

勘定を済ましたところで、アーサーが考えごとをしたいと言い出し、ぼくらはいったん別れることにした。残されたぼくとしては、特にやることもない。

自然と、足が現場の広場に向かった。

月着陸船に乗りこみ、アティヤの足跡をたどってみる。ハッチを開け、タラップを降り、旗を立てる真似をする。それから、宙返り。いや、宙返りはしなかったのか。

見回す。右手の少し遠くに、グランド・ホテルと資材小屋。左手に発電機とライト。そのあたりに皆がいたはずだ。視界は開けているし、着陸船のほかは何もない。

着陸船のなかに誰かが身を潜めることはできただろうか？

いや、無理だ。あのハッチのなかは、一人がぎりぎり入れるくらい。撮影時、被害者がそこから出てきた以上、なかは無人だったということになる。

ふと視線を感じた。

ママドとイエルガが並んでぼくを眺めていた。神学校の帰りなのか、イエルガの手にはペンケースとノート、コーランがある。バッグは持っていないようだ。

「お恥ずかしい」ぼくはどぎまぎしながら言った。「何かわかるかなと思ったのですが」

「あんなものを着て宙返りするなんてのは無理がある」

ママドがそう言いながら、歩み寄ってきた。

「それにしても、おまえは本当に俺たちに似ているな」

同じモンゴロイド、ということだ。

「……俺たちハザラは差別されていてね」

突然に、そんなことを言う。ぼくは煮えきらない相槌を打った。

「もう百年も奪われ、殺されつづけている。だが――最大の問題は、俺たちがその状況に慣れきっていることだ。このことを、ずっと俺は危惧している」

返答に窮していると、「こんな話がある」とママドが言葉を継ぐ。

「〈あなたは誰か〉と人に訊かれたとする。スンニ派は〈下僕なり〉と答える。シーア派の俺たちも〈下僕なり〉と答える。〈誰の下僕か〉と問われたとする。スンニ派は〈神の下僕だ〉と答える。俺たちは、〈聖者アリーの下僕だ〉と答える。だから、ハザラは背教者なんだと」

「そうなのですか？」

「作り話だ！」ママドが怒りをあらわにした。「だが、この作り話が差別の道具として使われ、パシュトゥンの連中は、俺たちハザラへの聖戦まで宣言した」

パシュトゥン人――この国の多数派である遊牧の民。

「気をつけろよ。パシュトゥンどもの襲撃は突然だ。いまにもやってくるかもしれない」

「……なぜ、ぼくにこんな話を？」

「さあな」

ママドはイエルガの手を握った。

「似ているからかな。似ているというのは、どうにも奇妙なものだな」

意外だった。ママドはぼくに何かを伝えようとしてくれている。が、気のきいた返事を思いつかない。ぼくは握手を求めようとした。

そのとき、背後に異様な熱気を感じた。

資材置き場の小屋が、窓から火を噴いていた。「火事だ！」ぼくは反射的に叫び、ママドが人を呼びに駆けて行く。

近づいてみると、ガソリンの臭気がした。自家発電機用のガソリンを撒いて、火をつけたのだ。なかに誰か残されていないかと覗こうとするが、近寄れない。やがて、村人数名とラリー、デレクが集まってくる。遅れて、アーサーが息を切らしながら駆け寄ってきた。

何があったのかと訊ねられ、ぼくは見たままのことを説明する。ピシュカルがやってきて、なんてことだ、とつぶやいた。

「おまえたちが持ちこんだもの以外は、どうせガラクタばかりではあったが……」

「ああ、フィルム！」

ラリーの叫びがそれに重なった。それでふと思う。フィルムに、何か犯人にとって都合の悪いものが映っていて、それがいま、処分されたということはあるか？

「放火です。誰か目撃者はいませんか」

周囲に訊ねてみるが答えはない。放火犯は、うまいこと皆の注意の外で犯行をやりおおせたことになる。ただ、ママドとイエルガは一緒にいたので容疑者から除外できそうだが。

それよりも、問題は村人だ。

事件とあれば、村人はぼくらを疑う。村人たちは一様に、放火犯を見る目つきをぼくたちに向けてきている。彼らの敵意は増すばかりだ。こんな状況で、長老会での通訳をやるのかと思うと、暗鬱な気分になってくる。

アーサーがふと言う。

「ジョサイア・ハーランへの道は遠いな」

「誰ですって？」

「アメリカ人の探検家で、アレキサンダー王になろうとした男だ。前世紀にアフガンで軍を率い、最後にはこの地の王子となった」

戸惑うぼくに、「もっとも」と、アーサーはやや皮肉めいた口調でつづけた。

「いくらこんな話をしようと、情報は知識ではない。そして、知識は知恵とは言えない」

「……この一連の事件についてはどうです」

「だいたいのことはわかった」眼鏡の奥の目が光った。「が、問題はほかにあるのだ」

＊

地面に青いシートが敷かれ、人が集まりはじめた。

長老会(ウルス)は村の議会であり、司法機構でもある。目的に応じて集落の聖職者や有力者が集められ、法にのっとり、争いの調停や処罰が決められる。小さな村の問題であれば、このように集まるし、軍事や財政が関わる問題では、村をまたいだ大会議となるという。

奥の上座で茶を飲んでいるのは、議長を務めるピシュカルだ。隣に、関係者としてママドがいる。さらに隣にいる知らない男は、村の聖職者だという。

向かい合う形で、アーサーとラリー、デレクが腰を下ろしている。通訳のぼくは便宜上一番奥、ピシュカルの向かいだ。

温(ぬる)い風が吹いた。

撮影用の空き地と違い、緑が見える。畑だ。その畑の向こうに、茶色い丘がつづく。場所が屋内でないのは奇妙な気がするが、寒い冬を除いては、外で集まることが多いのだという。皆、険しい表情で口を結んでいる。

遠巻きに、村の人々が様子を見守っている。なかにはイエルガの姿もあった。

ジェレミーが馬車でつれられてきた。

やつれているかと危惧していたら、二日前よりも血色がいい。客人として扱われているということだったが、このあたりのハザラの感覚はわからない。ジェレミーがピシュカルの傍らに坐り、それからピシュカルが神への祈りを唱え、開始の挨拶を述べた。

声を張り、ピシュカルの言葉を英語に訳す。

この調子で、会が終わるまで全員の発言を訳さねばならない。ピシュカルはぼくが訳し終えるのを待ってから、

「疲れたらいつでも言うように」と気遣いを見せてくれた。

「今日は、彼の処遇を決めるためにお集まりいただいた」

ピシュカルが一同を見渡した。

「だが、アメリカ側から釈明の機会を求められた。発言権は、全員に与えられるべきものだ。だから、今日は彼らも出席している」

村人らは、すぐにでも判決を下せという顔をしている。

ピシュカルの口上は、彼らに念を押す意味もあったのかもしれない。つづけて彼は事件の概要を語り、この内容に間違いがないことを全員に確認した。

ジェレミーが捕らえられた経緯については、ママドが補足をする。

事件のあと、ジェレミーが村をうろついていたこと。ジェレミーがママドの姿を見て逃げ出したこと。

ピシュカルがジェレミーに訊ねた。

「なぜ逃げた?」

「訊くまでもない」すかさず、ママドが割って入った。

「もちろん、犯人であるからだ」

「わたしは彼に訊ねている」

「小屋でアティヤと入れ替わったあと、村に出て……それで、アティヤへのプレゼントを探していた」ジェレミーが赤面しながら答えた。「ほら、ぼくらは仲がよかったから……。役を代わってもらった、そのお礼だよ。でも暗くて迷ってしまって。ママドがぼくらの交友をよく思っていないのは承知していた。だから、とっさに逃げようと……」

だんだん、言葉が途切れがちになってくる。

「それが、まさか殺されたなんて……。ぼくらが入れ替わりなんかしたから」

ぼくが訳し終えたところで、人々がざわめき出した。ちらと、彼らの表情を確認する。いまのところ、心証は七対三で劣勢といったところか。

ピシュカルはゆっくり頷くと、話を進めた。

「村としては、逃走を企てた彼を犯人と考えている。これについて異論のある者は？」

犯行方法もわかっていないのに随分乱暴だが、村からすれば、アティヤを殺した人間はよそ者のぼくら以外にありえない。そして、罪を犯した同族は交換可能。ジェレミーが処刑されれば、彼らにとってはそれで収支が合うのだ。

ここでやっと、アーサーが手を挙げた。

「……我々は、犯人が別にいると考える」


訳した瞬間に野次が飛んだ。

ざわめきが収まった頃合いを見て、アーサーはおもむろに話しはじめた。

「まず、思い出してほしいのだが」彼が皆をうながす。「事件はきわめて特殊な状況下で発生した。被害者は宇宙服をまとっていて、撮影中に皆の目の前で死んだ。あたかも、犯人が透明人間であるかのような状況だった」

幾人かが頷いたのを受け、アーサーがつづける。

「犯行方法はいまもって不明。犯人からすれば、透明人間のままにしておきたかったはずだろう。ジェレミーが犯人であったとすれば、わざわざ人前で逃げ出すはずがない」

逃げる必要がないばかりか、逃げれば疑われるだけとなる。

ここから、アーサーはジェレミー以外の犯行を想定し、情報を集めはじめたという。

「だとしてどのような可能性があるか。この事件はわからないことが多い上、入れ替わりがあるからややこしい。まずはあのとき現場にいた者から一人ひとり考えてみようか」

一息に喋（しゃべ）ったアーサーが、咳払いをする。

「たとえば、ピシュカルがアティヤに対する名誉殺人、つまり親族の名誉を守るための殺人を行ったということは考えられるか？――だが、彼が犯人だとは考えられない」

ピシュカルは一瞬目を丸くしてから、当たり前だという顔をした。

「なぜなら、彼は宇宙服のなかにいるのがアティヤだと知らなかった。役の交替がなされたのは本番直前で、予定されていたことではない。あくまで、演技をしているのはジェレミーであると考えていたはずだ。仮にジェレミーを殺す動機があったとしても、あのときピシュカルは我々の背後でママドと一緒にいた。彼に犯行の機会はないだろう」

つづけて、アーサーはデレクを指さす。

「カメラマンのデレクは二人が入れ替わる現場を目撃し

た。そしてデレクは皆の前でアティヤに袖にされた。彼が手を下した可能性はあるか？　が、これも信じがたいことだ。確かに、デレクは宇宙服の中身がアティヤだと知っていた。だが、知っていたことを我々に証言したのは、ほかならぬデレク自身なのだ。証言した場にはママドもいたから、彼もそのことを裏づけてくれるはずだ。もしデレクが犯人なのであれば、入れ替わりなど知らなかったと証言しただろう。だからこれは、アティヤを狙った犯行ではありえない」

「そうだな」とママドがこれに応じた。「確かに、そういう話を聞いた」

次に、とアーサーがつづける。

「監督のラリーは、宇宙服のなかにいたのがジェレミーだと信じこんでいた。ジェレミーとの関係もぎくしゃくしていたと聞く。あのとき、最初に飛び出していった彼がその場で早業殺人を犯したとしたら？」

それもない、とアーサーは言う。

「もしラリーが犯行に及んだとするなら、そのタイミングはアティヤが倒れたあとしかない。なんらかの方法――たとえばピアノ線でも張ってアティヤを転ばせたとしよう。その後に、発見者を装ってナイフか何かで一刺しする。が、これもありえない。ラリーが犯人だったならば、ヘルメットを脱がした瞬間に、別人だと気がついて犯行をやめるはずなのだ。同じことが、ママドに対しても言える」

名を挙げられ、ママドが眉をひそめた。

「どういうことだ？」

「きみは撮影に反対していたし、ジェレミーを快く思っていなかった。でもきみが宇宙服をまとった人物に近づけたのは、やはりラリーと同じく、アティヤが倒れたあとしかない。しかも、きみが近づいたのはラリーのあとで、そのときには彼女はすでに血に塗れていた。これについてはラリーが証人になるだろう」

「ふむ……」とママド。

「まあ、なんらかの大がかりなトリックを使用した場合はこの限りではないが、それも現実的ではないだろう。そもそも周囲にはトリックを仕掛けられるような物体はほぼ存在しなかったのだから。ところで、先ほどアティヤが倒れたあとの早業殺人について検討したが、逆に倒れる前であればどうか？　撮影がはじまる直前にアティヤと会っていたのは、彼女と入れ替わったジェレミーだ。そのとき、ジェレミーがアティヤに致命傷を与えた可能性はあるか。だが、これも考えがたい。アティヤは助けを求めることもせず、撮影に参加したのだからな」

ついでながら、とアーサーがつづける。

「わたしとこの通訳は互いに監視していたも同然の状況だったし、背後にはママドとピシュカルもいた。あのとき現場にいたとわかっている人間は、これで全員だ」

さて、とアーサーが咳払いをする。

「先ほど、我々はアティヤが倒れる前かあとに殺害が行われた可能性を検討した。だがその結果、犯人が手を下したのはどちらでもありえないとわかった。すなわち、アティヤが倒れる直前――つまり、皆の見ている前で殺人が決行された可能性しかないことになる」

「馬鹿な！」

訳し終えるや否や、ピシュカルが叫んだ。

「それでは結局、誰にとっても犯行は不可能ではないか！」

「そうなのだよ」アーサーが厳かに頷いた。「だから、真相にたどり着くためには、いかにして犯行がなされたのか、あるいはそもそも凶器は何で、それはどこへ消えたのか、こうしたことを考えていくしかないように思える。しかし……」

ここまで話しておきながら、アーサーはなぜか躊躇った。

「犯人がわかったとしたら、やはり裁定は死刑になるのか？」

「よほどの事情がなければな」とピシュカル。

「やむをえない事情があり、皆もそうだと同意するならば？」

「同害報復の原則は曲げられない」これには村の聖職者が応えた。「我々は法にのっとった結論を出すだけだ。この村においては、死刑を執行するのは被害者の遺族になる」

刑を下すのが誰かは部族によって異なり、ここでは遺族だということらしい。

遺族には事件の状況や犯人の言いぶんが説明され、復讐か慈悲かを選ばされる。復讐を選べば、死刑は執行される。逆に遺族が慈悲を選んだ場合には、かわりに、村から遺族に補償金が出る仕組みになっているという。

どこまで正確に訳せたか不安が残ったが、アーサーは頷いてから、

「うむ、いいだろう。この事件は犯行方法さえわかれば自動的に真相が判明するのだ」

と宣言して一同を見回した。

「思い出してほしい。一つ、この事件には未検討の謎が残

っているのだ」

「未検討の謎だと？」ママドが目をすがめた。

「犯行はアティヤが倒れる直前になされた。だが、思い出してほしい。それよりも前に、彼女の足はふらついていたのだ」

――宇宙飛行士が小さく頷き、月面歩行をはじめる。どことなく、足取りが心許ない。

――確かに、足元がおぼつかない感じでしたね。

「確かに……」とピシュカルが声をくぐもらせる。「だが、いったいなぜ？」

「決まっている。重かったからだ」

アーサーが指を立て、一同を見回す。

「実際、倒れたアティヤを運んだママドが証言している。重たい、とな」

――しかし、宇宙服というのは重たいものだな。

「確かに重く感じた」とママド。「だが、それがなんだというのだ？」

「おかしいのだよ。実際、あの宇宙服は重くなかった。それどころか軽かったのだから」

――思ったより軽いです。

――だから宙返りしろなんて指示があったんだよ。


「つまり、同じ宇宙服が重くなったり軽くなったりしている。むろん、そんなことは本来起こりえない。だが、こう考えたらどうだろうか？　重量が変わったのは、宇宙服ではなく、その内側だったのだとしたなら」

そう――、とアーサーがつづけた。

「犯人は、宇宙服のなかに潜んでいたのだ」

「どういうことだ？」とラリーが声を上擦（うわず）らせた。「犯人は蠍（さそり）か何かだったとでも？」

「むろん蠍でもない。あの宇宙服には、一つだけ、身を潜められる部位があるではないか。そう、バックパックだ。そして、あのバックパックに入ることのできる人物は限られる」

長老会を取り巻く人々を、そっとアーサーが見渡した。

皆の視線が、おのずと一人の子供に向く。その相手は、口を真一文字に結んでいる。

「その通り。村のただ一人の子供……この事件の犯人は、イエルガなのだよ」

しばし、一同がしんと静まり返る。それを打ち破り、

「まさか！」とママドが叫んだ。

「イエルガが、こんな犯行に及ぶなど――」

「いや」静かにアーサーが答えた。「これは案外に合理的なのだよ。バックパックに隠れれば、被害者の首筋が目の前に固定される。つまり、非力な者でも犯行が可能になる」

「傷は首の横にあったはずだ。背後から狙ったなら、それは後頭部になるのでは？」

「バックパックは大きく、頭の上に突き出ている。そのなかに隠れ、片手に武器を持ったところを想像してほしい。狙われるのは、ちょうど首の横のあたりだ」

「む……」

「つまり、撮影現場が犯行の舞台に選ばれたというよりは、バックパックに隠れるという方法が取られたために、結果として、撮影現場で殺人が起きたというわけだ」

「だがな……」とママドが口を開くが、その先がつづかない。

「まず、イエルガはジェレミーを殺すために、人がいない頃合いを見計らって資材小屋に忍びこんだ。それからバックパックを空にし、なかに隠れた。中身の辞書や菓子は、あの雑然とした小屋のどこかに隠した。本番と重なったのはたまたまだろう。とにかく彼が考えたのは、バックパックに隠れ、機会を待つことだった。その後、ジェレミーとアティヤが小屋に入ってきた」

「アティヤとの入れ替わりには気づかなかったのか？」と、これはピシュカルだ。

「アティヤとジェレミーの会話は英語だ。イエルガが理解することはできなかった。あくまで、イエルガは宇宙服を着たのがジェレミーだと思いこんで犯行に及んだ。入れ替わりさえなければ、ジェレミーが重さの違いに気がつき、事件が未然に防がれた可能性もあったのだが……アティヤも想像以上のバックパックの重さに戸惑っただろうがな」

アーサーが咳払いをした。

「事件が起きたあと、宇宙服はママドによってアティヤごと小屋に運びこまれた。誰もいなくなったところで、バックパックを抜け出し、入っていた辞書や菓子を元に戻す。殺してしまったのがアティヤだと知って動顚したろうが、まずは脱出を優先した」

「ママドが共犯者なのか？」ラリーが訊ねる。

「そうではない」

「それはおかしい」とピシュカルがすぐに指摘した。「ならば、イエルガがバックパックから逃げおおせたのは、偶然、ママドが小屋に運んでくれたからということになる。そう考えると、バックパックに忍びこむという犯行計画は、最初から破綻してはいないか。死体と隣りあわせになり、周囲には皆の目があり、そのまま身動きが取れなくなるのだからな」

「そこなのだが……」

アーサーはイエルガを一瞥する。

イエルガは突っ立ったまま微動だにしない。その手を、村人の一人が握っていた。

「逃げる予定などなかったのだとしたら？」

「どういうことだ」デレクが割って入る。

「わたしが通訳をつれてきた晩のことを覚えているかな」

「リハーサルがあった」これにはぼくが答えた。「そしてママドが旗を見て怒って……」

「それが動機となった。あのとき横にいたイエルガは、ママドの言う通りだと考えた。だからこそ――彼はこの地に星条旗を立てさせないため、犯行に及んだ」

つまりだ、とアーサーが声の調子を強めた。

「彼は私怨で殺人に手を染めたのではなく、この土地を守るために闘ったのだ。そうであれば、逃げる必要などない。部族の戦士は、闘いのあとに逃げたりはしないからだ」

会を取り巻く人々がざわつきはじめた。

それぞれ、深刻な表情で何事かささやき合っている。ぼくはやっと気がついた。なぜ、アーサーが犯人の処遇について最初に訊ね、そしてこのように話を持って行ったのか。

子供の処刑は、たとえこの土地の法にもとづくものであっても、ぼくらが納得できる結末にはならないのだ。

「……イエルガに逃げるつもりは最初からなかった。それでもバックパックから脱出して口を閉ざしたのは、アティヤを殺してしまったと知って、気が動顛したからだろう」

「待て。すると凶器はどこへ消えたのだ？」ピシュカルが鋭く訊ねた。

「おそらく、わたしたちの目の前に」

思わせぶりなアーサーの台詞に、皆が静まり返る。

「傷口は小さく、大きな銃声もなかった。ちょうど、条件にあてはまる武器をわたしたちは土産物屋に見せてもらった。この地特有の護身具――ペンガンだ」

ペンと同じ外見をした、単発の暗殺用、あるいは護身用の武器だ。物珍しさから、これを買い求める旅行者は多い。カブールの商人は言っていた。

――こういうのはどうだ？　普通のペンだと思うなよ
――どうだ、護身用に一本。

「貴重なものだ」アーサーが子供に目を向けた。「あるいは、いまも持っているかも」

イエルガが、はっとして駆け出した。手には、いつも持ち歩いていたあのペンケースがある。すかさず、それを村人たちが押さえこむ。あった！　と誰かが叫んだ。

事件のときに聞こえた乾いた小さな音。あれは、ペンガンによるものだったのか。

じっとなりゆきを見守っていたジェレミーが、大きく息を吐き、どっと仰向(あおむ)けに倒れた。が、それでは終わらなかった。

遠くで一発の銃声が響いた。

ジェレミーが慌てて立ち上がる。遅れて、無数の馬のいななきが聞こえてきた。不穏な空気が長老会を覆った。

パシュトゥンの襲撃だ！　と村人の誰かが叫ぶ。あとはめちゃくちゃだ。誰かの肘(ひじ)がぼくの後頭部に当たった。逃げる者、武器を取りに行く者と、いっせいに人が駆け出し、長老会は大混乱に陥った。

慌てて周囲を見回す。

先ほどジェレミーを運んできた馬車が、そのままになっていた。ぼくはそれに飛び乗り、

「こっちだ！」

と声を振り絞った。ラリーとデレク、そしてアーサーが馬車に乗りこんでくる。ぼくは御者(ぎょしゃ)に貴重なドル札を握らせ、どこか遠くへ向かってくれと頼んだ。あとはジェレミー一人だ。もう、目の前まで来ている。

が、村人のなかには、まだ納得していない者たちもいた。

ぼくらが逃げようとしているのに気がつくと、ジェレミーを取り押さえようとした。瞬間、ジェレミーが跳ねた。そのまま、空中で一回転をして馬車の荷台へ降り立つ。

すかさず、御者が馬に鞭(むち)を打った。

「できた！」とジェレミーが叫んだ。

*

店の奥で、真鍮の湯沸(サモワール)かしが湯気を立てていた。はじめてアーサーと出会ったのと同じ店だ。

通りは今日も旅行者や土産物屋で賑わっている。あたりにはケバブや煮物(コルマ)の匂いが満ちている。空は青く、遠くの岩山の麓(ふもと)には新緑が茂っている。

アフガニスタンの首都、カブール。

その北部の、ヒッピー・ストリートと呼ばれる通りにぼ

くは宿を取っていた。

あのときの御者は、できる限り遠く、ハザラジャートの領域内ぎりぎりまでぼくたちを運んでくれた。その先はパシュトゥンの支配領域であったため、御者が怖がって馬車の旅はそこまでとなった。

そこでぼくらは改めてバッグや必需品を揃え、カブールまで戻ってきたのだった。

ラリーとデレク、そしてジェレミーは一足先に本国へ帰った。

プロジェクトは失敗なので本国は怒るだろうが、命あってのことだ。アメリカに来たら訪ねてくれ、とジェレミーは繰り返しぼくに言った。デレクは次の仕事の心配をはじめ、ラリーは機材とフィルムを失ったことについてぶつぶつと未練がましく文句を述べていた。

残ったのが、ぼくとアーサーだ。

アーサーはアポロ計画に関連した次の仕事が待っているが、その前にスリランカの自宅に戻るという。ぼくはというと、しばらく休んでから、イランへ陸路で抜ける予定だ。

砂糖抜きの緑茶で、ぼくは喉を湿らせた。

「あの村はどうなったのでしょうね……」

「ハザラは被差別の民だ。それどころか中央はハザラ人を殺すことを推奨すらしている」

「ひどい話です」

「だが、長年そんな状況で自衛してきた民だ。無抵抗に掠奪されるとは思えない」

「しかし——」

道中、ずっと胸につかえていた疑問をぼくは口にした。

「真相はどうだったんです？」

一瞬、アーサーが目をそらした。

「あのとき話した通りだ」

「火事は人為的なものでした。あれは、証拠になるかもしれない宇宙服を消すために犯人が起こした？　ですが、火事が起きたときイエルがはぼくと一緒にいたのです。彼には火事を起こせない。しかも、彼はジェレミーを聖者とまで呼んで喜んでいた」

あのときのやりとりが思い出される。

——俺はね、たったいま、この船で月から帰ってきたんだ。どうだ、すごいだろう！

——聖者（ワリー）様だ！

これが、ずっと引っかかっていたのだ。

アーサーは気の進まない様子だったが、やがて、重い口を開いた。

「あのときは――」

　そう言って、彼は紅茶の湯呑みを傾ける。

「現地と西欧、その双方の価値観に合致する結論を導く必要があった。それは、最初に言った通りだ。そして、未成年者の処刑は、わたしたちの価値観に合うものではない。だから、イエルガに咎が及ばないよう、彼を戦士として持ち上げたわけだが……」

　ぼくは緑茶をすすり、アーサーがつづきを話すのを待った。

「だから、結論を歪める必要に迫られた」

　歪める。いったいどういうことだ。

「……犯人は？」

「それはイエルガに違いない。しかし、動機は星条旗などではなかった。そしてそれは、長老会が見過ごせないものでもあった」

　湯呑みが空になった。

　店主を呼び止め、執拗(しつよう)に紅茶を勧めてくるのを断り、緑茶を頼んだ。

「砂糖抜きだぞ」

　アーサーが余計な世話を焼く。

「と――きみは覚えているかな。あの村が、新たな信仰の中心を必要としていたことを」

　ぼくは首を傾げてから、はじめてピシュカルの家を訪れたときに彼が言っていたことを思い出した。

　――この村だって、いつまであるものか……。

　――若い連中から順に村を出て行って、もう子供はイエルガ一人。せめて、皆の精神の支柱となる廟かモスクでもあれば……。

「シーア派は聖者信仰に寛容で、ハザラの宗教もやはり聖者信仰の色が強い。だがもう一つ、隠された物語がある。それは、聖者信仰とネガの関係にあるものとも言える」

　一瞬、アーサーが周囲を気にするのがわかった。それから、聞いたら忘れろよ、と強めの口調で念を押した。

「聖者殺害だ」

　聞いたことのない恐ろしい言葉に、刹那、凍りついてしまった。

　アーサーが静かにつづける。

「これは伝承だから真実はわからない。しかし、背教者だと謗(そし)られ、差別されている民のこと。この話は、ハザラにとっては伏せておきたいものだ。長老会がどのような判断を下すのかも読めなかった。とても、あの場で話せるようなことではなかったのだ」

それからアーサーが語ったのは、次のような話だった。

元来、ハザラの伝承は西欧には知られていなかった。もとよりアフガニスタンを訪れる学者は、多数派であるパシュトゥン人ばかりに目を向ける。

ところが、そこにジョサイア・ハーランが現れた。

「前に話していましたね。アレキサンダー王になろうとした探検家だって」

「そう。彼はアメリカ人でありながら、ハザラの兵を率い、王子にまで昇りつめた。そのハーランが、アフガニスタンでの伝聞を書き残している」

ハザラの土地において、聖者の霊廟はズィヤーラドガーフと呼ばれるという。

そこでは聖なる遺体が住民の信仰の対象となり、人々は祝福を求め、聖性の御利益に与ろうとする。

「そのズィヤーラドガーフが、どのように成立したかというと――」

ハザラのあいだでは、こう伝わっているのだという。

放浪の聖職者が、あるとき施しものを求め、ハザラの土地を訪ねた。

ところが過剰な信仰心を持った村人たちは、いっときのものではない、恒久的な恩恵をその聖職者から得ようと考えた。

「……深い信仰と、悪魔的な衝動とが一つになった」

村人は、客人を殺害したというのだ。その上に、ズィヤーラドガーフを築いたのだと。

「あるいは、きみがかつてバスのなかで言っていた言葉を借りるなら、人柱。村に廟やモスクが必要だった現状と、ハザラの伝承。子供のイエルガはそれを文字通りに受け取った。だから、奇蹟を起こす者であったジェレミーを殺そうと考えた」

ところが、実際に死んだのはアティヤだった。とすれば、イエルガにとっては悲劇であっただろう。

「ギリシャ神話のアポロの悲劇は」感情を抑えるように、アーサーが首を振った。「そうと知らず、愛するヒュアキントスを殺してしまったことだ。そして、人類の悲劇は――」

そう言って、アーサーは外の通りに目を向けた。

「――道徳が、宗教によってハイジャックされてしまったことだ」

店主が湯呑みを持ってきた。間を置いて、舶来物の音楽、ビートルズの〈アイ・アム・ザ・ウォルラス〉が流れはじめる。

民主化政策のもと、〃文明開化〃を迎えたアフガニスタン。

ピシュカルが口にしたように、十年後には確かに、さらにいい国になるように思えた。

「待ってください」ぼくは慌てて訊ねた。「火事はなぜ起きたのです?」

アーサーは瞬きをしてから、ああ、と頷き、それから澄ました顔をして答えた。

「あれはわたしの仕業だ。隙を見て火を点け、見つからないように回りこんだ」

開いた口がふさがらないとはこのことだ。

しばらく呆然としたのち、「なんですって?」と訊き返す。それから、アーサーが最初に口にしたことを思い出した。

――大人は、世界のためにやらねばならないことがあるんだ。

「すると、あなたの言っていた、やらねばならないこととは……」

「もちろん、あの忌々しい捏造(ねつぞう)フィルムを地上から消すことだ」

†

覚え書き
本編はアフガニスタンが「平和」であったころの物語である。
この約十年後、アフガニスタン人民民主党の社会主義政権に対して聖戦遂行者(ムジャーヒディーン)が蜂起し、これを受けてソビエト連邦が軍事介入する。以降、ソビエトが撤退するまで長い紛争がつづいた。ソ連軍は一万四千人以上が戦死、アフガン側はその数倍の戦死者を出し、この戦争、アフガニスタン紛争は「ソ連のベトナム戦争」とまで呼ばれた。人類史上初の月面着陸は、一九六九年、アポロ十一号計画において実現した。その裏で、このような捏造計画があったという証拠はない。仮にあったとしても、アーサー・C・クラークがそれに協力するようなことはなかっただろう。

主要参考文献

『アフガニスタンのハザーラ人――迫害を超え歴史の未来をひらく民』サイエド・アスカル・ムーサヴィー著、前田耕作、山内和也監訳、明石書店（２０１１）

『民衆のイスラーム――スーフィー・聖者・精霊の世界』赤堀雅幸編、山川出版社（２００８）

『コーランが聞こえる道――パキスタン・アフガニスタン・イラン』ＮＨＫアジアハイウェープロジェクト、日本放送出版協会（１９９４）

『映画監督スタンリー・キューブリック』ヴィンセント・ロブロット著、浜野保樹、櫻井英里子訳、晶文社（２００４）

Central Asia: Personal Narrative of General Josiah Harlan 1823-1841, Josiah Harlan, edited by Frank E. Ross, Luzac (1939)

Arthur C. Clarke: The Authorized Biography, Neil McAleer, Contemporary Books（1993)

人魚裁判

青崎有吾（あおさきゆうご）

1991年神奈川県生まれ。明治大学文学部卒。学生時代は明治大学ミステリ研究会に所属。2012年『体育館の殺人』が第22回鮎川哲也賞を受賞し、デビュー。収録作は〝不死〟の輪堂鴉夜と半人半鬼の真打津軽、鴉夜の従者である馳井静句の3人が「怪物専門の探偵」として活躍する「アンデッドガール・マーダーファルス」シリーズの一作。殺人の容疑をかけられた人魚の無罪を立証していく、鴉夜の緻密な推理をご堪能ください。（Y）

1

吸い込んだ風はかすかに潮の香りがし、吐き出した息はほのかに白い。

暦は九月下旬だが、街はすでに冬の気配をまとっている。世界の果てから流れてくる無情な大気に撫でられて、旅人の頰は林檎(りんご)色に染まっていた。北へ来たのだ、とアニー・ケルベルは改めて思った。人の足音も馬車の車輪も、街全体がフェルトで覆われているかのように静かだ。区画整理された道と街路樹に沿って切妻屋根のかわいらしい建築が連なり、広場の向こうには修復中のニーダロス大聖堂が見える。

ノルウェー中部、トロンハイム。

入り組んだフィヨルドの峡湾に築かれた、歴史の古い都市だ。千年前ノルウェー王国が誕生したときの最初の首都。その後首都は南部のクリスチャニアに移動し、現在はスウェーデンと併合したことで、国そのものの存在も揺らぎつつある。スカンディナビア半島の国々は北海を漂う流氷に似て、数百年の間結合と分離を繰り返している。

二度、三度と、アニーは深呼吸をする。まだ余裕があるうちに、新鮮な空気をたっぷり肺に送っておく。

「六号法廷、開廷五分前です」

建物の中から、廷吏の声が聞こえた。

周りにいた人々が一斉に動きだし、その建物──トロンハイム裁判所の中へ吸い込まれる。アニーも踵を返し、アーチ扉の内側へ戻った。

ホールに据えられた聖オーラヴの石像を回り込み、年季の入った階段を上る。踊り場で男を追い越すとき、彼の腰とアニーの肩がぶつかった。

「なんだ、おい」

「すみません」

ガキのくるところじゃないぞ、と悪態が聞こえたが、気にせず進む。

二階廊下にも人がごった返している。地元の住民や、ゴシップ誌の記者たちや、女性の肩に手を回した身なりのよい男。

「街の英雄があんな死に方するなんて……」

「エイスティン卿(きょう)が敵(かたき)を討ってくれるさ」

「なあ、どうやって連れてこられると思う？」

「水槽か、でなきゃ、まな板に載せられるかだな」

「そう、本能的恐怖をテーマにした連作でね。この裁判からインスピレーションが得られる気がするんだ」

アニーは小柄な身を活かして彼らの間を抜け、〈六号法廷〉の開けっぱなしのドアをくぐった。

むっとするような群衆の熱気と、まざり合った煙草のにおいに顔をしかめる。

階段状に設けられた傍聴席はほぼ満員だった。人々は狭い座席で肩をくっつけ、パイプをふかしたり手で顔を扇いだりしながら、隣席の者と言葉を交わし、新聞をめくり、あるいは何かを書きつけている。法廷のほうはまだ無人で、縦長の窓から差した陽が、マホガニー製の机や証言台を淡く照らしていた。

「アニー」

最前列から腕が伸びた。

アニーはそちらに向かい、上司が確保してくれていた席に座った。チフォネリのスーツに身を包んだ童顔の男。名を、ルールタビーユという。

「いい記者になるなら、人ごみと副流煙にも慣れなきゃね」

「努力します」

「廊下にいた垂れ目の男、気づいたかい？　画家のエドヴァルド・ムンク氏だ。やはり各界から傍聴人が集まっているな」

「芸術にはうといので……」

「おやおや、珍しい巴里っ子だ」

アニー・ケルベルは、パリの新聞〈エポック〉紙の新米記者だ。

二ヵ月前までは資料整理のアルバイトをしていたが、古い記事を読みあさる姿がルールタビーユの目にとまり、特派員室にスカウトされた。現在は研修を兼ねて彼にくっつき、ヨーロッパ各地を取材している。

抜擢の一番の理由はアニーが十四歳の少女だったことだと、ルールタビーユは言う。「いいコメントを取るには、君みたいな見た目で意表を突くことが大事なんだ」。年齢や背丈が武器になるなら大いに使ってやろうと思う一方、記事そのもので認められたいという思いもアニーにはあった。この旅の最中に自分だけの取材対象を見つけられればいいのだが——まだ、運命の相手とは出会えていない。

「被告にはインタビューできました？」

上司は手帳を開き、白紙のページをアニーに見せた。

「古い規定があるそうだ。『捕獲から開廷までの期間、被告は審問官を除き、何人とも面会能わず』」

「やっぱり、普通の裁判とは違いますね」

　アニーは列車の中で受けたレクチャーを思い出す。

　この制度の原形はおよそ四百年前、トロンハイムよりさらに北のフィンマルクで生まれた。ヨーロッパ全土で魔女狩りが過激化していた時代である。当時その辺境では、異形駆除を進めるカトリック教会と、精霊や魔女を崇拝するゲルマン系土着信仰とがぶつかり合っていた。血みどろの争いに辟易した司教たちは、なるべく宗教色を排し、かつ異形種の害悪性を大衆に示し、誰の目にも公正なように見せかけられる処刑の形を模索した。急場しのぎで作られたその制度は、長い年月をかけひとつずつ規定を足されながら、いつしかノルウェー全土に広まった。

　それを言葉どおり「裁判」と呼んでいいのか、アニーには自信がない。

　傍聴人たちに囲まれていると余計にそう思えた。弁論や論戦を聞きにきている者は、ここには誰もいない。

　見世物を、嗤いにきている。

「下馬評どおり、審問官にはエイスティン・ベアキートが名乗りを上げたらしい。子爵家の長男で、陸軍省の若手ホープ。亡くなったホルト氏とも旧知の仲だ。普段から軍法会議を仕切っているから、この手の仕事もお手のものだろう」

「弁護人はどなたが？」

「名乗り出ないことがほとんどさ。その場合は審問官が弁舌をふるい、裁判長が有罪を下すだけの出来レースになる。まあしかたないよ」ルールタビーユは肩をすくめた。「誰だって、怪物の弁護はしたがらないからね」

　これから行われるのは、最も緩慢にして最も倒錯した公開怪物駆除。

〈異形裁判〉、と呼ばれている。

　捕縛された怪物が――あるいは〝怪物が化けている〟と疑われた人間が――人語を発し、無罪を主張した場合、その生物を〈被告〉として法廷に引きずり出す。証人が喚問され、〈審問官〉と〈弁護人〉が争い、裁判長が判決を下す。

　いうまでもなく有罪は既定路線。アニーが調べた限り、ここ二百年間無罪判決は一度も出ていない。そもそも異形裁判は回数自体が減っており、トロンハイムで開かれるのも十八年ぶりだという。人語を解す異形種は産業革命以降ほとんど駆逐され、現在は吸血鬼、人狼、人馬などごくわずかしか生き残っていない。

　今日、傍聴席を人が埋めている理由は主に三つ。そうした背景のもとで開かれる、久々の異形裁判であること。事件の被害者が街の有力者であること。そして、もうひとつ——

　ギイ。

　軋みとともに、大扉が開く。

　ざわめきに満ちていた傍聴席が、一斉に静まり返った。

　三人の男が順に入廷する。先頭は黒い法服をまとった、ぽっちゃりした顔の男だった。

「ハルワルド・メリングか」ルールタビーユが言った。「ベテランの裁判官で、公明正大な人物という噂だ。少なくとも人間同士の裁判においては」

　メリングは法壇に上がり、中央の裁判長席に座った。二番目の人物はどうやら書記官で、メリングの横に着席すると、分厚い記録帳を開いた。もうひとりの男は背筋を伸ばしたまま規則的に歩き、アニーから見て右側の机——審問官の席に着いた。

　エイスティン・ベアキート。

　歳は三十代前半。高貴と勇猛を兼ね備えた、秀麗な顔立ちの男だった。小鹿色の髪をうなじまで伸ばし、鋭い眉と瞳には揺るがぬ意志がこもっている。服装は襟の高いパーシアンレッドのカソックコート。異形裁判にかつらや服の規定はないが、審問官をまっとうするという決意の表れか、あるいは大衆の支持を意識してか。後者なら狙いは成功していた。色恋に興味がないアニーでも見入ってしまうほどの美丈夫だ。

　腰には、柄にヒースが彫り込まれた大振りの剣を下げていた。異形裁判においては関係者全員が武器の持ち込みを許可されている。被告が暴れた際、制圧できるようにだ。

　続いて二人の廷吏が、布で隠された巨大な箱のようなものを運んでくる。

　静寂の中、車輪が床を滑る音だけがキイキイと鳴った。箱はエイスティン卿の横側——被告が控える位置で止まる。

　廷吏のひとりが布に手をかけ、一気にはぎ取った。

　餌にかぶりつくことを許可された犬のように、傍聴席からどよめきが上がった。男たちは身を乗り出し、女たちは口元を押さえ、記者たちはストロボを焚き、画家は帳面に鉛筆を走らせた。

　それは一辺が一・五メートルほどの、四角い正方形の水槽だった。枠もガラスも真新しく輝いていて、この日のために用意した特注品であることをうかがわせた。水は七割ほど満たされ、その中に、人と同じ大きさをした一匹の生物が浮いていた。

　十八年ぶりの異形裁判。

　容疑は殺人。被害者は地元の名士、ラーシュ・ホルト。

　被告は、人魚だ。

2

　人魚は若い女の姿をしていた。

　繊細そうな眉は力なく垂れ、ブロンズ色の瞳はなかばまぶたに隠れている。疲れきり、絶望した女の横顔だった。裸の乳房を隠すように、淡い金色の髪が水中で揺れている。青白くなめらかな肌に、肋骨の線が浮き上がっている。くびれた腰から下へ進むにつれ、その肌に光の粒がまじりだし、やがて完全な鱗へと変わった。彼女に脚と呼べるものはなく、下半身はまだらに光る巨大な魚類のそれだった。ひだのついた尾びれだけが、水中でのバランスを保つためにゆっくりと左右に動いていた。

　手錠や枷（かせ）はついていない。

　陸に引き上げられた時点で、もう彼女に逃げ場はない。

　彼女は最初うつむいていたが、どよめきの声が水面を揺らすと、次第に傍聴席のほうを向いた。視線の集中砲火を浴び、すぐに顔を背ける。しかし反対側には、剣の柄に手をかけながら彼女をにらむエイスティン卿が待ち受けていた。安全地帯は足元にしかなく、人魚は再び目を伏せた。

　場が落ち着くのを待ってから、メリングが咳払いをした。

「それでは、〈異形裁判〉を開廷します。裁判長は私、ハルワルド・メリング。審問官はエイスティン・ベアキート氏が務めます。弁護人に関しましては、応募者が現れなかったため、今回は――」

　勢いよく大扉が開く。

　その唐突な軋みと、三人分の新たな声が、メリングの発言をかき消した。

「ほーら、やっぱりここじゃないか。おまえの負けだ津軽」

「約束どおり耳からピーナッツを食べていただきます」

「おっかしいなぁ、あたくしのせいじゃないですよ受付のお姉さんが……やあ、どうもどうもすみません、遅れちゃいました」

　つぎはぎだらけのコートを羽織った妙な男が、ぺこぺこと頭を下げながら入廷する。その後ろに、モノトーンのメイド服を着た黒髪の女性が続く。

　アニーはあっけにとられた。

　男はパリでも見たことがない真っ青な髪色で、何が楽しいのやら薄笑いを浮かべ、右手にレースの覆いをかぶせた鳥籠を持っていた。そして彼は、自然な足取りで法廷を横切り、アニーから見て左側の机——弁護人側の席についたのである。

　メリングが声をかける。

「なんだね、君たちは」

「おや裁判長さん？　こいつぁ失敬とんだご無礼を、あたくし日本からはるばるやってまいりました流浪の芸人《鳥籠使い》真打(しんうち)津軽(つがる)と申します。名は真打ですが器は前座ってぇちゃちな男で……」

「津軽」どこからか、少女の声が聞こえた。「もっと言うべきことがあるだろ」

「弁護人です。人魚さんの」

　男はにっと笑い、水槽を指さす。

　傍聴席が再び揺れた。先ほどとは質の異なる、戸惑いのどよめきだった。エイスティン卿はぴくりと眉をひそめ、裁判長は書記官と顔を見合わせた。

「本気で言ってるのかね」

「本気も本気、手続きも駆け込みで済ませました」

「あなたが、弁護をなさると？」

「いいえあたくしぁただの弟子でして、弁護はもっぱら師匠のほうが。まいっちゃいますよ、あたくしこういう堅っ苦しい場所は苦手なもんでやめましょうっつったんですけど師匠がどうしてもっておっしゃるもんでね」

「師匠とは……そちらの女性ですか？」

「こちらの女性です」

　津軽と名乗った男が鳥籠を持ち上げ、レースの覆いを外す。

　アニーを含め、法廷の全員が不意打ちを食らった。幾人かの女性が悲鳴をあげ、記者がペンを落とす音が重なり、エイスティン卿は口を開けた。無関心を決め込んでいた人魚も、とうとう目を見張り、ガラスに手のひらをくっつけた。

　レースの向こうには、少女がいた。

　黒く艶めく髪を持ち森羅を見透かす笑みを湛えた、世にも美しい少女の、頭部が。

　鳥籠の中に、女の子の生首が収まっている。

「弁護人を務めます、輪堂鴉夜(りんどうあや)です」

その生首がなめらかに口を開き、耳に心地よい声を発したものだから、アニーはますますあっけにとられた。

「に、人間なんですか」と、メリング。

「〈不死〉と呼ばれる生き物で、九百六十年ほど生きています。でも、怪物は弁護人になれないという規定はないでしょう？」

「さっき、日本から来たと言っていたようですが……」

「ええ、この街には昨日着いたばかりです。朝刊で事件のことを読み、被告は無罪だと思ったものですから」

「どなたか、証人を連れていますか」

「いいえ。でも審問官が連れてきているでしょ？　反対尋問をさせていただければ充分ひっくり返せますよ。私は〈怪物専門の探偵〉なので」

探偵――

大道芸人じみた彼らの見た目にはまったくそぐわない単語だった。パリの貴族オーギュスト・デュパン。ロンドンの傑人シャーロック・ホームズ。アニーが知っている探偵は、みなそうした紳士ばかりだ。

それに、言っていることもわからない。地元紙の朝刊にはアニーも目を通したが、遺体発見までのおおまかな流れしか書かれていなかったし、人魚が無罪だと思えるような要素はどこにもなかった。

それを昨日街に着いたばかりの探偵が、ひっくり返す？

「ふざけるな！」エイスティン卿の拳が、机を叩いた。

「ここは見世物小屋じゃない。神聖な法廷なんだ。人類が培った法を尊び、言葉と理性の力によって真実を追究する場だ。ただでさえ異形で汚されているのに、もう一匹増えたうえ、生首が人魚の弁護だと？　これは裁判所に対する、いや人類全体に対する侮辱だ。許されるはずがない！」

鴉夜と名乗った不死の少女は、余裕をもって返す。

「ご安心を。私はあなたのおっしゃるとおり、言葉と理性で戦うつもりです。それくらいはこの体でもできますから」

「なんだと……」

「痛っ！　ちょ、静句さん、あたくしの耳にピーナッツを詰めないで！　痛い痛い痛い！　いまはだめですって！」

「裁判長！　彼らに退廷を命じてください！」

エイスティン卿が促した。メリングは「しかし、手続き済みなら……」と尻込むが、そこに「そうだ」「つまみ出せ！」と傍聴人たちの声が重なる。声はすぐさま勢いを増し、ブーイングの嵐となった。紙くずやマッチの空箱が宙を舞い、誰が最初に弁護人席に当てられるかの競い合いが始まった。

「旗色が悪いな」

　隣席からつぶやきが聞こえたかと思うと、ルールタビーユが立ち上がり、

「面白い！」

　法廷中に声を張った。

　群衆は彼に注目した。ルールタビーユは両手を軽く広げ、彼らに語りかける。

「紳士淑女のみなさん。我々はこの場に立ち会えた幸運を喜ぶべきです。その、どこの馬の骨とも知れぬ生首が、殺人人魚をかばったうえ、あまつさえ〝無罪にする〟と宣言しているのですから。こんなに滑稽な挑戦がほかにありましょうか？　たかが怪物の知性でどこまでできるのか、やってみせてもらおうじゃありませんか。彼らが狼狽（ろうばい）する様をこの目で見、この耳で聞き、ともに人類の偉大さを祝いましょう」

　染み込むような間のあと、「たしかに」と誰かが同調し、追従の声が次々と上がった。嵐は勢力を保ったまま、風向きだけを真反対に変えた。制止できぬと悟ったエイスティン卿は、歯がゆそうな顔で腕を組んだ。

　アニーは座り直した上司を白い目で見る。

「本心じゃないですよね？」

「もちろん」ルールタビーユはしたたかに答えた。「だが、面白いことはたしかさ」

　メリングが木槌（きづち）を鳴らした。

「静粛に。みなさん、静粛に。……わかりました、アヤ・リンドウ氏を弁護人として認めましょう」彼は姿勢を整え、事務的な口調に戻った。「本公判では、審問官ベアキート氏と弁護人リンドウ氏が、ラーシュ・ホルト氏の死亡案件について主張を交わし、そこで明かされる証言と事実に基づき、責任者である私が被告の有罪、あるいは無罪を判決します。それでは規定にもとづき、審問官と弁護人は宣誓書の署名をお願いします。本書面は、各位が法への誠実さを貫き、この場において虚偽を語らぬことを誓うもので……」

「口づけでもよいですか？　あいにくペンが持てないもので」

　鴉夜が言い、津軽が「ははははは」と笑う。傍聴席もつられるように、笑いの渦に包まれた。

　アニーは気づく。

　先ほどまで水槽に注がれていた不埒（ふらち）な視線は、いま、弁

護人席へとそれている。人魚のことを気にする者はもう法廷に誰もいなかった。何倍も珍妙で何倍も謎めいた東洋の喋る生首が、何を成し、あるいは何を成せないのか。興味の対象はそこへ移っている。

　道化を演じることで人魚を護ろうとしているようにも、見ようによっては見えた。

「《鳥籠使い》……」

　津軽という男が名乗った呼称を、口にする。

　理由はわからないが、少女の胸が高鳴り始めていた。

3

　両者が署名を済ませる間に、年齢も身なりも様々な五人の男女が先導役の廷吏とともに現れ、エイスティン卿の背後の待機席に座った。どうやら彼らが審問官側の証人らしい。すべての準備が整うと、メリングが木槌を一度鳴らし、開廷を宣言した。

「異形裁判では被告の発言権を認めないため、意見陳述が省略されます。では審問官から、論告をどうぞ」

　エイスティン卿は立ち上がり、まず、アニーたちのほうを向いた。

「ラーシュ・ホルト氏！　知の巨星にして無私の貢献者。彼は我らがトロンハイムを愛していました。現役時代は歴史学者として教鞭を振るい、引退後は街の基幹事業である海運業の発展に努めました。波止場に倉庫を持つ者で、ホルト氏に援助を受けていない者はひとりもおらぬでしょう。現在進んでいる大聖堂の修復も発起人はホルト氏です。私自身、大学で彼から学んだ教え子のひとりです。分け隔てなく人に接し、救済のためなら金銭を惜しまぬ紳士でした。裕福な者も、労働者も、浮浪者たちでさえ、誰もが認める偉人でした。その彼が、亡くなりました」

　軍人の瞳がうるみ、窓から差す陽を照らし返した。

「報せはその夜のうちに私の元へ届きました。私はサロンの個室で這いつくばり、年甲斐もなくむせび泣きました。恩師のもとを訪ねるたび、街の発展計画を聞かされていました。活気ある港を、復活した大聖堂を、彼に見せてあげたかった。彼の死は私の心の喪失であり、トロンハイム全体の喪失です。私の胸には寒風が吹き、同時に怒りが煮えています。私には、彼を死に追いやった者を罰する義務がある。この公判によって、みなさまに真実をお伝えします」

　エイスティン卿が語り終えたとき、《鳥籠使い》の登場によってうわつきつつあった法廷の空気は払拭されていた。裁判長も、廷吏も、そして傍聴席の大多数を占める街の住人たちも、みなその勇烈な声に聞き入っていた。気まぐれでこの場に臨んだ弁護人とは何もかも異なることを、彼は全身で語っていた。

弁舌の効果を測るような間のあと、審問官は続けた。

「そのための第一歩として、シメン・バッケ氏を喚問します」

控えていた男のひとりが、中央の証人席へ進み出る。

白い口ひげを生やした初老の男だった。アニーの席は最前列の端のほうだったので、彼の細い目やイボのある鼻がよく見えた。男が規定どおりの簡潔な宣誓を済ませると、エイスティン卿は主尋問を始めた。

「お名前とご職業は」

「シメン・バッケと申します。ラーシュ・ホルト様の執事をしておりました」

「九月十九日の夜の出来事を、教えてください」

「あの日は……医師のハウゲン先生がホルト様の往診にいらっしゃり、そのまま屋敷で夕食を。食後にホルト様は、『湖のほとりで一服する』とおっしゃり、おひとりで外に出ていかれました。真冬以外は、いつもそうなさる習慣でした」

「待ってください。ホルト邸のことは、トロンハイムの住民ならばみな知っていますが……ここにはよそから来られた方もいる」皮肉をにじませ、エイスティン卿は弁護人たちを見た。「屋敷について説明していただけますか」

「はい。街から二キロほど離れた場所に、デセンベル湖という湖がありまして、屋敷はその北のほとりに建っています。近くに民家はなく、湖も、周囲の森も、すべてホルト様の所有地です」

「ホルト氏は、そのデセンベル湖のほとりに向かったわけですね」

「はい。屋敷からほとりまでは、歩いてほんの一分ほどです」

「ありがとうございます。先を続けてください」

「奥様とハウゲン先生と私は、談話室におりました。奥様がトランプのブリッジをしたがり、人数が足りなかったので庭師のジェイコブに声をかけ、四人でゲームを」

「邸内にはあなた方四人だけでしたか？」

「はい。コックとメイドは出かけておりました」

「続けてください」

「八時を過ぎたころでしょうか。廊下から、誰かが階段を駆け上がる音が聞こえました。二十秒ほどあとに、今度は下りる音が。そして、その一分ほどあとに……湖のほうから、銃声のような音が聞こえました。数秒ごとに、六発ほど」

淡々と答えていた証人は、そこで肩を震わせた。

「私たちは……私たちはすぐに見にいくべきでした。しかしブリッジの最中でしたし、風の強い夜だったので、何かと聞き間違えたのだと思ってしまい……」

「どうか落ち着いて。事実だけを話してください」

「十分ほど経ってから、奥様が『ラーシュはまだ戻らないの？』とおっしゃりました。そこで、私と先生とジェイコブが湖畔を見にいきました。ちょうど、雨が降り始めていました。湖畔には誰もおらず、桟橋の端に、拳銃が一丁落ちていました。弾は撃ち尽くされていました」

「あなたはその銃に見覚えがありましたか」

「ありましたとも。アメリカ製のスミス&ウェッソン3型。ホルト様の護身用銃です」

「ホルト氏は普段、その銃をどこに保管していたかご存じですか」

「二階にある書斎の、デスクの一番上の抽斗です。ホルト様は貴重品をそこにまとめておられました。金時計や、眼鏡や、万年筆や、小切手帳……そして銃を」

「話が飛んでしまいますが、先に銃の件を片付けましょう。あなたは事件発覚後、その抽斗を確認されたそうですね」

「はい」

「銃はそこにありましたか？」

「ありませんでした」

周囲から、記者たちがメモを走らせる音が聞こえた。アニーも〈階段の足音〉と〈銃〉を線でつなげ、横に見解を走り書きした。〈ホルト氏が銃を取りにきた？〉

「では、時系列を戻しましょう。桟橋で銃を発見し、そのあとは？」

「私たちは湖を見渡しました。二百メートルほど離れた水面に、ボートが一艘浮かんでいるのが見えました。桟橋につながれていたはずの小舟です」

アニーは唾を飲んだ。ここから先が事件の核心であり、大々的に報道された部分だ。

「湖の中央には、小さな岩場が突き出ています。ジェイコブがそこを指さし、『誰かが動いた気がする』と言いました。屋敷からもう一艘ボートを運んできて、私たち三人はそれに乗り、岩場の確認に向かいました」

証人は息を荒らげ、苦しそうに続けた。

「岩場には、こと切れたホルト様が横たわっていて……すぐそばに、人魚が」

「その人魚はいま、この法廷にいますか」

「もちろんです！」執事は水槽に指を突きつけた。「こいつです。この人魚です。ハウゲン先生とジェイコブが二人がかりで縛り上げました」

人魚は反応を示さなかった。じっとうつむき、床を見つめている。

「遺体と人魚のほかに、岩場には誰かいましたか？」

「陰に隠れるようにして、幼女の人魚が一匹。そっちも捕まえようとしたのですが、水中に逃げてしまいました。鱗と髪色が同じでしたから、親子だと思います」

「湖に人魚の親子がいることを、あなた方はご存じでしたか」

「二十年以上屋敷に住んでおりますが、まったく知りませんでした」

「この人魚は何か言いましたか」

「片言で、ヤッテナイ、とだけ。何を尋ねてもその繰り返しで、そもそも人の言葉をよく知らぬようでした。私たちはすぐに猿轡（さるぐつわ）を嚙ませました」

「ホルト氏の遺体はどのような状態でしたか。おつらいかもしれませんが、よく思い出してください」

「服はシャツとズボンだけで、身に着けておられたはずの上着と靴が見当たりませんでした。顔が紫色になり、全身がびっしょりと濡れておりました。ハウゲン先生は、ひと目見て溺死だと」

「ホルト氏は泳ぎが得意でしたか？」

「苦手でした。ほとんど泳げなかったと思います」

「湖にボートが浮かんでいた、とおっしゃいましたね。そちらの確認は？」

「人魚を縛ったあと、警察が来るまでの間に確認しました。ボートにはホルト様の靴と、上着が置いてありました」

エイスティン卿は、織り込み済みのような所作でゆっくりとあごを撫でた。

「ふむ。ボートにホルト氏が乗っていて、転落したということでしょうか？」

「いいえ。私は、それにしては変だと思いました」

「なぜ？」

「ボートにはオールがついていなかったのです。もともと桟橋には三つのボートと六本のオールがありましたが、シーズンが過ぎたので、ジェイコブが自分の小屋に引き上げて、細かい補修などをしておりました。一艘だけしまい忘れて、それが桟橋に残されていたわけです」

「では事件当夜、すべてのオールは庭師の小屋にあったわけですね」

「そうです」

「ボートの周囲に、オールのかわりとなるようなものは浮いていましたか?」

「三人で目を凝らしましたが、ありませんでした」

「たしかですね?」

「たしかです。ですから、ホルト様がそのボートに乗っていたわけがありません。オールがないのにボートを漕ぎ出す人間なんて、いるはずありません」

「たしかに、そんな人間はいませんね。どうもありがとう、バッケさん」

エイスティン卿は体の向きを変え、再び傍聴席を視野に入れた。

「バッケさんの証言を聞いただけでも、起きたことは明白です。ホルト氏は湖畔での一服中、所有地である湖に不法に住み着く人魚を発見しました。彼は自力で駆除しようと思い、書斎から銃を取ってきて、桟橋から発砲しました。ところが、人魚が反撃を。ホルト氏は湖に引きずり込まれ、無残にも溺れさせられたのです。言うまでもなく、人魚ならばその犯行はたやすいでしょう。

そして人魚は、浅はかな偽装工作まで行いました。死体から脱がせた上着と靴をボートに乗せ、係留ロープをほどいて、ホルト氏がボートから転落したように見せかけました。悲しいかな、人の文化に無知な人魚では、オールの存在にまで思い至らなかったのです。桟橋の銃、オールのないボート、岩場で発見された溺死体。すべてが、人魚だけが犯行をなしえたことを示しています」

なめらかで威厳に満ちた声は、法廷の隅々まで染みわたった。肩書は伊達じゃない、とアニーは思った。さすがは軍法会議を仕切っているだけある。

「主尋問を終わります」

「では弁護人から、反対尋問をどうぞ」

メリングが促す。

「その前に、被告にひとつうかがいたいことが」鴉夜はそう言うと、裁判長の許可を待たず、「お名前は? 人魚さん」

全員にとって予想外のことを尋ねた。

「ずっとただの人魚呼ばわりじゃ失礼だからね。名前があるなら教えてほしいな」

人魚自身も、あっけにとられたようにまばたきをした。

鴉夜は穏やかに微笑みながら、「な・ま・え」と丁寧に発音する。

異形同士、同性同士、あるいはもっと深い場所で、何かが通じ合うのがわかった。人魚は躊躇しつつ、水面からそっと顔を出し、そして初めて声を発した。

「……セラフ」

か細い声は、ガラスの檻の中で小さく反響した。

「ありがとう。ではそう呼ぼう」

「弁護人」メリングが咎める。「被告は審問官としか話せないという規定があります。次に言葉を交わしたら、退廷させますよ」

「失礼しました。さて、バッケさん」

鴉夜が本題に移ると、真打津軽はひょいと立ち上がり、師匠の頭部を鳥籠から出し、両手で持ち上げた。生首に話しかけられた執事は、とたんに冷静さを崩した。

「な、なんでしょう」

「事件当夜のことをお聞きします。屋敷を出たとき『雨が降りだした』とおっしゃっていましたね。その前は月が出ていましたか？」

「ほとんど出ていませんでした。雲がかかり、暗い夜でした」

「書斎のドアや抽斗に鍵はかかっていましたか？」

「かかっていませんでした」

「ホルトさんとあなた以外で、抽斗に銃があることを知っていた人はいますか？」

「屋敷の者や、ホルト様と親しかった方なら、みんな知っているはずです」

「書斎の抽斗に貴重品がまとまっていたそうですね。抽斗を確認した際、銃以外のものは無事でしたか？」

「はい」

「時計も、眼鏡も、万年筆も、小切手帳も、ちゃんとあったわけですね？」

「はい」

「異議あり」審問官が挙手する。「弁護人は無意味な質問で審議を妨害しています」

「異議を認めます。弁護人は質問を絞ってください」

「歳を取ると回りくどくなっていけないなぁ」

「津軽ぅ？　法廷では私語を慎むべきだぞ」

弟子のぼやきに釘を刺してから、鴉夜は咳払いをひとつ。横隔膜がないのにどう息を吸っているのだろう。

「さて、バッケさん。新聞でホルト氏の写真と経歴を見たのですが、彼は六十歳だったそうですね。写真では裸眼で写っていました。ご主人の視力はどのくらいでしたか？」

「遠くのものはかなり見づらくなっておられたようです」

「ご主人が遠くのものをよく見るときは、どうしていましたか？」

「眼鏡をかけておられました」

「もう一度お聞きしますが、抽斗からは銃だけがなくなり、眼鏡は残されていたのですね？」

「は、はい」

「不思議ですね。近眼のご主人が、月のない夜に、湖で泳ぎ回る人魚を撃つために、抽斗から銃を持ち出した。なのになぜ、同じ抽斗に入っている眼鏡は持っていかなかったんでしょう？　眼鏡がなければまったく狙いをつけられないと思うけどな。私に首から下があれば、腕組みして考え込んでいますよ」

「弁護人。あなたも私語は慎しむように」

「反対尋問を終わります」

　メリングに注意され、鴉夜は引き下がった。バッケは頬をはたかれたかのようにまばたきを繰り返しながら、待機席に戻る。

「生首のお嬢さん、なかなか鋭いところを突くな」ルールタビーユが評した。「でも、有罪を覆すにはほど遠い」

「首だけの探偵が裁判をひっくり返したなんて、書いても信じてもらえるかな……」

　苦情が殺到しそうだし、写真を載せてもトリックだと言われそうだ。アニーが悩んでいると、ルールタビーユがからかうように、

「よほど彼らが気に入ったんだね」

「え」

「もう弁護側の勝ちが決まっているような言い方をするからさ」

　北風が吹いたわけでもないのに、新米記者の頬は林檎色に染まった。

4

「マルティン・ハウゲン。街の開業医で、ホルト氏の主治医です」

　二人目の証人は、人のよさそうな太鼓腹の中年男性だった。法廷にも慣れた様子で名乗ると、彼は審問官に笑いかけた。

「エイスティン君としゃちほこばって話すのは、妙な気分だね。普段はもっと気さくなのに」

「私もです、ハウゲン先生。しかし法廷では親密さも不要です」

にこやかに返してから、エイスティン卿はきびきびと主尋問を始めた。まず、先ほどの執事の証言に齟齬がないことがたしかめられた。「記憶と矛盾はない」という言質を取ると、審問官は本題に切り込んだ。

「ホルト氏の死因は？」

「溺死です、間違いなく。顔にはチアノーゼが現れ、肺にも大量の水が」

「ホルト氏に持病はありましたか」

「狭心症を患っていましたが、命に関わるほどでは」

「とはいえ、冷水に飛び込んだとしたら？」

「もちろん自殺行為です。泳げるにしろそうでないにしろ、命に関わります。この季節、夜の水温は零度近くまで下がるからね」

「そんな水の中にホルト氏を引きずり込んだ者が、もしいたとしたら、あなたはどう思いますか」

「殺す気でやったのだろうと、そう思いますね」

傍聴席から一斉に、ペンを動かす音が聞こえた。

「遺体に外傷はありましたか」

「ひとつだけ。右手首に、濃いあざがついていました」

「どんな形状のあざでしたか」

「一センチ幅の線状の跡が、五つ。細い指で強くにぎったような跡でした。大人の女性の手ですな……ちょうど、彼女のような」

ハウゲンは水槽をあごでしゃくる。審問官は満足げにうなずいた。

「被告に明確な殺意があったことが、これで証明できました。主尋問を終わります」

「弁護人、反対尋問をどうぞ」

真打津軽が、先ほどと同じように師匠を持ち上げた。鴉夜は少し考えてから、声を発した。

「ハウゲン先生」

「はい」

「遺体の袖口はどんな状態でしたか？」

「……？　両腕とも、肘のあたりまでまくられていました」

「質問は以上です」

たったそれだけで、反対尋問は終わってしまった。

エイスティン卿の眉間にしわが寄る。傍聴席からも「なんだいまのは」「ひとつしか聞かないの?」「もうあきらめたんじゃないか」とささやき声が交わされる。

「ルールタビーユさん、いまのどう思います?」

アニーは隣席へ尋ねたが、上司は無反応だった。普段の穏やかな様子が失せ、手を口元にやり、じっと考え込んでいた。

たったいま、とてつもなく重要な何かが指摘された、とでもいうように。


次に喚問された証人は、五十代の痩せた男だった。くぼんだ目の奥で油断のならない瞳が光り、耳や頬には大きな傷跡が刻まれていた。

「お名前とご職業は」

「名はノルダール。怪物駆除をやってたが、いまは引退の身だ」

「ノルダールさんはこの道二十年のベテランで、怪物との豊富な戦闘経験があります」

「〈獅子鷲殺し〉にそう言われるとは、光栄だね」

ノルダールはガラガラ声で、皮肉とも本心ともつかぬことを言った。アニーは上司に解説を求める。

「エイスティン卿の武勇伝だよ。スピッツベルゲン遠征時に、あの剣一本で獅子鷲を仕留めたそうだ」

エイスティン卿は特に反応せず、厳正な審問官の立場を貫いた。証人席に近づき、主尋問に入る。

「人魚を駆除されたことはありますか」

「クリスチャニアで一匹、海外で四匹、この街で二匹」

「人魚の生態についてお聞きします。凶暴でしょうか?」

「個体差があるが、人間を襲って食うやつもざらにいる。特に子育ての時期の母親は凶暴化する。クマやライオンと同じさ」

アニーは執事の証言を思い返す。遺体発見時、岩場には人魚の娘もいた。

「それまで静かに暮らしていた人魚が、出産を契機に人間を襲うことはありえますか」

「大いにありえる。栄養が必要だからな」

「人魚の遊泳速度はどのくらいでしょう」

「おそろしく速い」

「たとえば直径一キロのデセンベル湖の場合は、何分ほどで横断できますか」

「健康体なら一分とかからんさ」

「人魚が人を襲うときは、主にどういった方法を用いますか」

「腕や足をつかんで、水の中に引きずり込む。それ以外の殺し方は見たことがない」

「犯行が可能なことと、人魚になら短時間での偽装工作も可能であったこと、すべての裏付けが取れました。主尋問を終わります」

すかさず津軽が立ち上がり、鴉夜の頭部をノルダールへ向けた。歴戦の男は殺し方を吟味するように、じっと不死をにらみつけた。

「人魚の生態なら私も少し詳しいんですが。彼らには息継ぎの必要がありませんよね？」

「ああ。エラ呼吸ができるからな」

「では人間に見つかっても、水に潜れば簡単に逃げられますね。潜行中の人魚を拳銃で撃とうとするのは、かなり不自然ではないでしょうか」

「普通はそうだな」威圧的なまなざしが、水槽の人魚へとずらされた。「だがさっき言ったように、こいつらには個体差がある。いたずら好きのやつは、わざと水から顔を出して人間を挑発したりする。チューリッヒ湖にいたやつがそうだった。ワシはライフルで湖畔からそいつを撃ち抜いた」

鴉夜の顔に初めて不満が現れた。エイスティン卿は、ホルト氏と同じやり方で駆除に成功した人物をわざわざ見つけだしてきたのだろう。

「では、質問を変えます。腕や足をひっぱるのが人魚の襲い方だとおっしゃいましたね。しかし腕をつかむ場合は、若い男などを誘惑して、水面に上半身を近づけたときに限るのでは？」

「まあ、そうだ」

「チューリッヒ湖にいたあなたのように、銃を構えている人間の腕をつかむことは考えられますか？　より水面に近い足をつかむほうが効果的だと思いますが」

証人はしばらく黙り込んでから、はねのけるように鼻を鳴らした。

「人魚にはジャンプ力だってあるし……ないとはいえないさ」

「反対尋問を終わります」

鋭い問答とは言い難かった。ノルダールは待機席に戻り、エイスティン卿が涼しい顔で書類をめくる。アニーは開廷前のルールタビーユと同じようなことをつぶやいてしまう。旗色が、悪い。

セラフという名の人魚は変わらずうつむいて、床をじっと見つめていた。自分の置かれた状況にも弁護人の奔走にも、まるで興味がなさそうだ。

すべてをあきらめ、死を受け入れている——そんな素振りだった。

5

四人目の証人はたくましいドイツ系の男で、かびくさい背広に身を包んでいた。刈り上げた頭を落ち着かなげに左右に振り、宣誓は何度もつっかえた。エイスティン卿が名前を尋ねると、彼は「エイスティン様、あっしの顔を忘れちまったんですか?」と悲しそうに聞き返し、法廷から苦笑をさらった。

「そりゃ、私は何度も会っているけど、みなさんに紹介しないといけないからね」

「ああ……。ジェイコブ・ミュラーっていいます。ホルト様の、庭師です」

「お仕事の内容を教えてください」

「植木の手入れと水やりが主ですが、屋根の修理とか、ペンキ塗りとか、頼まれりゃなんでもします」

「たとえば、ボートの補修なんかも?」

「へい」

「九月十九日の夜、ボートのオールはどこにありましたか」

「六本ともあっしの小屋に置いてありました」

「ボートの本体だけが、桟橋につながれていたわけですね?」

「へ、へい。二、三日内にしまうつもりだったんですけども……」

「あなたの責任を問うつもりはありませんよ、ミュラーさん。さて、係留ロープはどんな結び方をしていましたか」

「それが、あっしは船のほうは詳しくねえもんで……適当に結んでただけです」

「では、たとえばですが——人魚などがロープをほどこうとした場合、簡単にほどけると思いますか?」

「ええ、子どもにだってほどけると思います」

アニーには、いまのやりとりは誘導尋問にあたると感じた。だが弁護人は異議を発しなかった。机の上に置かれた生首は、楽しそうにやりとりを聞いている。

「あなたはハウゲン先生と協力し、人魚を拘束したそうですね」

「そうです。ほっといたら危ねえと思ったもんで」

「それはなぜですか」

「あっしらが岩場に駆けつけたとき、人魚はホルト様に覆いかぶさってて……あっしにゃ、ホルト様を食べようとしてるように見えたんです」

傍聴人たちは低くうめいた。亜人種が害獣として扱われる最大の理由は、彼らが人肉を食すことにある。

被告への嫌悪を植えつけるには、その一言で充分だった。エイスティン卿は「主尋問を終わります」と告げた。

入れ替わるように、真打津軽が立ち上がる。首だけの少女が放つ紫水晶（アメジスト）色のまなざしに捉えられると、庭師は一歩しりぞいた。

「ご安心を。私は君にかぶりついたりしないよ」

「何せ胃袋がありませんしね」

「よせ津軽、笑ってしまうだろ」

ふふふふふ。はははははは。奇妙なコンビは不謹慎な笑い声を上げた。何か言いかけたメリングを制するように、鴉夜は反対尋問に入った。

「執事のバッケさんによると、事件当夜は風が強かったとか。ミュラーさん、あなたのご意見は？」

「……ええ、強かったですね。窓がガタガタ鳴ってやした」

「どの方角から吹いていたか、覚えていますか」

「このあたりじゃ、風はいつも北から吹きます」

「北風ですね。邸宅も湖の北のほとりに建っている。では、オールなしで岸を離れても、ボートは強風にあおられて、自然に岸から離れていくはずですね」

「そりゃあ、まあ……そうです」

「その点は私も見過ごしていたな」エイスティン卿が口を挟んだ。「人魚には、ボートを押して泳ぐ必要すらなかったわけだ」

鴉夜は受け流し、質問を続ける。

「執事さんたちと一緒に、ボートを確認したそうですね」

「へい」

「ボートがどんな状態だったか、なるべく正確に教えてください」

ミュラーは腕組みし、ひとつずつ記憶を掘り起こした。

「ええと……底に、雨が溜まり始めてて……舳先（へさき）のあたりに、ジャケットがくしゃっと丸まってたな。裏返しだった。ベンチの上にゃ、革靴が一組ひっくり返ってた」

「上着と靴は、たしかにホルトさんのものでしたか？」

ミュラーの頬が持ち上がり、不敵に笑ったことがわかった。彼は人魚を一瞥し、嘲るように答えた。

「あんたがこの化物をどう庇（かば）うつもりか知らねえけど、残念でしたね。ありゃ、絶対にホルト様のもんだった。神に誓えまさあ。あっしが靴を手に取ったとき、中敷きからハッカのにおいがしたんです」

「ハッカ？」

「ホルト様は近ごろ足のにおいを気にされてたんだ。で、中敷きにこっそりハッカ油を塗ってらしたのさ。おれがその油を作ってた。だから、間違いねえ」

　ささやかな秘密の暴露に、傍聴席から忍び笑いが漏れる。ミュラーは仏頂面で背後を振り向いた。記憶力を賞賛してもらえると思っていたのだろう。

「どんな偉人も、寄る年波には勝てぬものだ」エイスティン卿は柔らかく言ってから、「裁判長。弁護人は無意味な質問を繰り返したうえ、故人の尊厳を傷つけています」

「異議を認めます。弁護人は……」

「故人にとって最大の侮辱は、彼を殺した犯人が逃げおおせることですよ」

　鴉夜のその言葉は、声を張ったわけでもないのに、不思議と法廷によく響いた。

　アニーはまばたきをし、男の手の中に収まる少女を見つめた。

〈怪物専門の探偵〉を名乗る旅人たち。彼らは戯れでここに現れたのだと思っていた。「被告は無実」という発言も、余裕あふれる態度も、虚勢にすぎないと思っていた。

　そうじゃない、と直感する。

　鴉夜は人魚の無実を信じている。本気でこの裁判をひっくり返そうとしている。

「いいかげんにしろ」怒りを秘めた声で、審問官が言った。「犯人は、この人魚だ」

「いいえ、セラフさんじゃない。私にはだんだん全体像が見えてきました」

「全体像など最初から見えている！　人魚がホルト氏を溺れ死なせたのだ」

「シャツの袖」

　唐突な一言に、エイスティン卿の気勢が減じた。

「ハウゲン医師が『遺体の手首に濃いあざが残っていた』と証言したとき、私は不思議に思ったんです。服越しに手首をつかんだとして、指の形まではっきりわかるような跡がつくだろうか？　そこで、袖口について質問を。医師の答えは『両腕とも肘までまくられていた』でした。つまり、セラフさんが手首をつかんだ時点で、ホルト氏は袖をまくっていたわけです」

「……それがどうした」

「どうしてまくったのだと思います？」

審問官は憐憫の微笑とともに、かぶりを振る。

「銃を撃てば火花が散る。袖口が焦げるのを防ぐため、紳士はしばしば袖をまくるものだ。首だけの君には銃を撃つ機会がないから、わからないかもしれないが」

「うちの弟子よりうまいことを言いますね。しかし想像力を使ってください。人魚を発見した紳士が、慌てて家に戻り、銃を取ってきて、栈橋から発砲する。その慌ただしい流れの中で、わざわざ両袖をまくるでしょうか？　焦げつきを防ぐため？　馬鹿げていますよ、そんなことをしている間に人魚は遠くへ逃げてしまうでしょう」

「詭弁だな。栈橋と屋敷の往復には一、二分かかる。その間に、走りながら袖をまくったかもしれないじゃないか。こんな些細なことはどうとでも解釈できる」

不死の少女は目を細めた。桜色の唇が持ち上がり、三日月を横に倒したような美しいカーブを描いた。

「たしかに些細なことですね。上着の問題を別とすれば」

「上着？」

「エイスティン卿。あなたの主張によれば、セラフさんは殺害後にホルト氏の上着と靴を脱がし、それをボートに放り込んだわけですよね」

「……何が言いたい」

「津軽。私を置いて、前に出ろ」

「はあい」

津軽は師匠を弁護人席の卓上に戻し、法廷の中央へ歩み出る。

無防備になった鴉夜を護るように、メイドが一歩机に寄った。

「事件当夜のホルト氏になったつもりで動け。銃を持ち、駆け足で栈橋へ戻っている。服の両袖をまくってみろ」

真打津軽はやけに手慣れたパントマイムを始めた。老けたようなしかめ面を作り、その場で足踏みをする。銃（らしき架空のもの）を左右に持ち換えながら、片腕ずつ袖をまくる。

コートと、その下に着ているシャツが、一緒に肘までひっぱり上げられた。

「その状態で湖に引きずり込まれ、溺れ死ぬ」

かぼがぼがぼ、ぼぶげぼが、と喉のどこから出したかわからぬ奇声を発し、津軽は床に倒れた。床には埃が溜まっていたが、なんの躊躇もなかった。

「さて、審問官の推理では、このあとセラフさんは偽装工作を行ったという。ミュラーさんに協力してもらおうかな」

「へ？」

「犯人になったつもりで、津軽の上着をはいでください」

「裁判長！　こんな茶番には……」

「いえ」メリングは審問官の物言いをしりぞけた。何かを予感したように、彼は身を乗り出していた。「弁護人、続けてください」

　アニーは水槽を見る。

　セラフという名の人魚は、目を見開き、ガラスに顔を近づけていた。食い入るように、同時に何かを恐れるように、横臥（おうが）した青髪の男を凝視している。

　協力を頼まれた庭師は、おずおずと動きだした。証言台から離れ、死体を演じている津軽に近づき、右腕から順にコートを脱がせた。

「……あっ」

　法廷が、どよめきに包まれる。

　津軽のシャツの袖が、伸びていた。

　考えてみれば当然だった。腕まくりをした状態で、上着だけを無理やり脱がせば、下に着ているシャツの袖は引き伸ばされ、もとの位置に戻る。

「ご覧いただいたとおりです」と、鴉夜。「殺害後に上着が脱がされたとしたら、遺体発見時の袖の状態と矛盾します」

「……ホルトは、上着を最初から脱いでいたに違いない。人魚がそれを拾って……」

「いいえエイスティン卿。ご存じのとおり、人魚は内陸に上がれません。セラフさんが上着を拾えたとすると、上着は桟橋の上にあったとしか考えられませんね。つまりホルト氏は、桟橋に戻ってきてから上着を脱ぎ、それからシャツの両袖をまくったということになる。この場合、論理は最初の矛盾に立ち返ります。彼はとても急いでいたはずなのに、そんな悠長な行動をとるのは不自然極まりない」

「な、ならば、袖も偽装工作だ。人魚は遺体の上着をはいでから袖をまくったのだ！」

「ありえませんよ。お忘れですか？　溺死する時点でホルト氏の袖が伸びていたなら、指の跡がつくはずないんです」

　エイスティン卿は声を詰まらせた。

　誰にとっても信じがたい光景だった。子爵家に生まれ、軍法会議を仕切り、獅子鷲殺しの伝説を持つ男が、叱られた一兵卒のように唇をわななかせている。

　やっと絞り出された言葉にも、いままでのような鋭さはない。

「おまえは、悪だ。屁理屈で、議論を煙に巻こうとしているだけだ」

「いいえ。申し上げたでしょ、私には全体像が見えてきたと。もう一息で真犯人もわかりそうです。でも、それは次の証人を呼んでからにしましょう。反対尋問を終わります」

対する生首の少女は、審議の緊張感など欠片もにおわさず、くつろぐような笑みを浮かべていた。津軽が息を吹き返し、ミュラーからコートを取り戻すと、闘牛士のごとくお辞儀する。

形勢が動き始めていた。メリングが制止をかけてもなお、傍聴席は静まらなかった。ルールタビーユは満足げに脚を組む。証人たちは審問官の後ろで深刻そうにささやき合う。弁護人席に戻った津軽が、椅子にどかっと腰かけ——

「モウ、やめて!」

女の声が響いた。

「ワタシ、やりました。ワタシ、犯人。あのヒト、殺しました!」

その声は悲痛で、片言で、一言一言が四方のガラスに反響して奇妙な余韻を残した。

発言者は人魚のセラフだった。

叫び終えると、セラフは無抵抗な受刑者の顔に戻った。メリングもエイスティン卿も探偵たちすらも、全員があっけにとられ、最初と同じように水槽を見つめた。

笑い声が、静寂を破る。

それも女の声だったが、人魚よりも幼げな、可憐な少女のそれだった。今度の発言者は机の上に置かれた生首だった。弟子とメイドが顔を見合わせる中、鴉夜は目尻に涙すら浮かべ、なぜかひどく楽しげに言った。

「出来の悪い笑劇(ファルス)だな」

6

ゆっくりと、ヒールの音を鳴らしながら、五番目の証人が証人席に着く。

エイスティン卿は勝ち誇った顔で進み出ると、法廷をぐるりと見回した。

「裁判長、そしてみなさん。被告の自白によって事件はすでに決着しました。しかし制度上、異形裁判では被告への直接尋問ができません。この法廷は怪物の言い訳を聞くためではなく、人類のために設けられているからです。私はあくまで所定の手続きにのっとり、主観と客観の両面からこの事件を終わらせたいと思います。――というわけで、最後の証人です。お名前を教えてください」

「シリエ・ホルト。亡くなったラーシュの妻です」

まだ二十代の、美しい女性だった。

情報は事前に調べていたが、目の当たりにするとやはりアニーも驚いてしまった。化粧を落とし、喪服をまとい、目尻に泣きはらした跡をつけていてもなお、ウェーブヘアの彼女からは華やいだ雰囲気がにじみ出ている。それは決して落とすことのできない若さという名の花粉だった。

この人が、六十歳の男の妻――

「バッケ氏やミュラー氏の証言に、あなたの記憶と異なる点はありますか」

「ございません」

「事件に対する率直な気持ちをお聞かせください」

「悪い夢を見ているようです。わたしはラーシュの元生徒で、五年前に婚姻しました。遺産目当てとそしりを受けたこともあります。ですがわたしは、彼を心から愛していました。お互いの人格を愛し合っていたのです」

「遺書の開封は済まされましたか」

「二日前に。遺産の大部分は街の発展のために寄付されました。わたしの取り分も寄付するつもりです」

彼女は毅然（きぜん）とした態度で言い、傍聴席から拍手が湧いた。脱線気味なその質問の意図は明らかだった。エイスティン卿はシリエの心証を強め、群衆を味方につけた。

「常にホルト氏のそばにいたあなたにお聞きします。ご主人にとって、人魚とはどのような存在でしたか」

「ラーシュは、人魚を憎んでいました」

「といいますと？」

「夫はトロンハイムの海運事業に投資していました。事業の歴史を調べる中で、人魚による被害報告にも多く目を通していました。近年は目撃例が減っていましたが、再び被害が起きた場合に備えて、夫は様々な対策を提言していました。それは事業者のみなさまも証言してくださるはずです」

「以前から人魚駆除に熱意を持っていたわけですね。では湖で人魚を見つけたとき、ホルト氏は驚いたでしょうね」

シリエは水槽を一瞥し、か細い声で答えた。

「実は――わたしたちは、人魚のことを知っていました。二週間くらい前です。『湖に人魚がいるのを見た』と、ラーシュがわたしに相談を。彼はそれを不名誉に感じているようでした」

どの新聞も嗅ぎつけていない新事実だった。

エイスティン卿はたっぷりと間を取り、「ふむ」と続ける。

「つまり、人魚対策を推進していたさなか、自分の所有地に人魚が現れたことで、足元をすくわれる形になってしまった。それを誰にも知られたくなかったと、こういうわけですね」

「はい。『できるだけ内密に駆除したい』と、そう言っていました」

内密に。

アニーは手帳のページを戻し、その一言が持つ重要性に気づく。

「事件当夜、ホルト氏は人魚の発見を誰にも伝えず、拳銃での駆除を試みました。あなたはその行動に違和感を覚えますか？」

「いいえ。結果的には間違っていたと思いますが、夫の行動は理解できます」

「眼鏡を忘れたことに関しては？」

「気が急いていたのだと思います。人間なら、誰しもそういうことはあります」

「先ほど弁護人が主張していた、袖の問題に関してはいかがでしょう？」

「ラーシュは庭で射撃の練習をするとき、いつも上着を脱いで袖をまくっていました。わたしから言えるのはそれだけです」

「どうやら、すべてに説明がつきそうですな。主尋問を終わります」

後半のやりとりのいくつかは、打ち合わせにないアドリブだろう。シリエも問われるがまま素直に答えたのだろう。だが、すべては審問官の期待どおりに運んだ。エイスティン卿は審問官席のほうへ戻ると、悠々とデスクに寄りかかり、前髪をかき上げた。

アニーも椅子の背にもたれてしまう。

とどめが刺された、と感じた。

やはり有罪は覆せない。ルールタビーユは腕組みし、目をつぶっている。同業者たちも手帳を閉じ、判決だけを待っている。すでに興奮の火は消え、消し炭がプスプスとくすぶっているだけだった。

「弁護人、反対尋問を行いますか」

メリングもどこかおざなりだ。しかし、鴉夜は優雅にうなずいた。真打津軽が立ち上がり、宗教画の供物のごとく探偵を掲げた。

「シリエさん」

「……はい」

「旦那さんとは歳が離れているようですね」

シリエの眉に不快さがにじんだ。

「歳の差は三十二歳です。ですが……」

「お二人は、愛し合っていた」

「そうです。何か疑ってらっしゃるの」

「お二人の仲は疑っていませんよ。なぜなら、エイスティン卿は有能だからです。余計な疑念を生むような証人を、彼がここに呼ぶはずがない」

弁護人席の向かい側で、審問官が不本意そうな顔をする。

「だからこそお聞きしたいんです。あなたたちが結婚したとき、悔しがった者がたくさんいたのではないですか。意中の女性を、うら若く美しいあなたを、枯れかけた初老の男に取られた。それによって、ラーシュさんを憎んだ者がいたとは考えられませんか」

シリエの頰が紅潮し、同時にエイスティン卿が、今日一番の怒声を張った。

「証人に対しなんという侮辱だ！　裁判長！」

「弁護人、いいかげんにしなさい。あなたの話は事件とはなんの関係もない」

「関係は大いにあります。その人間がホルトさんを殺害したからです」

少女の声は再び魔力を発揮し、法廷から音を消し去った。

幼児のわがままにつきあうように、エイスティン卿が息を吐く。

「何を言いだすかと思えば……。君は聞いてなかったのか？　ついさっき人魚が自白したじゃないか」

「聞きましたとも。その瞬間、すべてがわかりました」

津軽は鴉夜を持ち上げたまま、飄々と法廷を歩き回り始めた。その足音とともに、鴉夜は話し始めた。

「夕食後、ホルトさんは習慣どおり湖畔で一服していました。そのとき、森の中から何者かが現れ、彼を殺害しようとしたのです。風が強い夜だったため、助けを求める声はかき消されました。ホルトさんは必死に逃げ、桟橋に追い詰められてしまう。逃げ道はたったひとつしかありませんでした。ボートに乗り、湖に繰り出すことです」

アニーの頭に、影絵めいた夜の一幕が浮かんだ。細い桟橋の先端に立ち慌てる男と、そこに迫るもうひとりの男。

「オールがないことはもちろんホルトさんも知っていたでしょう。しかし選択の余地はなかった。ボートは波に押され、少しずつ岸を離れていきます。難を逃れたかのように思えました。ところが、襲撃者が想定外の行動を。そいつは屋敷の書斎に拳銃があることを知っており、それを持ち出してきたのです」

アニーはメモを見返す。書斎にもデスクの抽斗にも、鍵はかかっていなかった。所在を知っている者なら、拳銃は誰でも持ち出すことができた。

「襲撃者は漂うボートを狙い、桟橋から銃を撃ちます。ホルトさんはあせったでしょう。このままでは撃ち殺されてしまうかもしれない。さらなる逃げ場が必要でした。そこで彼は上着と靴を脱ぎ、シャツの両袖をまくり、泳ぎやすい恰好になって、自ら水に飛び込んだのです」

湖畔の静寂をかき乱す銃声。そのさなか、ぼちゃん、と鈍い音が立つ。水面に波紋が広がり、無人のボートだけが残される——

「弾を撃ち尽くすまでの数分なら、泳ぎが不得手な自分にも持ちこたえられると考えたのかもしれません。しかし水の冷たさと着衣の重さが弊害になり、ホルトさんは溺れてしまいました。どうにか目的を達成できた襲撃者は、湖畔から逃走します。そこに——セラフさんが現れた」

ちょうど津軽は水槽に近づいていた。生首の少女は、至近距離でガラス越しの人魚に微笑みかけた。

「自分の棲処で銃声が鳴ったのだから、様子を見にくるのは当たり前ですね。ホルトさんを発見した彼女は、その手首をつかんで猛スピードで泳ぎ、岩場に引き上げました。もうおわかりですね、彼女は溺れた人間を助けようとしたんです。しかし、ホルトさんはすでにこと切れていた。そして彼女が必死に揺り動かしたり、心音を聞いたりしているとき、執事さんたちが岩場にやってきたのです」

ホルト様に覆いかぶさって——食べようとしてるように見えたんです。庭師はそう証言した。だが、溺死した相手に覆いかぶさるのは、捕食するときだけとは限らない。心肺蘇生を試みるときも、同じような体勢になるのではないか。

「この推理なら、銃を取りにきた人物が誰にも声をかけなかったことにも、眼鏡を持っていかなかったことにも、まくられていた袖の問題にも、オールのないボートにも、そこに残されていた靴と上着にも、遺体発見時の状況にも、すべて合理的な説明がつきます」

鴉夜は言葉を切った。メリングは話に聞き入り、書記官は必死にペンを動かしていた。セラフは同意も否定もせず、何かに怯えるような目で鴉夜たちを見つめている。

　肩を揺らし、エイスティン卿が失笑した。

「襲撃者？　なんたる詭弁だ。いかにも負け犬にふさわしい妄想だ。やはり怪物なんかに発言を許すべきじゃなかったな。裁判長、弁護人の主張にはなんの物的証拠もありません」

「審問官の言うとおりです。弁護人、あなたはその主張を証明できますか？」

「ハッカのにおいです」

　人魚と静句を除く法廷内の全員が、外国語のジョークでも聞いたかのように口を開けた。

「先ほど庭師のミュラーさんが証言してくださいましたよね。ボートに残されていた靴の中敷きからハッカのにおいがした、と。でも変じゃないですか。靴が水に浸ったなら、においは落ちるはずなんですから」

　アニーの隣席で、ルールタビーユがぐっと身を乗り出した。

「この事件の問題は、途中で降りだした雨にあります。雨がボートに残されていた上着と靴を濡らし、どの時点から濡れていたかがわからなくなってしまった。しかしただ一ヵ所、靴の内側だけは雨の被害を免れました。靴底を上にして、伏せるような形で放られていたためです。その靴の内側から、ハッカの香りがしたわけです。この事実から、ホルトさんの靴は一度も水に浸っていないことが証明できます。したがって、殺害後に人魚が靴を移動させたという可能性が消えます。当然ですね。陸を歩けぬ人魚には、泳ぐ以外に靴を移動させる方法がないからです」

　人魚が偽装工作を行ったという審問官側の主張が、崩れた。

　エイスティン卿の顔に明らかな動揺が走った。彼はすぐさま問いかける。

「それだけか。君が出せる証拠は、たかがハッカのにおいだけか？」

「それだけで充分なんですよ。いいですか、靴が水に浸っていないということは、ホルトさんは水に入る前に靴を脱いでいたということです。靴を脱いでから水に入ったなら、彼のその行動は自発的なものだったはずです。そして偽装工作の可能性が消えた以上、靴も、上着も、その持ち主であるホルトさん自身も、最初からボートの上にいたとしか考えられません。つまりホルトさんは、オールのないボートから自発的に水に飛び込んだ、ということになります。泳げない彼がそんな行動をとったならば、よほど切羽詰まった状況にいたに違いない。そして、桟橋には銃が残されていました。湖畔に襲撃者がいた、という結論にならないほうがおかしいでしょう」

ペンを持つアニーの指先が、震えた。

弁護人は、綿密な下調べの末ここに立っているわけではない。今朝事件のことを知ったばかりだという。袖の件もしかり、彼女の弁論のすべては、朝刊の記事と審問官側の証人たちから得た情報だけをもとに展開している。

ミュラーがハッカのにおいに言及した瞬間、輪堂鴉夜はいまの推理を組み立てたというのだろうか。被告が冤罪である以上尋問には綻びが生じるはずだと確信していて、その綻びを拾いながら即興で謎解きを?

そんなことが、可能なのか。

可能なのかもしれない——首だけになってもなお生きる、不老不死の少女になら。

一方に傾きかけていた秤が、再び逆転していた。いまや矛盾を抱えたのは審問官のほうだった。

だが鴉夜の主張は、ひとつだけ大きな問題を抱えている。

議論はそこに立ち戻る。エイスティン卿は水槽に指を突きつけた。

「自白はどう説明するのだ。こいつが言っただろう、自分が殺したと！」

「論理にそぐわないわけですから、セラフさんが嘘をついたことになりますね。そして嘘をついたという事実から、犯人が導けるのです」

セラフが顔を上げ、目を見開いた。

「法廷において被告が嘘の自白をする理由は、二つしか考えられません。誰かをかばっているか、誰かに脅迫されているかです。人間社会と接点のないセラフさんに襲撃者をかばう理由はありませんから、今回は後者、脅迫のほうです。セラフさんには幼い娘がいたそうですね。たとえば真犯人が、セラフさんにこう言ったとしたら？『おれには仲間がいる。不利な証言をしやがったら、湖を端から端までさらって、娘を殺してやる』。彼女は我が子を守るために沈黙を貫くのではないでしょうか。そして真実が暴かれそうになったとき、とっさに嘘の自白をするのではないでしょうか」

「ダメ！」セラフが叫んだ。「ダメです、それ言うの」

「大丈夫、犯人は単独犯だよ。それに、ここには津軽がいる」

鴉夜の言葉に合わせ、津軽が水槽に笑いかける。どういう意味の励ましなのかはよくわからない。

エイスティン卿が進み出て、大げさな身振りを取る。

「何を言いだすかと思えば……。裁判長、弁護人の主張は完全に支離滅裂です」

「真犯人はわかっているんですか」

メリングはいまや鴉夜だけに集中していた。鴉夜は数少ない関節のひとつを動かし、うなずいた。

「犯人の条件は二つあります。ひとつ目は、ホルト氏の夕食後の習慣を知っており、かつ、書斎に銃があることを知っていた人物――つまり、ホルトさんと非常に親しい間柄の人物です。二つ目は、セラフさんを脅迫する機会があった人物です」

「やめろ！」

「それは誰でしょう？　親しい人物の筆頭は奥さんやハウゲン先生ですが、彼らには不在証明（アリバイ）があります。外出していた使用人二名には、被告と接触する機会がありません。異形裁判には古い規定がありますからね」

あ――と、アニーは声を漏らす。

捕獲から開廷までの期間、被告は審問官を除き、何人とも面会能わず――

「とすると、二つの条件に合致する人間はこの世にたったひとりしかいません。彼はホルトさんの元生徒で、ごく親しい間柄でした。彼だけが密室でセラフさんを脅迫し、審議中も無言の圧をかけ続けることができました」

「黙れ。黙れ！」興奮のあまり唇に泡を浮かべながら、男がサーベルを抜いた。「裁判長！　こんなやつの言うことを信じちゃいけない。人魚が犯人です！」

「彼は〝獅子鷲殺し（グリフォン）〟の武勇伝の持ち主。ゆえに銃ではなく、使い慣れたサーベルを凶器に選びました。事件当夜、彼はサロンの個室にいたそうですが、抜け出して屋敷まで往復することは簡単だったはずです。サロンの従業員に聴取すれば、目撃証言や、個室で煙草を吸った形跡がないことがわかってくるんじゃないかな。動機は先ほど指摘したとおりシリエさんへの恋慕でしょう。人魚が誤認逮捕されたと知った彼は、得意の弁舌で彼女に罪を着せるため、審問官に名乗り出ました――」

やめろ!!　という声が轟いた。

少なくともアニーにはそう聞き取れたが、実際のところ、それはほとんど言語としての体をなさない奇声に過ぎなかった。

ブーツの底が床を蹴り、雷撃のようなパーシアンレッドの影が、唖然としたシリエ・ホルトの前を横切る。コートの袖に肉が隆起し、鍛え抜かれた構えから、サーベルの刺突が放たれる。銀色の切っ先が、青髪の男に抱えられた輪堂鴉夜の眉間を狙う。

ひょい——と、一斤パンでも放るように、生首が宙に浮いた。

真打津軽は大きく身をひねり、サーベルをかわした。群青色のコートがはためき、次の瞬間、エイスティン・ベアキート卿の身体は、特急列車の車輪にでもくくりつけられたような勢いで反転していた（あとからルールタビーユと話し合った結果、真打津軽は後ろ回し蹴りのようなものを繰り出した、ということで意見が一致した）。

審問官は猛烈な音を立てて床に倒れ、こぼれ落ちたサーベルも主人に続く。

一回転を終えてから、津軽は落下してきた鴉夜の頭部を受け止めた。

「もっと丁寧に扱え」

「床に放るよりゃマシでしょう」

メイドの女——静句がすぐにやってきて、乱れた鴉夜の髪を整える。

誰もが静まり返る中、鴉夜は気絶した男へ話しかけた。

「自白と受け取っていいかな、エイスティン卿。……エイスティン卿？」

「ああこれならあたくし知ってます。黙秘権ってやつだ」

「裁判長。審問官が犯人でかつ弁護人を殺そうとした場合の罰則規定は、異形裁判にありますか」

「ありませんよ」メリングは顔を青くしつつ、笑った。

「こんな裁判は初めてです」

「では、あなたが判例を作ってください」

反対尋問を終わります、と鴉夜は律義につけ加える。

直後、抑えていた恐怖をあふれさせるように、法廷に鳴咽が響きわたった。

セラフが涙を流していた。

7

扉が開け放たれ外気が取り込まれてもなお、裁判所の玄関ホールには人々の熱気がこもっていた。

街の住人たちは三、四人ごとに島を作り、ある者は嘆き、ある者は興奮しながら、公判の感想を語り合っている。記者のひとりが「人魚が湖に戻されるらしい」と情報を仕入れてきて、手帳を構えた男たちは裏口への大移動を始めていた。ムンクという画家は連行されるときエイスティン卿が見せた絶望の表情について、連れの女性に熱弁を振るっている。

「リンドウさん——アヤ・リンドウさん！」

そんな大人たちを押しのけながら、アニーは《鳥籠使い》に駆け寄った。異形裁判の歴史を塗り替えた探偵一座は、その功績と裏腹に、群衆にまじって建物を出ていこうとしていた。

「誰だ君は」

「パリの《エポック》紙の記者、アニー・ケルベルです」

「ふーん」

反応が薄かったので、アニーは逆に驚いてしまう。「どうした」と鴉夜に尋ねられる。

「いえ……大抵の人は、その若さで？　とか聞いてくるので」

「私から見れば全人類が若いからな」

ふはっ、と津軽がふき出した。鳥籠が揺れ、鴉夜が「こら」と文句を言う。静句というメイドは無表情のまま背後に控えている。三者三様がおかしくて、つられてアニーも笑ってしまった。

アニーの中で目標が固まったのは、おそらくこの瞬間だった。

彼らの仕事を追いかけたい。《鳥籠使い》を取材し続けたい。

彼らの旅路の先にはきっと、世界をひっくり返すような嵐が待ち受けているから。

「で、パリの記者がなんの用かな」

「そのう、少しだけインタビューを」

「よかったですね師匠、新聞に載りますよ」

「喋る生首を記事にしても信じてもらえないと思うが」

「そうなんですけど、とりあえずインタビューを……。裁判の内容はいかがでしたか」

「津軽の小噺を聞くよりはましな時間を過ごせたな」

「逮捕されたエイスティン卿に対して、何か一言」

「斬りかかってきたことは気にしてないと書いてくれ。私は斬られても死なないからね」

記事にできそうなコメントではなかった。なかなか扱いづらい取材対象だ。アニーは矛先を変える。

「弁護を思い立ったのは、やはり異形差別に反対しているからでしょうか？」

「そんな立派な理由じゃない。ただ新聞を読んで、彼女はやってないと確信したからだ。ああ、そういえば裁判ではそのカードを切り忘れたな」

耳を疑ってしまった。切り札を残したまま勝訴したということか。

「そこ、あたくしも気になってました」と、津軽。「なんで人魚さんがやってないって思ったんです？」

「遺体が岩場で見つかったからだよ」

首をひねった津軽に、アニーも同調する。

少女の見た目をした不老不死は、桜色の唇をほころばせ、若者二人に説明した。

「おまえたちは人間の視点で考えているからわからないんだ。人魚にとって水中は自分の家も同然。人をさらって食べるなら、水に潜ればいいだけの話じゃないか。そうすれば誰にも見つけられないのだから。わざわざ岩場に上がっていたということは、人間に息をさせようとしていたからさ。彼女は無罪だよ。私には最初からわかっていた」

一七歳の目撃

天祢（あまね） 涼（りょう）

1978年生まれ。2010年、音を聞くと色や形が見える共感覚者を探偵役に据えた第43回メフィスト賞受賞作『キョウカンカク』で作家デビュー。近未来の一風変わった葬儀社の事件簿『葬式組曲』（2012年）が第13回本格ミステリ大賞の候補に挙がる（また、同書収録の「父の葬式」は第66回日本推理作家協会賞短編部門の候補作に）。本作「一七歳の目撃」は、弁護士志望の男子高校生と悪辣なひったくり犯との対決を描いた社会派色も濃厚な青春ミステリー。連作短編集『少女が最後に見た蛍』（2023年11月、文藝春秋刊）の巻頭も飾った逸品だ。（K）

1

教室の手前で足をとめるとスマホのインカメラを起動させ、ディスプレイに自分の顔を映した。目の下にできたクマは、薄くてほとんど目立たない。クラスメートには、いつもの僕に見えるはずだ。一つ頷いてから教室に入る。

「昨日の夜もひったくりがあったらしいじゃん」「部活で遅くなる日はこわいわー」「この二ヵ月で五件目だね」

耳に飛び込んできたのは、予想したとおりの会話だった。

僕が住んでいるのは、神奈川県川崎市の登戸（のぼりと）。この街では最近、ひったくり事件が続発している。「夜道を歩いているところを自転車で背後から猛スピードで迫り、追い抜きざまに荷物を奪い去る」というシンプルな犯行ゆえに証拠が残りにくいのか、警察は犯人を捕まえられていない。

この川崎第一高校は登戸にあり、二年生の女子も被害に遭ったので、生徒たちの事件への関心は高い。

「グンシは、犯人を捕まえるにはどうしたらいいと思う？」

席に着いた僕に、後ろから男子が訊ねてきた。

「さあね」

「なにかアイデアがあるだろ、頭がいいんだから」

「勉強ができることと頭がいいことは違うし、そもそも事件に興味がない。そんなことを考えている暇があったら受験に備えるさ」

仰々しく肩をすくめてみせた僕に、質問してきた当人だけでなく、その周囲にいる男子たちも笑い声を上げた。

「さすが」「冷静沈着すぎ」「やっぱり川崎第一（カワイチ）高校の軍師（グンシ）だな」

僕が「まあね」と返しながら右手の人差し指で眼鏡のフレーム中央を押し上げると、男子たちの笑い声が大きくなった。教室の後方では、成績のいい女子三人組が眉をひそめている。でも僕は、期待されたリアクションをしただけだ。彼女たちにどう思われようと、トラブルのない高校生活を送るにはこれでいい。その証拠に、髪を茶色に染めた女子と、制服をほどよく着崩した女子が笑顔で近づいてきた。

沢野カオリさんと、高村美羽さんだ。

「グンシって、本当にマイペースだよね」「弁護士になっても喜ばなそう」

沢野さんと高村さんがこんな風に気安く声をかけるのは、一部の男子のみ。その男子には、運動神経抜群、容姿端麗など、なにかしら秀でた点がある。僕の場合は成績優秀であることだけでなく、「勉強最優先のクールキャラ」を徹底して演じていることが気に入られたのだろう。

「黒山くんって頭いいよね」「『弘明』って名前、読み方を変えれば『孔明』になるじゃん。三国志の諸葛孔明じゃん」「本当に軍師だ!」と騒いで、僕に「グンシ」というあだ名をつけたのも、この二人だ。

「さすがに僕でも、弁護士になったら喜んでガッツポーズくらいするよ、ものすごいやつをね」

僕が真顔をつくって言うと、狙いどおり、沢野さんと高村さんは「そんなことを大まじめに言わないでよ」「でもガッツポーズするグンシは見たい!」とはしゃぎ出した。高校生活は、残り一年と少し。この調子でやっていけば問題なくすごせると思っていた——昨日の夜までは。

「俺もガッツポーズするグンシを見たいよ」

その一言とともに近づいてきたのは、宇佐美来都だった。後ろから、栗原怜治と中嶋宗輔もついてくる。来都の身長は一七〇センチ台後半。栗原と中嶋は背丈こそ来都ほど高くないものの肩幅ががっしりしているので、三人そろうと威圧感がすさまじい。

「あ、来都だ」「おはよう、来都」

沢野さんと高村さんが顔を輝かせる。来都は彼女たちに「おはよう」と返すと、僕の目の前で足をとめた。

「いまここでガッツポーズしてくれないか、グンシ?」

「——断る。弁護士になるまで楽しみに取っておきたいからね」

「いつもの僕ならどう応じるか」を考え、答えを返すまでに微妙な間が空いてしまった。来都はそれに気づかなかったのか、笑いながら言う。

「残念だな。じゃあグンシが弁護士になるために、俺が勉強を教えてやるよ」

「来都がグンシに教えられることなんてあるわけないじゃん」

沢野さんが右手で、来都の二の腕をぱしぱしたたく。

「痛え! 骨が折れた!」

僕は「また始まった」と言わんばかりに首を横に振りつつ、わざとらしく痛がる来都の双眸をそっと見遣る。

目尻の切れ込みが深く、瞳の色は青。祖母がアメリカ人である影響らしい。来都は「この目のおかげでモテて困る」と、ことあるごとに自慢している。

だから昨夜も、目出し帽から覗く双眸と同じだと一目でわかった。

＊

昨夜の午後九時半ごろ。

塾の帰り、いつものように寄り道した僕は、家に向かって自転車を走らせていた。強く冷たい風が、容赦なく吹きつけてくる。この街は多摩川沿いにあるせいか、冬はこういう日が多い。ペダルを漕ぐ足を自然と速くして、大通りから裏道に入った。街灯が少なく夜は薄暗いが、家への近道だ。

母は疲れて寝ているだろうから、できるだけそっとドアを開けて、風呂を沸かして……とぼんやり考えていると、前方から悲鳴が聞こえてきた。なんだ？　ペダルを漕ぐ足をさらに速くして角を右に曲がる。悲鳴の発生源は、四、五メートル先、街灯の下だった。自転車に乗った男性が黒いバッグを引っ張り、女性がそれを必死の形相でつかんでいる。

僕がひったくりだと理解したときにはもう、男性は女性を突き飛ばしていた。その拍子に、男性がかけていたサングラスがアスファルトに落ちる。

「待って！　バッグだけでも返して！　お願い！」

倒れ込んだ女性の叫びにはなんら反応せず、男性はサングラスを拾い上げた。その顔が、僕の方に向く。黒い目出し帽を被っているので容貌はわからない。でも双眸は、はっきり見て取れた。

目尻の切れ込みが深く、瞳の色は青。

――宇佐美来都。

その名が頭に浮かぶのと同時に、僕は咄嗟に自転車をUターンさせてその場を走り去った。

裏道を自転車で闇雲に走った後、やはり女性が心配になって現場に戻った。来都の姿は既にない。騒ぎを聞きつけたのか男性が二人いて、蹲る女性に「大丈夫ですか」「救急車を呼びましたから」などと声をかけている。ひとまず安心してよさそうだが、女性は突き飛ばされた拍子に怪我をしたようで、左手で右肩を押さえていた。俯いた顔は、長い黒髪に覆われてはっきりとは見えないが、きっと苦痛で歪んでいる。僕がすぐに救急車を呼ぶべきだった。

「ごめんなさい」

口からこぼれ落ちた一言は、思いのほか大きく響いた。

男性たちがそろってこちらを振り返る。

僕は素知らぬ顔で、再びその場から走り去った。

＊

沢野さんたちと一緒にはしゃぐ来都を残し、僕はトイレに行った。

昨夜からずっと、自分がどうするべきかを考えている。

あの双眸は、確かに来都のものだった。どうしてひったくりなんてしたのだろう？　家に金がないという話は聞いたことがないのに。動機は見当もつかないが、放ってはおけない。一連のひったくりがすべて来都の仕業なら、また新たな被害者が出るかもしれない。すぐ警察に通報するべき――と頭ではわかっていても、迷いが生じる。

僕の傍には街灯がなかったから、来都は目撃者がいたことに気づいていないか、気づいていたとしても、僕だとはわからなかったのかもしれない。だからさっきは、普段どおりに話しかけてきたのかもしれない。それなら警察が来都に容疑をかけても、僕が証言したとは思うまい。

でも、もし僕が証言したと知られたら。来都が犯行を否定して、逮捕されなかったら。その場合、起こる事態は……。

迷いを消せないまま用を足しているとトイレのドアが開き、来都が入ってきた。来都は、僕以外は誰もいないことを確認するようにすばやく周りに視線を走らせてから口を開く。

「グンシ、今日はいつもと様子が違くないか？」

「そんなことはないけど。どうしてそう思うの？」

「さっき俺が話しかけたとき、返事をするまでちょっと間があったから」

気づかれていたのか。来都を甘く見ていた。

「気のせいだよ」

僕は軽く受け流し、洗面台に移動して手を洗う。来都は僕の真後ろに立つと、頭上から声を降らせてきた。

「昨日の夜、グンシはどこでなにをしてた？」

手が一瞬とまる。こんな質問をしてくるとは。間違いなく来都は、目撃者がいたことにも、それが僕であることにも気づいている。

僕が犯人は来都だと、見て取ったことにも。

さっきは普段どおりに話しかけてきたようで、僕にさぐりを入れていたんだ。

「塾に行って、帰ってから勉強して、日付が変わる前には寝たよ。いつもどおりの夜だった。誰かに話すようなことは特にない」

自分が見たものを警察に話すつもりがないことを、遠回しに伝える。本当は迷っているのだが、ひとまずこの場をやりすごさなくては。

手を洗い終えて振り返った僕を、来都は黙って見下ろし続ける。昨夜は、僕が警察に駆け込むのではと気が気でなかったはずだ。なのに堂々と胸を張った姿からは、それが微塵も感じられない。僕は目を逸らしそうになるのを堪えて、来都の青い瞳を見上げ続ける。

たっぷり一〇秒は経ってから、来都は過剰なほど明るい笑顔になった。

「よくわかった。グンシは不確かなことを誰かに話して、周りに迷惑をかける奴じゃないもんな。そんなことをしたらトラブルになって、大事な大学受験のチャンスがつぶれるもんな」

いまの言葉を意訳すると、こんなところだろう。

――お前が警察になんと証言しようと、目しか見てないんだから、俺は断固として犯行を否定する。クラスの連中には、グンシが警察にデマを流したんじゃないかと言いふらす。沢野や栗原たちは俺の言うことを鵜呑みにするから、お前はセンパイと同じ目に遭う。そうなったら、受験勉強どころじゃなくなるぞ。

僕の証言がきっかけで決定的な証拠が見つかり、警察が来都をすぐに逮捕する可能性もゼロではない。でも来都は、僕がそんな賭けに出るはずがないと断じたのだろう。僕が大学受験をなによりも優先していることを、よく知っているから。

「そうだね」

ご期待に添った答えを返す。

「いまは受験勉強に集中したい。それが終わるころには、妙なものを見ていたとしても全部忘れてるよ。覚えていたとしても、一年以上も前のことなんて信じてもらえないだろうし、ずっと黙っていたなんて心証も悪いから、人に話すこともない。でも妙なことがまた起こったらさすがに落ち着かなくて、誰かにしゃべるかもしれない」

意訳すると「受験勉強のために黙っている。でも、またひったくりをしたらさすがに警察に話す。もうやめろ」となる。

「よくわかった。さすがグンシは、川崎第一高校の軍師だな」

来都はいかつい肩を揺らし出ていった。用を足さなかったから、僕と話をするために追いかけてきたのだろう。残された僕は、洗面台の前から動けない。

傍目には、僕はクラスメートの犯行を黙っている憶病者に見えるに違いない。

でも、相手は来都なのだ。仕方ないじゃないか。

トイレの後も、来都はことあるごとに声をかけてきた。特になにか言われたわけではないが、「余計なことを言うな」というプレッシャーをかけているとしか思えない。

話さないと言ってるのに……。うんざりした僕は、帰りのホームルームが終わるなりすぐ教室を出ようとした。その寸前、学年主任の飯塚が教室を覗き込み、女性にしては低い声で呼びかけてくる。

「黒山くん、図書室のことで話があるから来て」

僕は図書委員なので、こういうことは珍しくない。「はい」と返事をすると教室を出て、飯塚の後に続いた。図書室は一つ上のフロア、三階にある。でも飯塚は、階段を下りた。

「図書室に行くんじゃなかったんですか」

「ほかの生徒の前だから嘘をついた。本当は、校長室に来てほしいの」

「どうしてです？」

僕が訊ねても、飯塚は振り返りもしない。

校長室の前まで来た。引き戸をノックしてからスライドさせた飯塚が、中に入るよう目で促してくる。怪訝に思いながらも従った僕を待っていたのは、ソファに腰を下ろした二人組だった。

一人は、胸板の厚い、格闘技でもやっていそうな体格の男性だった。機嫌が悪いらしく、唇を真一文字に結んで僕を睨みつけてくる。

向かって左隣には、男性とは対照的に華奢な女性がいた。肩口で切りそろえた真っ直ぐな黒髪が、艶やかで眩しい。僕と目が合うと、女性は微笑んだ。初対面なのにもう何度も会っているかのように親しげで、それでいて押しつけがましさや図々しさがまるでない、僕がこれまで目にしたことがないタイプの微笑みだった。

印象はまるで違うが、二人ともきっちりしたスーツを着ている。何者だろう？

「ここに座りなさい」

二人組の向かいのソファに腰を下ろした校長が、自分の右隣を指差す。言われたとおりにする僕を残し、飯塚は巻き込まれるのはごめんとばかりにさっさと校長室から出ていった。

　この学校の教師は、みんな大体あんな感じだ。

　男性が僕に一礼する。

「黒山弘明くんだよね。来てくれてありがとう。神奈川県警の真壁巧です」

　警察か。ドラマ以外で見るのは初めてだが、体格と顔つきの印象から即座に受け入れることができた。でも、

「同じく仲田蛍です」

　女性が口にした言葉には戸惑った。この人も警察？　いま着ているパンツスーツよりも、ふんわりしたスカートの方が似合っていそうな雰囲気なのに？

「失礼ですが、名刺を見せてもらっていいですか」

「こら、黒山！」

　校長の叱責が飛んできたが、意に介さず続ける。

「警察も普通の社会人と同じく名刺を持ち歩いてると、本で読みました。念のため、見せてください」

　真壁さんの目つきが、一際険しくなった。当然の要求をしただけなのに、生意気なガキだと思われたのだろうか。怯みかけたが、仲田さんが取りなすように言った。

「最初から見せるつもりだったよ――ですよね、真壁警部補？」

　仲田さんは真壁さんに顔を向けると、にっこり微笑んだ。その途端、真壁さんは目尻を下げ、唇の両端を持ち上げる。

「もちろんだよ」

　口調も急にやわらかくなった。ということは、この表情はどうやら笑顔らしい。学習を始めたばかりのＡＩが描いたような、ぎこちない笑顔ではあるが。

　機嫌が悪かったわけではなく、顔がこわいだけなのかもしれない。

　真壁さん、仲田さんの順に名刺を手渡してくる。肩書きは、真壁さんが県警本部刑事部捜査第一課、仲田さんが多摩警察署生活安全課だった……って、生活安全課？

「昨日の夜九時半ごろ、君はどこでなにをしていたかな？」

　名刺に視線を落としたままの僕に、真壁さんは訊ねてきた。僕は気づかれないように息を吸い込んでから、視線を上げる。

「どうしてそんなことを知りたいんですか？」

「詳しくは言えないが、捜査の一環でね」

「わかりました。その時間なら、塾から帰る途中だったと思います」

「塾の場所は？」

　スマホの地図アプリを起動して、場所を指し示す。真壁さんはそれをＡ４サイズのノートにメモしてから言った。

「昨日――二月二日の午後九時半ごろ、その辺りでひったくり事件があってね。現場から『ごめんなさい』と呟いて自転車で走り去る少年が目撃されている。証言と防犯カメラの映像から、その少年は川崎第一高校指定のコートを着ていたようなんだ。自転車の色は赤で、眼鏡をかけていたというから先生方に心当たりはないか訊いたら、君の名前があがった。どうだろう？　現場にいたのは君かな？」

　そこまで情報が集まっているなら否定しない方がいい。でも、先に確認したいことがある。

「答える前に、一つ教えてください。この事件は、ひったくり犯が被害者に怪我をさせたから、窃盗ではなく強盗事件になったんですよね。だから、捜査一課の真壁さんが調べてるんですよね。窃盗なら、捜査三課が担当するはず」

「そうだよ。詳しいんだね」

「将来は弁護士になりたくて、警察の捜査や法律についても勉強してるんです」

　二ヵ月もの間ひったくり犯を捕まえられないでいるうちに、負傷者が出てしまった。もはや所轄の多摩警察署だけには任せておけないから、県警本部の真壁さんが派遣されたのだろう。本部の刑事が来るとまでは思わなかったが、強盗事件として捜査されることは、昨夜の時点で薄々察しがついていた。でも仲田さんがいる理由はわからなくて、本人に訊ねる。

「どうして生活安全課の仲田さんが、強盗事件の捜査をしてるんですか？　生活安全課は、ＤＶの相談に乗ったり、子どもの非行対策をしたりする部署ですよね？」

「管轄で起こっている事件だから捜査に協力したくて、志願したの」

　なぜ、畑違いの生活安全課の人が？　釈然としなかったが、真壁さんは構わず訊ねてくる。

「それで、どうなのかな？　昨日の夜、君は現場にいたのかな？」

「いました。騒がしいから妙に思って、様子を見にいったんです。女性が肩を押さえて蹲っていて、びっくりしました」

「すぐに自転車で走り去ったらしいけど、どうして？」

「もう救急車が呼ばれたようで、僕にできることはなさそうでしたから」

「『ごめんなさい』と呟いた理由は？」

「そんなこと言ったかな。普段から独り言が多いので、よく覚えてません」

「怪しい人影や犯人に関係していそうなものは見ていない？」

「はい、なにも」

「よく思い出してほしい。我々は被害者のために、一刻も早く犯人を捕まえたいんだ」

蹲った女性の姿が自然と思い浮かぶ。どれだけ痛くて、こわい思いをしただろう。考えただけで胸が痛くなるけれど、僕には僕の事情がある。真壁さんになんと言われようと、来都のことを話すわけにはいかない。

「そう言われましても、なにも見てないんです」

「わかった。ところで、塾を出た時間は？」

「……九時一〇分くらいですね」

迷ったが、すなおに答えた。案の定、真壁さんは身を乗り出してくる。

「塾から事件現場までは、歩いても五分程度だ。自転車なら、もっと早く着くだろう。なのに君が目撃されたのは九時半ごろ。塾を出てから二〇分近く経っているね。どこでなにをしていたのかな？」

「塾の帰りはいつも、多摩水道橋の袂で風に当たってクールダウンしているんです。昨日の夜もそうでした」

「いまは二月だ。クールダウンするには寒すぎるんじゃないか」

「寒いのが好きなんです」

そう答えるしかない。さすがに妙に思ったのか、ずっと黙っていた校長が口を挟んできた。

「知っていることがあるなら、刑事さんたちにすなおに話した方がいいぞ」

「そう言われても、全部話してますよ」

本音を隠すため、困った顔をする。真壁さんはノートに取ったメモを読み返してから頷いた。

「わかった。どうもありがとう。思い出したことがあったら、名刺に書いてある番号に電話をください」

電話することは絶対にないが、「はい」と答えておく。

真壁さんは頷くと、仲田さんに顔を向けた。

「君からは、なにかあるか？」

仲田さんは答えず、僕を真っ直ぐに見つめてくる。事件の捜査をしにきたとは思えないほどやわらかい、それでいて、僕の迷いを見透かしているかのような眼差しだった。

不意に、自分が目にしたものをすべて、洗いざらい話してしまいたい衝動が湧き上がる。

――しっかりしろ。感情に任せて来都のことを打ち明けたら、絶対に後悔するぞ。

自分に言い聞かせていると、仲田さんは視線を真壁さんに移し、首を横に振った。

「いいえ。いまは、もうないです」

真壁さんたちに自宅の場所と連絡先を教えて校長室を出た僕は、昇降口に向かって歩いた。仲田さんの眼差しが頭から離れないので、来都の青い双眸を思い浮かべて無理やり上書きする。

その拍子に、羽柴(はしば)くんの潤んだ両眼に見つめられている気がした。

2

羽柴護(まもる)は、小柄であることと、髭が少し濃いことを除けば、取り立てて特徴のない外見をしていた。ただ、猫背気味で、声が小さい。そのせいで男子には「弱そう」と正面切ってからかわれ、女子には陰でくすくす笑われていた。

それ以上のことをされるようになったのは、一年生の夏休み明けからだ。

「羽柴って、俺たちより一つ年上なんだって？」

新学期初日、来都が歌うような口振りで羽柴くんに声をかけた。

羽柴くんは中学三年生のとき、交通事故に巻き込まれ長期入院を余儀なくされた。後遺症は残らなかったし、卒業はできたものの、高校受験はできず浪人。翌年、川崎第一高校を受けて合格し現在に至る――という経緯を、来都は夏休みの間に知り合った羽柴くんの元同級生から聞いたという。

そのことを来都が捲(まく)し立てている間、羽柴くんは席に着いたまま、耳を真っ赤にして俯いていた。

「これからは羽柴のことを『センパイ』と呼ぶよ。よろしくな、センパイ」

来都が恭しく敬礼までしたときは、正直、驚いた。うちの高校は六月の体育祭で、学年に関係なくクラス対抗の応援合戦が開催され、教師陣の投票で優勝を決める。当然、まだ高校生活に不慣れな一年生は不利だ。そんな中、陸上部で足が速く、入学早々目立つ存在だった来都は、クラスのまとめ役を買って出た。応援の衣装や振付、台詞回し、BGMなど細部に至るまでクラスメートたちと話し合って決め、見事に準優勝。一年生のクラスとしては初の快挙を成し遂げた。

遺憾なく発揮されたリーダーシップと彫りの深い顔立ちが目を引き、体育祭の後は女子から立て続けに告白され、カノジョができたという噂だ(すぐに別れたらしいが)。本人が「瞳が青くなかったら寄ってくる女が少なくて済むのになあ」とこれ見よがしにため息をついていたから、デマではないだろう。

そんなクラスどころか学校の人気者が、こんな子どもじみたことをするなんて。

僕以外のクラスメートもそう感じたに違いない。来都なら、その空気を察すると思った。

でも来都は、その後も羽柴くんを「センパイ」と呼び続けた。「昨日はなにをしてらっしゃいましたか、センパイ」「お疲れさまでした、センパイ」と敬語を使って小ばかにしたり、「センパイの髭が濃いのは年上だからだったんですね」と身体的特徴をいじったりするようにもなった。

「羽柴は『センパイ』というキャラが確立されて、おいしいと思ってるんだよ」

来都は羽柴くんがいようといまいと関係なく、そんなことまで言い始めた。それだけではなく、「川崎第一(カワイチ)高校の軍師から見てもそう思うだろ?」と僕のお墨つきまで得ようとしてきた。

そんなわけないだろう、と否定したかった。羽柴くんが喜んでいるなら、「ははは……」とごまかし笑いを浮かべるだけで済ませず、もっとノリのいいリアクションをするはず。来都は、調子に乗りすぎだ。

でも、いじめと言うほど大袈裟ではないし、正直に指摘して来都が機嫌を損ねたら、僕までターゲットにされかねない。かと言って来都に同意して、羽柴くんの恨みを買うのも面倒だ。

だから「キャラが確立するまでには数年単位で時間がかかるよ」と、どうとでも取れる答えでやりすごした。僕には法学部に合格して、弁護士になるという目標があるのだ。巻き添えを喰らって時間を無駄にするわけにはいかない。

もう高校生なのだから、この程度のこと、嫌なら羽柴くんが自分でなんとかしてほしいという思いもあった。

その後も僕は、来都から同意を求められても当たり障りのない答えを返し続けた。一方で、羽柴くんに対し来都と同じような態度で接するクラスメートは、男女関係なく増えていった。彼らは口々に「センパイも楽しそうだから」「年上だからって気を遣わない方がいいから」などと、羽柴くんのためであることを強調した。自己暗示をかけているようにしか見えなかったが、僕も空気を読んで、本人がいないところでは「センパイ」と呼ぶようにした。

それがすっかり日常と化して数ヵ月経った、一二月のある日。

羽柴くんは寝坊したらしく、髪は寝癖がついたまま、髭は青々としたまま登校してきた。息を切らして席に着く羽柴くんのもとに、来都がにやにやしながら近づいていく。

「おはようございます、センパイ。今日は一段とワイルドですね。沢野も高村も『ほれちゃう！』と言ってますよ」

窓際に立っていた沢野さんと高村さんが「勝手に決めんな」「でも動物園で眺める的な意味ならありかも」と甲高い声で言うと、クラスの方々から笑い声が起こった。僕は廊下側の自席でノートに視線を落としながら、羽柴くんの横顔をそっとうかがう。「ははは……」とごまかし笑いを浮かべているのはいつものことだが、寝癖と髭のせいか、いつもより滑稽だった。

「センパイ、ワイルド記念に写真を撮らせてもらいますね！」

来都が羽柴くんの返事を待たず、スマホのシャッターを押す。次いで沢野さんたちの傍に行くと、スマホを掲げた。

「この写真、後で転送しておくわ」「いままでで一番コラに使えそうじゃん」「ウケる」

来都たちが話しているところに、栗原と中嶋も寄っていく。

「昨日の数学の宿題、わかった？」

僕は自信がなかったわけではないが、隣に座る女子にノートを見せて訊ねた。

クラスメートの羽柴くんへの接し方は変わらないまま、二年生になった。クラス替えはあったが、僕はまた羽柴くんと同じクラスになってしまった。来都だけでなく、栗原と中嶋、沢野さん、高村さんまでいる。この顔ぶれを見て予想したとおり、羽柴くんは一年生のときと同じ扱いを受けた。新しいクラスメートも、すぐこれに加わった。

羽柴くんの写真を撮る生徒も、なぜか増えた。

三年生になったらまたクラス替えがあるので、今度こそ来都たちと別のクラスになれるかもしれない。来年の始業式は四月六日。わざわざカレンダーアプリに登録したその日まであと何日か毎日のように数えつつ、僕は当たり障りのない態度を取り続けた。巻き添えを喰らわないようにするのが億劫(おっくう)だったが、大袈裟に騒ぎ立てるほどのことではないから、それで乗り切れると思っていた。

でも二年生になってから一ヵ月ほどすぎた、五月五日。

ゴールデンウィーク最後の日、僕は駅近くのファストフード店で数学の問題集を解いていた。フライドポテトを食べながら勉強するのは、僕にとって月に一度の贅沢だ。

窓際の席でノイズキャンセリングのイヤホンをつけ、環境音を流しながら問題集とノートを広げる。この店は、休日は一時間を目処に出なくてはならない。時間がかぎられている分、集中できていい。

なのにノイズキャンセリングではかき消せないくらい大きな笑い声が、入口の方から響いてきた。眉をひそめ柱の陰からうかがうと、レジに並ぶ列から少し離れたところに、来都と栗原、中嶋の三人が、羽柴くんを取り囲むように立っていた。三人とも長身なので、猫背の羽柴くんが余計に小さく見える。

イヤホンをはずして聞き耳を立てると、来都の声が鼓膜に届いた。

「じゃあ今日は、センパイの奢りってことで」

「でも……僕だって、そんなにお金があるわけじゃ……」

「年上なんだから俺らより金持ちでしょ。それに今日は、俺の誕生日なんです。お祝いってことで、一つよろしくお願いしまーす」

「宇佐美くんは、先月も誕生日だと言ってた気が……栗原くんたちもプレゼントを贈ってて……だから、それを僕がプレゼント……」

羽柴くんが来都の左手首へと、ぎこちなく視線を向ける。そこには、バンドの色が瞳と合わせたように青いスマートウォッチが巻かれていた。

「ああん?」

来都が握りしめた右拳を掲げる。その瞬間、羽柴くんは条件反射のように両手で自分の腹部を覆った。それを見た来都は、羽柴くんの肩をばしばしたたいて笑う。

「細かいことは言いっこなしですよ、センパイ。じゃ、俺はトリプルバーガーのセット。飲み物はメロンソーダね。ゴチになりまーす」

ほかの二人も「ゴチでーす」「あざまーす」などと前置

きして、羽柴くんに口々に注文を伝える。スマホに必死にメモを取る羽柴くんを残し、来都たちは店内に歩いてきた。顔を伏せた僕は、席に着いてから二〇分も経っていないが問題集とノートを鞄にしまう。奥の席に座った来都たちは、話に夢中でこちらに見向きもしない。それでも、できるだけ音を立てず席を立った。

この店の支払いを無理強いしただけでなく、スマートウォッチまで買わせたなんて。高校生が気軽に買える代物じゃない。もう完全に「いじめ」だ。それどころか、恐喝罪が成立する。来都が拳を掲げたときの反応から察するに、羽柴くんは暴力を振るわれ慣れていることも間違いない。

いじめと言うほど大袈裟ではないと思っていたのに、ここまでエスカレートしていたとは想定外だった……いや、本当にそうか？　来都たちが羽柴くんの写真をコラに使うと盛り上がっていたとき、僕は、あれ以上聞いたらエスカレートしていることを認めざるをえなくなると無意識のうちに思って、隣の女子に宿題の話を振ったのではないか？　羽柴くんの写真を撮る生徒が増えていたのだって、「なぜか」もなにもない、コラで盛り上がっていることは考えるまでもなくわかること……。

でも僕は受験勉強に集中しなくてはいけないのだから仕方がない。それにここまでされているなら、羽柴くんが進んで被害を訴えるべきだ。れっきとした犯罪だから、警察も動きやすいだろう。羽柴くんにとって、却ってよかったとさえ言える。

僕はこのまま、なにもしなくていい。

自力で解決すれば羽柴くんの自信につながるから、むしろ、なにもしない方がいい。

まだ残っているフライドポテトとホットティーをゴミ箱に捨て、店の外へと歩を進める。その最中、背中を見られている気がした。振り返るなという思いとは裏腹に、首が勝手に後ろを向いてしまう。

羽柴くんの潤んだ両眼と、視線が合った。

僕は気づかなかったふりをして視線を店内のポスターに向けると、視力が低いのでよく見えてもいないのに「へえ」と呟き、ファストフード店を出た。

ゴールデンウィーク明けから、羽柴くんは学校に来なくなった。そのことに関して、担任教師はなにも言わない。来都たちは、教師の前でも羽柴くんを「センパイ」呼ばわりして笑っていたのに。

保護者が抗議に来た様子もないから、羽柴くんもいじめについて黙っているのだろう。「いじめられた」と親に打ち明けられない気持ちは、なんとなく察しがつく。

クラスメートたちの方は、話し声が大きくなり、よく笑うようになった。これまで親しくなかったグループ間の会話も増えた。みんな、「こんなに仲がいいクラスなんだから、学校に来なくなった羽柴くんが悪い」と思いたいのか、「羽柴くんに代わるターゲットにされたくないから、和を乱さないようにしなくては」と焦っているのか、その両方か。

そんな風にクラスを眺める僕もまた、みんなと同じように振る舞っている。

でも時折、なにかの拍子に、ファストフード店で遭遇した羽柴くんの潤んだ両眼に見つめられている気がする。そういうときは、クラスメートと話すどころか、顔を合わせるのも嫌になる。

それさえやりすごせば、僕はトラブルのない高校生活を送り、受験勉強に集中できるはずだった。

＊

昇降口では、来都が壁に背を預け立っていた。栗原と中嶋だけでなく、沢野さん、高村さんも一緒だ。来都は僕に気づくと、軽く手をあげた。

「おー、解放されたか、グンシ」

「なにしてるんだ？」

「グンシを待ってたんだよ。飯塚は図書室のことと言っておきながら一階に下りていったみたいだから、どうしたのかと思ってさ。みんなで心配してたんだぞ」

「でも、部活は？」

ここにいる五人は、各自なんらかの部活に入っている。沢野さんが、茶色く染めた髪を振り乱さんばかりの勢いで首を横に振った。

「グンシになにがあったかわからないから集まっておこう、って来都に言われたの。部活なんて休んじゃったよ」

「それはどうも」

僕は軽く頭を下げながら、内心でぞっとした。羽柴くんが学校に来なくなってから、沢野さんたちが来都の言うがままに動くことが増えた気がする。特に沢野さんは、来都にべったりだ。来都は前々から「沢野は俺に惚れてるな。告ってきたら相手にしてやるか考えよう」と得意げに話していたが、最近はそれ以上のものを感じる。

「で？　どこに行って、なにを話してたんだよ？」

来都が、四人を背にするような位置に立って見下ろしてくる。僕は、気づかれないように一度唾を飲み込んでから言った。

「校長室に連れていかれたんだ。警察がいて、塾の帰りにひったくりを目撃しなかったか訊かれた。事件現場が、僕の帰り道の傍だったらしい」

「嘘？　すごい！」

別にすごくもなんともないのだけれど、高村さんが興奮気味に叫んだ。来都は「へえ」と驚きの声を挟んで言う。

「それでお前は、なんて答えたんだ？」

動揺が微塵も感じられない疑問形だった。純粋に、友だちが事件を目撃したのかどうか知りたがっているようにしか聞こえない。僕を見下ろす双眸は、目出し帽から見えたものと間違いなく同じなのに。

「なにも見てないから、そう答えたよ」

今度は、二度唾を飲み込んでからでないと言えなかった。

そのまま来都たちと下校した。来都と中嶋は近所に住んでいるので僕と同じ自転車通学、ほかの三人は電車通学なので駅に向かう。話題は、僕に会いにきた警察のことが中心だった。

一人は体格がよくて顔がこわい、いかにも刑事然とした男性だったけれど、もう一人はふんわりとしたスカートが似合いそうな雰囲気の女性だったことを話すと、来都ですら純粋に驚いたようだった。沢野さんと高村さんは、その女性――仲田さんについて「美人だった？」「カレシはいそうだった？」など、僕には答えようのないことを根掘り葉掘り訊いてくる。

傍目には、高校生の仲よしグループに見えたことだろう。

駅で沢野さんたちを見送る。来都と中嶋とは、その先にある踏切の傍で別れた。

「じゃあ、グンシ。また明日」

去り際、来都が言った。なにげない挨拶に聞こえる。でも来都が僕に「明日」なんて言ったのは、初めてだ。

「じゃあね」

僕の方は「明日」と口にできず、すぐに自転車のペダルを漕いだ。

今夜、母は工場で夜勤なので、明日の朝まで僕は家に一人だ。アパートの壁が薄く、隣の物音が聞こえるので塾の自習室に寄ろうか迷ったが、真っ直ぐ帰ることにした。自習室で勉強していると、「毎日塾の授業を受けたいのに金がない」という現実が見えてしまう。

アパートに帰ると、流しに積まれたままの食器を洗った。僕と母、二人分の食器しかないことには、随分前から慣れている。

父と母が離婚したのは七年前だ。原因が父の浮気であることは、子ども心にも察しがついた。それなのに父は「もともと性格が合わなかった」「夫婦関係はとっくに破綻していた」と主張し、自分の非を認めようとしなかった。

母はどうしていいかわからず、おろおろするばかりだった。僕はそんな母を見るのが辛くて、不安で、毎日泣きそうになっていた。

でも母の友人が紹介してくれた弁護士が間に入ってくれたおかげで、父は慰謝料と、毎月決まった養育費を支払うことになった。具体的な金額は聞いていないが、多くはなさそうだ。それでも家計の助けにはなったし、なにより、僕と母の気持ちが救われた。

僕もこんな風に、困っている人を助ける弁護士になりたい。その決意が自然と芽生え、それから必死になって勉強した。下から数える方が早かった成績は急上昇し、中二のときにはそこそこ以上の高校を狙える学力にまで達した。

でも母に、こう頼み込まれたのだ。

——我が家の家計だと、遠いところや私立は厳しい。家から通える公立にしてほしい。

それだと合格圏内にある学校は、川崎第一高校しかない。偏差値は中の下だが、涙ぐんで頭を下げる母を見ていると頷くしかなかった。

川崎第一高校に合格した後、母のため、高校を卒業したらすぐ働くべきではないかと思った。母は「奨学金を借りれば大学も行けるでしょう。それまでに母さんも少し貯金をつくっておくから大丈夫」と言ってくれた。でも父と暮らしていたころと違ってまともに化粧もせず、休みの日に出かけることもなくなった母を見ていると躊躇(ためら)いが生じた。浪人してでも法学部に入りたかったが、そんな余裕もなさそうだ。かといって、弁護士になることをあきらめたくもない。

迷った末に、「一度だけ大学受験する。だめだったら進学はあきらめ、バイトしながら就職活動する」と密かに決意した。

最終学歴に関係なく、予備試験に合格して受験資格を満たせば司法試験を受けられる。大学に行かず就職したとしても、僕はそのルートで弁護士を目指すつもりではいる。

とはいえ、法学部出身でない者の司法試験合格率は低いのが現実だ。

　だから僕は絶対に法学部に、それも最小限の奨学金を借りるだけで通える国公立大学の法学部に、一発で合格しなくてはならない。可能なら司法試験にも一発合格して、母を安心させたい。そう思って、部活にも入らず必死に勉強してきた。母や教師には「受験に失敗したら浪人する」と言ってあるが、クラスメートたちには本当のことを公言し、自分を追い込んでもきた。

　勉強に支障を来さないよう、トラブルを避けて高校生活を送ることも忘れなかった。「勉強最優先のクールキャラ」を徹底して演じているのは、その一環だ。一部のクラスメートからは嫌な顔をされたが、気にしていられなかった。

　そこまでして積み重ねてきた時間を無駄にしないためにも、あと一年、さらに必死にならなくては。

「でも人を助けるために弁護士を目指しているのに、羽柴くんは助けなかった」

　ふとよぎった思いが、独り言となって口を衝いて出た。聞こえなかったふりをして自分の部屋に入り、机に向かって問題集を広げる。隣は、今日は静かだった。でも来都の「また明日」という一言が頭から離れず、集中できない。

あれは「余計なことを言わないように明日以降も圧力をかける」という宣言だろう。

「警察に話したら、僕も羽柴くんと同じ目に遭うんだろうな」

　僕は羽柴くんと違って浪人していないから「センパイ」と呼ばれることはないし、髭が濃くもない。でもいじめのネタなんて、いくらでも見つけられる。家に金がないことや勉強最優先であることなんて、恰好の材料だ。敬語を使って小ばかにすることも、なんの準備もなくできる。

　羽柴くんと同じような目に遭わされている自分。その姿を少し思い浮かべただけで、身体の芯が熱くなった。

3

　次の日。

「あー、もう。進路とか考えるの面倒くさい！」

　朝のホームルームが終わった途端、隣の席で女子が息をついた。手には、担任教師から配られた進路希望調査票が握られている。来週中に必要事項を書き込み、提出しなくてはならない。

「グンシくんはもう決まってるんだよね」

「もちろん。弁護士一択」

僕が掲げた進路希望調査票には、既に〈弁護士以外考えていないので法学部を受験〉と書いてある。女子は、それをまじまじと見つめて言う。

「相変わらず、きれいだけど小っちゃい字だなあ」

「その方が、シャーペンの芯が減りにくいから」

「うわ、さすが」

そんな会話を交わしている最中、栗原、中嶋と連れ立って僕に向かってくる来都を視界の片隅にとらえた。今日も朝から、脅しをかけてくるつもりか。別に聞きたいわけではなかったが、彼らの話し声が耳に入ってくる。

「進路かあ。もうそんなことを考える年齢か。来都は子どものころ、なにになりたかった？」

「知らねえよ。子どものころのことなんて、いまは関係ないだろ」

来都が吐き捨てるように言うと、栗原はぴたりと口を閉ざした。中嶋も半歩下がる。よほど機嫌が悪いのか。昨日は余裕ぶっていたが、やはり僕が警察に証言するかもしれないと苛立っているのか。なんにせよ、キレ方が理不尽すぎる。面倒に思っていると、来都は僕の机に両手をついた。

「おはよう、グンシ。今日もいつもと変わりないか？」

「ああ。昨日とまったく同じだよ」

「昨日から心変わりしていないので警察に話すつもりはない」という意味に取れる言い方をすると、来都は肩を揺らして笑った。

でも双眸は、心なしか鋭い。

僕は鞄から水筒を取り出すと、キャップを開けた。魔法瓶ではないので、中身は冷たい麦茶だ。

「本当にグンシは、いつも冷静で——うおっ！」

言葉の途中で来都が身体を引く。僕の手から滑り落ちた水筒の中身が飛び散り、手首にかかったせいだ。女子も驚きの声を上げる中、僕はしどろもどろになって言った。

「ご……ごめん」

「グンシ、お前、来都になにしてるんだよ」

「びしょびしょじゃん」

僕の謝罪に重ねるように、栗原と中嶋が言う。

「いや、いいよ、別に。グンシだって、そういうドジをすることはあるよな」

来都はスマートウォッチをはずすと、ポケットから取り出したハンカチで手首を拭き始めた。双眸からは明らかに力が抜け、僕を揶揄するように細くなっている。栗原たちは戸惑っていたが、僕には理由がよくわかった。

僕が動揺して水筒を落とした、即ち、脅しが効いていると思っているんだ。

「袖まで濡れちゃったけど、大丈夫?」

「大丈夫だってば」

そう言われても僕は立ち上がり、来都のブレザーの袖にハンカチを当てた。来都がスマートウォッチを嵌め直す。セキュリティーのため、一度手首からはずしたスマートウォッチを操作するにはパスコードを入力しなくてはならないことがある。来都が四桁のパスコードの下二桁に05と打ち込むのが見えた。

「本当にごめん」

ハンカチを動かしながら出した声は、自分でも情けないほどかすれていた。


帰りのホームルームが終わると、僕は今日こそはとすぐに校舎を飛び出し、自転車置き場に向かった。来都は部活があるから追ってこない。でも今日も一日、何度も沢野さんたちと一緒に傍に来て、僕を話の輪に加えてきた。もちろん目的は、圧力をかけることだ。こんな毎日が続くかと思うと気が滅入る。警察に証言しなくても、受験勉強に支障を来す気さえしてくる。

「とにかく、まずは始業式まで耐えることだ」

「黒山くん」

その一言とともに、黒いコートを羽織った女性が僕の右隣に現れる。一瞬、誰かわからなかったが、昨日、校長室で話をした警察官——仲田さんだった。背筋をぴんと伸ばしているものの、身長が僕の肩より少し上くらいしかない。たぶん、一五〇センチちょっと。華奢だし、こんな体格で捜査なんてできるのだろうか。

「こんにちは。どうしたんですか、仲田さん?」

「黒山くんに会いにきたら、ちょうど校舎から出てくるところを見かけたの。いま、独り言を言ってたよね。始業式って、今度の四月のこと? それまで、なにに耐えるの?」

「三年生になったらクラス替えがあるんですよ。いまのクラスメートが嫌いなわけじゃないけど、新しい環境が待ち遠しいんです」

我ながら苦しい言い訳だ。独り言は、母が仕事を掛け持ちするようになり、一人の時間が増えてから癖になっている。気をつけないと。

仲田さんは納得していないかもしれないが、無理やり話を逸らす。

「それより、僕になんの用です？」

「歩きながら話してもいい？」

「構いませんけど、真壁さんは？　警察って、二人一組で行動するんじゃないんですか？」

「今日は別行動を取ってるの。二人だけで話しましょう」

　自転車を押しながら、仲田さんと並んで歩く。大人の女性と一緒にいるところを見られたら妙な噂が立つかもしれないから、まだ下校する生徒が少ない時間帯でよかった……でも仲田さんは「大人の女性」と言うには若く見える。何歳くらいなんだろう？　そっと横顔をうかがう。

　ぱっちりとした、大きな目だった。唇は、厚みはないけれどやわらかそう。顔にしわやほうれい線もないし、二〇歳くらいか。なら、僕と三、四歳しか違わない。なんだか頬が熱くなってきたが、待て。警察官は、交番勤務を何年か経験してからでないと私服警官になれないはず。志願して捜査に加われるくらいだから、生活安全課に配属されて何年か経ってもいるのだろう。ということは、若く見積もっても二〇代半ば？

　仲田さんが僕を見上げる。目がぱっちり合ってしまい、どきりとする。

「黒山くんは、本当は強盗犯を目撃していて、誰なのかもわかってるんじゃない？　『ごめんなさい』と言ったのは、一度現場から逃げ出してしまったからなんじゃない？」

　前置きなく核心を突かれた。今し方とは違う理由でどきりとしたが、好奇心に動かされているふりをして訊ねる。

「なにを根拠に、そんな突拍子もない発想になったんです？」

「黒山くんは、自分が疑われることを心配していないように見えたから」

　え？

「現場から走り去る姿を目撃されたと警察に言われたら、普通は自分が犯人にされるかもしれないと不安になるよ。でも黒山くんはそういう心配を一切せず、真壁警部補の質問にはきはき答えていた。だから、いざとなったら犯人が誰かを証言できるのではないかと思った」

　昨日、仲田さんが僕を見つめていたのは、この疑いを抱いていたからだったのか。

「そこまで深く考えてなかっただけですよ」

「そうかもしれないね。でも被害者の証言を踏まえると、別の可能性も見えてくる。

　被害者は、犯人が目出し帽を被っていて、押された拍子にサングラスが落ちたと言っているの。被害者には犯人の目を見る余裕がなかったそうだけど、あなたは見たのかもしれない。顔は目出し帽で覆われているのにそれだけで誰かわかったのは、犯人の目に特徴があるからかもしれない。

　そう考えて、黒山くんの周りに該当する人がいないか調べることにした。あなたにとってその人は友だちで、かばっているかもしれないと思ったから、まずはクラスメートについて担任の先生に訊いてみた。目に特徴のある人はすぐに見つかったよ。ただ、あなたはその人とは、かばうほど親しくなさそうだった」

　だから疑いは晴れたということなら、仲田さんが僕に会いにくるはずがない。案の定、話は続く。

「先生に、あなたとほかの人との関係も訊いているうちに、不登校の生徒がいることを知ったの。事件のことは別にして、私は、その生徒――羽柴くんがどうして不登校になったのか気になった。先生は『わからない』の一点張りだし、学年主任の先生には『生徒たちの個性を見極めバランスよくクラス分けしているから、学校側に落ち度はない』と言い張られたけどね」

　バランスよく、ね。勉強やスポーツの成績にクラス間で大きな差はないから、嘘ではないだろう。ほかに力を入れることがあるだろうに――いや、いまはそれどころではない。

「先生たちに訊いても埒が明かないから、羽柴くん本人に会ってきた。部屋のドア越しにだけれど、話はしてもらえたよ。高校生が不登校になる原因は、『無気力』が最も多いという調査がある。でも羽柴くんは『出席日数が足りなくて留年は決定的でも、せっかく入学したんだから、行けるものなら学校に行きたい』と言っていた。それなら友だち関係で悩んでいるのか訊いたら、『みんな、僕のことを友だち扱いしていない』と言う。泣いているような声だったし、それ以上はクラスメートのことを話してくれなかったから、不登校の原因はいじめなんじゃないかと思った」

「羽柴くんはいじめられてたんですか？　いじられキャラなだけだと思ってたのに」

　大人から羽柴くんへのいじめについて訊かれたら答えよう、と用意していた台詞を、自然な口調で言えた。でも口の中に、苦いなにかが広がる。

　仲田さんは、僕を見上げて言う。

「本当にいじめなのか、羽柴くんが話したくなさそうだったから確認はしていない。でも、彼をいじめていた生徒の中に目に特徴のある人がいて、あなたはその人から『証言したら羽柴くんと同じ目に遭わせる』と脅された――そういう可能性も考えはじめている」

仲田さんは慎重に言葉を選んでいるが、僕の周りにいる目に特徴のある人物――宇佐美来都を犯人だと睨んでいることは間違いなかった。僕の態度と被害者の証言だけで、ここまで……。

仲田さんが足をとめた。つられて、僕の足もとまる。

「弁護士を目指している人が、そんな脅しに簡単に屈するとは思えない。黒山くんは『大学受験に失敗したら浪人する』と先生に言っているそうだけれど、本当は、受験するのは来年一度きりと決めているんじゃない？　だから勉強に支障を来さないようにするため、黙っていることにしたんじゃない？　もしそうなら、全部話してほしい。あなたが証言したことは秘密にするし、犯人である証拠もできるだけ早く見つけてみせる」

力強いと同時に包み込むように優しくもある、不思議な声音だった。

見た目からは意外だが、畑違いの捜査に志願するだけあって、仲田さんはかなり鋭い。いまは推測に推測を重ねただけだから本格的には調べられないのだろうが、僕が証言したらほかの捜査員の協力を得て来都を徹底的に調べ上げ、宣言どおり証拠をあっという間につかむかもしれない。その可能性に委ねたい気持ちが生じる。

でも委ねたところで、僕が望んだ結果になるとはかぎらない――掌に汗が滲(にじ)んだけれど、こう答えるのが一番いいんだと自分に言い聞かせて口を開く。

「昨日も言いましたけど、僕はなにも見てません」

「わかった。変なことを言ってごめんね」

仲田さんは頭を下げ去っていった。僕は後ろめたさを振り切り、塾に向かう。今日は授業があるので、余計なことを考えず自習室を使うことができる。

午後九時すぎ。授業を終えた僕は、いつもどおり多摩水道橋に向かった。

多摩川に架かるこの橋は、四車線の道路と両脇を通る歩道から成り、昼夜問わず交通量が多い。二つ並んだ巨大なアーチの見栄えがいいためか、ドラマやミュージック・ビデオなどのロケで使われることもある。

橋の手前で自転車をとめる。今夜も空気は冷たく、耳たぶがじんじん痛んだ。視線を対岸の狛江市まで走らせる。通行人が何人かいるが、その中に羽柴くんの姿はない。

そう都合よくいるはずないよな、と思う。

僕がこの橋で羽柴くんを見かけたのは、彼が学校に来なくなってから三日後、五月九日のことだった。あの夜は塾のテストの点数がいまいちだったので、頭を冷やしたくてここに来た。

橋の袂まで来たところで、狛江方面に向かってふらふら歩く小柄な背中が目に留まった。あの猫背は、もしかして。自転車で追い越して振り返ると、やはり羽柴くんだった。何日も剃っていないのか、口の周りが無精髭で覆われている。来都が見たらなんと言うかと思うと、息が苦しくなった。

僕と目が合うと、羽柴くんは数歩後ずさった。僕は、大きく息を吸い込んでから言う。

「こんばんは。後ろ姿を見て、羽柴くんじゃないかと思ったんだ」

それきり言葉が続かない。自分がどうして話しかけたのかもわからない。傍らを次々と通りすぎていく車の走行音が大きくなった気がした。

しばらく見つめ合った末に、羽柴くんは踵を返してのろのろ歩き出した。僕の方は、ペダルにかけた足が動かない。橋を渡り切った羽柴くんが路地を曲がった後も、そのままだった。

あの夜から僕は、塾の帰りにいつもこの橋に来ている。羽柴くんがまたいる確証はないし、いたとしても、なにを話していいのかわからないのに。来るのをやめようと何度も思った。

でもその度に、羽柴くんの潤んだ両眼に見つめられている気がして――。

「こんばんは」

背後からの声に肩が跳ね上がる。振り返ると、真壁さんが立っていた。

「こんばんは、真壁さん。なにかご用ですか？　夕方、仲田さんも僕に会いにきましたけど」

「塾の帰りに話したくて、君を待ってたんだ。そうしたら、自宅と反対方向に猛スピードで走って行くから、どうしたのかと思ってね。慌てて追いかけた。すぐとまってくれて助かったよ」

自転車を追いかけた割に、真壁さんの呼吸はほとんど乱れていない。相当鍛えているようだ。

「失礼しました。それで、話というのは？」

「羽柴くんのことだよ。さっきまで、彼と二人きりだったんだ。どうして不登校になったのか、男同士なら打ち明けてくれるかもしれないと思ったんだが、だめだった。部屋のドアも開けてもらえなかった」

仲田さんと別行動を取って、羽柴くんのところにいたのか。強盗事件を捜査する刑事が、不登校の高校生にそこまで時間を割くはずはない。僕に目撃証言をさせるため、羽柴くんからいじめの主犯が来都であることを聞き出そうとしたのではないか。

「学校生活のことも、ほとんど教えてくれなかった。でも君のことは、少し話してくれたよ」

「僕のこと？　なんだろう？　羽柴くんとは、そんなに親しくないんですけど？」

僕は羽柴くんへのいじめに、直接は参加していない。でも、傍観していたことを責めていたのではないか。ファストフード店で気づかないふりをして去ったことに腹を立てていたのではないか。思わず自転車のハンドルを握りしめると、真壁さんは言った。

「羽柴くんの方も、君とはほとんど話したことがないし、お互い連絡先も知らないと言っていた。でも、君にカンシャしていたよ」

「カンシャ」という単語を、漢字に変換できない。

「具体的なことは話してくれなかったけど、君は羽柴くんに、ほかのクラスメートとは違う態度で接していたそうだね。この橋で会ったこともあるそうじゃないか。あのとき羽柴くんは、楽に死ねる方法を考えてふらふらしていたが、君に声をかけられて思いとどまったと言っていた」

羽柴くんが、そんな方法を……。ということは、「カンシャ」は「感謝」と変換していいらしい。でも、

「羽柴くんが、そんなことを？　ここで会ったときは、なにも言わないで帰っていったのに？」

「君となにを話していいのかわからなかったが、声をかけてくれたことはうれしかったそうだ。その後も羽柴くんは時々ここに来ているが、君を何度も見かけたと言っていた。やはりなにを話していいかわからなくて、気づかれないように帰ったらしいけどね。君はこの場所に、クールダウンするためじゃなくて、羽柴くんにまた会えるかもしれないと思って来ているんじゃないか」

羽柴くんがいないか見に来ている姿を、まさか本人に見られていたなんて。

「ええ、まあ」

「なぜ、嘘をついたんだ？」

「人の心配をしているなんて、なんだか恥ずかしくて」

ごまかしながら、密かに胸を撫で下ろした。羽柴くんが僕に、そんな感情を抱いていたとは。うまく立ち回った成果だ。ファストフード店でも、僕が羽柴くんに気づいてなかったと思っているらしい。最上の結果だ。

「僕には、羽柴くんに感謝される資格なんてありませんよ」

なのに、その一言を口にしていた。真壁さんの眼光が鋭くなる。

「どういうことかな?」

なんでもありません、と否定しようとしたのに、唇の上下が貼りついて動かない。

——そうだ。僕に感謝される資格なんて、あるはずないんだ。

受験勉強に集中するためトラブルを避けることだけを考えて、本人のいないところでは「センパイ」と呼んでいた、この僕に。「いじめと言うほど大袈裟ではない」と無理やり思い込み、羽柴くんがされていることを見て見ぬふりをしてきた、この僕に。ファストフード店で恐喝罪に当たる行為を目の当たりにしながら、羽柴くんが進んで被害を訴えるべき、羽柴くんにとって却ってよかった、などと理屈を並べてなにもしなかった、この僕に。

押し黙る僕を、真壁さんは睨み続ける。威嚇することで、本当のことをしゃべらせようとしているのか……と思ったら唐突に、ぎこちなくはあるが微笑んだ。

「本人から聞いたと思うが、仲田は、羽柴くんが不登校になったのはいじめが原因だと考えている。君は一昨日の夜、いじめの中心人物がひったくり強盗する現場を目撃したが、羽柴くんと同じ目に遭わせると脅され、黙っていると見ている。でも羽柴くんは、君に感謝しているんだ。それに応えて、全部話してくれないか」

真壁さんの言うとおりにするべきだとわかっていながらも、僕は答えずに目を閉じた。羽柴くんが来都たちにされたことが次々と頭をよぎる。来都の犯行を証言したことが原因で、自分が同じような目に遭わされたら——。身体の芯が、昨日このことを考えたとき以上に熱くなる。

瞼を押し上げ、真壁さんに告げる。

「仲田さんにも言いましたけど、本当になにも見てないんです」

真壁さんを真っ直ぐに見ることができない。だから、どんな顔をされたかわからなかった。

4

次の日の夜。

「散らかっていてすみません」

僕はテーブルに置かれたペットボトルやレジ袋を床に置いて言った。

「気にしないで。急に押しかけてきたこちらが悪いんだから」

仲田さんは頭を下げ、椅子に座る。真壁さんはその左隣、さっきまで洗濯物が重ねられていた椅子に腰を下ろした。僕が学校から帰るとすぐ、この二人が訪ねてきたのだ。着替えてからにしてもらおうと思ったが、仲田さんが「すぐに話したい」と言うので制服のままだ。

今夜も母は仕事でいないので、自分で熱いお茶を出し、仲田さんたちの対面に座る。

「今日は二人一緒なんですね。三日前の夜のことですよね。何度も言ってますが、なにも見てないから話すことはありませんよ」

仲田さんは、大きな瞳で僕を見つめてくる。昨日までと変わらない、優しげな眼差しだった。本当に警察官らしくないな、と僕が改めて思った瞬間、仲田さんは言った。

「宇佐美くんに重い処分を下したいなら、三年生の始業式まで待つ必要はないよ」

僕はお茶にゆっくりと口をつけてから訊ねた。

「意味がわかりません。仲田さんがなにを言いたいのか、説明してもらえますか」

「昨日話したとおり、私は『羽柴くんをいじめていた目に特徴のある人』が強盗犯で、黒山くんを脅していると考えた。でも真壁警部補から、黒山くんが羽柴くんを気にかけて何度も多摩水道橋まで行っていると聞いて、自分の考えに自信を持てなくなった。そこまでする人なら、たとえ受験勉強に支障を来しても、脅しに屈しないで証言する気がする。なのに黙っているのは、別の理由があるからかもしれない。それがなんなのか、〝想像〟してみたの」

「想像？」

聞き違いかと思ったけれど、仲田さんは頷いた。

「そう。〝想像〟」

「想像って……そういうのは、独りよがりになりませんか？」

同意を求めて視線を向けたが、真壁さんは仏頂面のままだ。この場は仲田さんに任せるつもりらしい。

仲田さんが言う。

「そうなることもあるから気をつけないといけないけれど、今回は大丈夫だと思った。いじめは、私も経験しているから。あなたが弁護士を目指していることと、自転車置き場に向かう途中で口にした『始業式まで耐える』という独り言も〝想像〟のきっかけになった。強盗犯は、その日までに特定少年になるんだよね」

民法が改正され、二〇二二年四月一日より、成人年齢が二〇歳から一八歳に引き下げられた。しかし、少年事件の対象は二〇歳未満のまま。一八歳と一九歳は、民法上は「大人」でも、少年法上は更生の余地がある「子ども」と見なされ、成人のような裁判ではなく、原則、家庭裁判所の審判にかけられる。

ただし民法と合わせて少年法も改正され、一八歳と一九歳は新たに「特定少年」と位置づけられ、成人と同じように裁判を受ける犯罪の範囲が「少年」よりも広げられた。裁判を受けない場合でも、少年院の収容期間が長くなるなど、「少年」より重い処分が下される。

どんな顔をしていいかわからない僕に、仲田さんは捜査をしに来た警察官とは思えない、穏やかな声音で続ける。

「黒山くんが証言しないのは、犯人がまだ一七歳だから。でも『始業式まで耐える』という独り言を聞いた私は、その日になったらあなたが証言するつもりだと考えたの。川崎第一高校の次の始業式は、四月六日なんだってね。犯人は、それまでに一八歳になるということ。目に特徴のあるクラスメート——宇佐美来都くんの誕生日を調べたら、四月五日だったよ。あなたが目撃した強盗犯は、彼だよね」

「調べたら」って、学校に訊いただけでしょう。学校は警察相手だと、個人情報保護もなにも関係なく教えるんですね——思わず、そんな皮肉を口にしそうになった。

来都を目撃した後、発作的に逃げ出してしまったものの、すぐ警察に話すべきだと思った。一度現場に戻り、蹲る被害者を見たらすぐに救急車を呼ばなかったことが申し訳なくなり、その思いはさらに強くなった。

でも交番に向かおうとした矢先、ファストフード店で目にした羽柴くんの潤んだ両眼に見つめられている気がした。そんなはずはないとわかっていながら視線を振り払えないでいるうちに、閃いたのだ。

警察に証言するのを先延ばしにすれば、来都は「特定少年」になって、「少年」より重い処分を科すことができるのではないか、と。

現在一七歳の来都は、強盗罪で刑事裁判にかけられることはない。でも女性を負傷させたのだから、保護観察処分か少年院送致の決定が下されはするはず。強盗罪は事件を起こした時点の年齢で少年か特定少年かが判断されるが、保護観察処分や少年院送致の決定が下される場合は、審判時に一八歳か一九歳であれば特定少年と見なされるのだ。

下される処分を重くできるなら、特定少年になるまで証言を先送りするべきか。早く警察に話さないと新たな被害者が出るかもしれないことは承知の上で迷いが生じ、なかなか答えを出せなかった。でも事件の翌日、僕を脅してきた来都を目の当たりにして決断した。

羽柴くんをいじめた上に、女性を傷つけても平然としている宇佐美来都が、「少年」の処分で済まされていいはずがない。もうひったくりはしないように牽制した上で、すぐには証言しないことに決めた。

来都を特定少年として審判にかけるには、誕生日を知ることが不可欠だ。でも、これが意外と難しい。ほかの学校のことは知らないが、川崎第一高校は「個人情報保護」の名のもと、クラスの名簿すらつくられていない。親しい仲でないかぎり、誕生日はわかりそうでわからない。下手に来都に訊ねて、怪しまれることは避けたい。

ただ、四月生まれだろうとは踏んでいた。五月五日にファストフード店で耳にした会話によると、来都が誕生日を口実にして羽柴くんにスマートウォッチを買わせたのは四月だからだ。栗原たちがプレゼントを贈ったという話も判断材料になった。

誕生日に買わせたなら、スマートウォッチのパスコードをその日にしているかもしれない。そう思い、昨日の朝、わざと水筒を落として来都の手首に麦茶をかけた。

スマートウォッチを嵌め直した際、来都が打ち込んだパスコードは四桁で、下二桁は05。四桁すべて見ることができればよかったが、四月生まれという推測が正しいならパスコードは０４０５、即ち、来都の誕生日は四月五日となる。まだ確証を得られたわけではないが、始業式の四月六日まで耐えれば、僕の目的は達成されるということ。すぐに話さなかった理由は、来都に脅されていたからと言えばいい。嘘ではないから説得力がある。

あと二ヵ月ですべてうまくいくかと思うと、来都の手首を拭きながら興奮して、「本当にごめん」という声は自分でも情けないほどかすれてしまった。

もっとも、僕が証言してもほかに証拠がなければ、来都はすぐには逮捕されない。逆ギレして栗原たちを焚きつけ、僕を羽柴くんと同じ目に遭わせようとするに違いない。そうなったときのことを考えただけで、身体の芯が熱くなった――母と羽柴くんのことで胸がしめつけられて。

母のことを思うなら、警察に証言などせず受験勉強にだけ集中するべき。でも、羽柴くんの潤んだ両眼に見つめられている感覚がどうしても消せない。

だから、こうするほかなかった。

どんなにひどいいじめを受けても、法学部に合格するため必死に勉強し続ける覚悟を決めた。

「あなたが目撃した強盗犯は、宇佐美くんだよね」

繰り返す仲田さんは、強盗犯が来都であることを確信している。僕が思った以上に鋭い。

だからこそ、認めるわけにはいかない。

これだけ鋭い仲田さんなら、僕の証言をもとに来都が強盗犯である証拠を即座につかみ、逮捕してくれるかもしれない。そうなったら僕は来都のプレッシャーからも解放されるし、羽柴くんと同じ目に遭わされずに済む。

それだけではない。

少年が逮捕されてから審判にかけられるまで、通常一、二ヵ月程度かかるらしい。いますぐ来都が逮捕されても、審判が始まるときにはぎりぎりで一八歳になっているかもしれないということ。そうなれば、僕が望んだ結果になる。昨日、仲田さんと話したときも、この可能性に委ねたい気持ちが生じた。

でも来都につく弁護士は、特定少年として処分されることを避けるため審判の前倒しを目論み、罪をすんなり認めるようアドバイスするだろう。それがうまくいったら、来都は少年のまま審判を受けることになってしまう。

それではだめなんだ。不自然でも嘘くさくてもいい。来都に特定少年として審判を受けさせるため、確実に一八歳になっている四月六日まで――最低でもその数日前まで、なんとしてもごまかさなくては。

「違いますよ。なにも見てないと、何度言わせれば気が済むんですか。これ以上この話をするつもりなら迷惑だ。帰ってください！」

強い口調で言っても、仲田さんの表情は穏やかなままだ。

「黒山くんなら、そう言うと思った。でも最初に言ったとおり、宇佐美くんの処分を重くしたいなら始業式まで待つ必要はないの」

意味を知りたかったが、下手に訊ねてはぼろを出しかねない。黙る僕に、仲田さんは言った。

「宇佐美くんは私立の小学校に通っていたとき、一年留年しているの」

すぐには意味を理解できない僕に、仲田さんは説明する。

「公立の小中学校は義務教育だから、原則、留年はない。でも私立は違う。宇佐美くんは小四のとき病気で半年以上学校に通えなかったから、校長先生の判断で留年になった。だから彼は、黒山くんより一歳上」

来都は私立に通っていたのか。いや、そんなことよりも……。

「来都はもう一八歳で、特定少年になっているということですか」

仲田さんが頷く。次の瞬間、僕の全身からへなへなと力が抜けていった。同時に、納得する。

羽柴くんのことを「センパイ」と執拗にばかにしていたのは、来都自身も「センパイ」だったから。子どものころの話を振った栗原に理不尽にキレたのも、留年のことを思い出したから。

「そういうことなら、全部話します。ご迷惑をおかけしてすみませんでした」

頭を下げた僕は、三日前の夜、来都の犯行を目撃してからいまに至るまでのことに加えて、来都が羽柴くんにしたことや、それを見た僕がなにもしないでいたことを正直に打ち明けた。

仲田さんも確認したというから、来都の誕生日は四月五日で間違いない。犯行の時点で、既に一八歳。強盗事件として捜査されているので、裁判にかけられる条件を満たしている。僕の計画より、重い処分が下されることになる。

そう思うと、口許がつい緩んだ。

仲田さんは、僕の話が終わってから言った。

「ありがとう、参考になった。これだけしっかりした証言があれば、宇佐美くんを徹底的に調べられる。あなたに迷惑がかかることは絶対にない」

「よろしくお願いします」

立場上、仲田さんは明言できないのだろうが、事件解決につながる傍証を既につかんでいて、僕の証言でそれが裏づけられたのかもしれない。来都の逮捕は近いということ。僕が羽柴くんと同じ目に遭うことはなさそうだ。終わってみれば、最良の結果になった。

「では、我々はこれで」

ずっと黙っていた真壁さんが、そう言って席を立った。対して仲田さんは、座ったままだ。真壁さんに「帰るぞ」と促されても動かない。どうしたんだろうと思っていると、仲田さんは深々と頭を下げた。

「ごめんなさい、黒山くん。嘘なの」

嘘？

「宇佐美くんは留年していない。いまの時点ではまだ、あなたと同じ一七歳」

「騙したんですか！」

そう叫んだのと、椅子から立ち上がったのと、どちらが先か自分でもわからなかった。仲田さんは僕を見上げ、静かに頷く。

そんな……。テーブルに両手をついてふらつく身体を支えているうちに、不意に気づいた。

うちの学校は、生徒をバランスよくクラス分けすることに腐心しているのだ。一歳上の生徒二人を同じクラスにするはずがない。

ということは、来都が羽柴くんを「センパイ」と執拗にばかにしていたのは、からかっていただけ？　子どものころの話をされたら理不尽にキレたのは、機嫌が悪かっただけ？

「なにもかも、嘘だったんですね……」

力なく呟く僕に、仲田さんは首を横に振る。

「宇佐美くんが小四のとき、しばらく学校に通えなかったことは本当。いじめに遭っていたの」

は？

「保護者から相談された記録が、署に残っていた」

「ひょっとして仲田さんは来都の誕生日を、その記録を見て知ったんですか」

「そうだよ」

「学校が教えたわけじゃなかったんですね。それで、その……」

喉が急速に渇いていくのを感じながら、僕は問う。

「警察に相談するなんてよっぽどのことだと思いますけど、どんないじめだったんですか？」

「詳しいことは話せない。でも瞳の色を理由に、かなりひどいことをされたみたい。それが原因で、公立小学校に転校している」

そこまで……。子どものころの話を振られたら理不尽にキレた本当の理由は、それだったのか。瞳のおかげでモテる、とことあるごとに自慢していたのは、いじめられた反

動だったのかもしれない。でも、

「自分がいじめられていたのに、羽柴くんに同じことをしたのか！」

その一言を、衝動的に吐き捨ててしまった。仲田さんは、一旦目を閉じてから続ける。

「子どものころの辛い体験が、宇佐美くんの人格や精神状態に影響を及ぼしている可能性がある。年上というだけで羽柴くんを執拗にいじめたのは、そのせいかもしれない。ひったくりをしたのだって、羽柴くんが学校に来なくなっていじめる相手がいなくなったことが関係しているのかもしれない。確かなことは言えないけれど、まだ一七歳の『少年』だから更生の対象。黒山くんを騙してでも、証言を得るべきだと判断したの」

なるほど。体育祭で学校の人気者になったのにいじめを始めたくらいだから、来都は人格や精神状態に著しい問題を抱えているのだろう。同情の余地がある——などと思えるはずがない。

「あいつが羽柴くんにしたことを教えたでしょう。それ相応の罰を与えないとだめなんです」

「弁護士を目指しているならわかるでしょう、少年法の目的は罰を与えることではない、あくまで更生だよ」

仲田さんの言うとおりだ。それでも、

「羽柴くんのためには、特定少年として処分されるべきだと思ったんだ……っ」

震え声で絞り出した僕に、仲田さんは肩にそっと手を置くような声音で言った。

「羽柴くんを想う黒山くんの気持ちは、とてもすばらしいと思う。でも被害者のことを〝想像〟したら、こんなことはできなかったとも思う」

「被害者が痛かったことも、こわかったこともわかってますよ。でも、来都への処分を重くすることを優先したんです。被害者のためにもなるはずです」

「被害者は、どれくらい痛かったと思う？」

「え？　いや……そう言われましても……」

予期せぬ質問に口ごもる僕に、仲田さんはそのままの声音で続ける。

「被害者は肩を骨折したの。少しでも動かすと悲鳴を上げるくらい痛むから、ギプスで固定している。もとどおり動かせるようになるまでには、かなりの時間とリハビリが必要になる。それから被害者は、こわかったことはもちろんだけど、それ以上にかなしんでいる。盗まれたバッグは、亡くなったお母さんの手づくりだったそうだから。バッグはいまも見つかってない。一日も早く犯人を捕まえて、どこに行ったか知りたいと願っている」

——待って！　バッグだけでも返して！　お願い！

被害者の叫び声を思い出す。

痛かった。こわかった。そんな言葉を当てはめるだけで済ませないで、被害者の怪我の程度や心情を僕がもっと深く考えて——仲田さんが言うところの〝想像〟をして——いたら。いや、被害者のことだけではない。

「犯人が捕まらないから、近所の人たちは不安でしょうね。夜、外を歩けない人もいるでしょうね。僕が羽柴くんのためだと思って、証言しなかったせいで……」

呆然とする僕に、仲田さんは、痛みをこらえるように眉根を寄せて微笑む。

「宇佐美くんの更生のために黒山くんを騙した私に、偉そうなことは言えないけどね」

その一言が鼓膜に触れた途端、僕の身体は椅子にすとんと倒れ込んだ。

5

黒山弘明のアパートを出た真壁は、仲田とともに多摩警察署に向かっていた。歩いて一五分ほどなのでタクシーを使うまでもない。二月の夕暮れどき。空気は肌を切り裂くように冷え冷えとしていたが、身体の内から湧き上がる高揚感がそれをかき消していた。

連続ひったくり犯は、黒い目出し帽を被っていたという証言がある。黒山が目撃した宇佐美来都の恰好と一致する。裏取りは必要だが、一連の犯行は宇佐美の仕業と見て間違いあるまい。

家庭裁判所の調査によって宇佐美が羽柴をいじめていた事実も明らかになるから、学校側も対応を迫られるはず。羽柴の心のケアは必要だが、また学校に通える日も遠くないかもしれない。

すべて、仲田の力に拠るところが大きい。

「黒山くんに証言させることができたのは、君のおかげだ。結局、俺はなんの役にも立たなかったな」

「羽柴くんや黒山くんと一対一で話して、いろいろ聞き出してくれたじゃないですか」

「あの年ごろの少年なら男性同士の方が話しやすいこともある、という君のアドバイスに従っただけだ」

できるだけにこやかに話しかけたのも、仲田のアドバイスによるものだ。多摩水道橋の袂で黒山と話しているときは失念して、慌てて微笑みを浮かべたが。

「君を信用して動いてよかったよ」

「本当に信用しているなら、一緒に黒山くんの家に行かなかったと思いますが」

仲田の声音があまりにやわらかなので、抗議されているとすぐにはわからなかった。わかってからは、苦笑が浮かぶ。

仲田は「警察官二人がかりで目撃証言を迫るのは黒山くんの負担になります」と言って、アパートに一人で行こうとした。しかし、真壁が同行すると押し切ったのだ。

「君のことだから、黒山くんに嘘をつくのをやめるかもしれないと思ったんだよ」

仲田は、子どものことをなによりも優先する傾向にある。今回も「川崎第一高校指定のコートを着た少年が現場から自転車で走り去った」という証言が出たことを知ると、かなり無理をして生活安全課の通常業務をやりくりし、捜査の応援に志願した。

そんな仲田だから、宇佐美が一八歳であると黒山を騙すことを避け、証言を得られなくなるのではと懸念した。黒山から証言を得るには、それが最も手っ取り早いという結論になったのに。

「子どもに嘘をつかないで済むならそれに越したことはありませんが、必要なら仕方ありません。私は、そこまで甘くないですよ」

「いや、甘いよ。あの場で黒山くんに、嘘をついたことを打ち明ける必要はなかった。『捜査にかかわることなので、宇佐美くんが留年していたことは内緒にしてほしい』と言い含めて帰る。俺のその提案に、君は納得したと思っていたが」

「私は『真壁警部補のお考えはわかりました』としか言ってません」

声音が少しも変わらないので、「屁理屈を言うな」と怒る気にもなれない。

仲田は、真っ直ぐ前を見据えて続ける。

「いじめは当事者だけではない、周りにいる人たちも被害者です。とめようとしても静観しても、いじめがなければしなくて済んだ思いをさせられる。黒山くんも苦しんだはず。捜査のために必要な嘘はついても、最低限の誠意は示したかったんです」

仲田の口調は、心なしかいつもより凜として聞こえた。

——いじめは、私も経験しているから。

仲田が黒山に言った言葉を思い出す。どういう形で経験したのか訊きたい気持ちはある。それが、仲田が子どものことを優先する遠因ではないかとも思う。とはいえ訊いてほしくないであろうことは、なんとなく察しがついた。

　仲田は、やわらかな声音に戻って続ける。

「本当のことを話した方が、黒山くんがいい弁護士になるとも思いましたしね。もう少ししたら、真壁警部補に電話がかかってくるかもしれません」

　これについては、まるで察しがつかない。

「どういうことだ？」

「黒山くんは、いまごろ――」

6

　仲田さんたちが帰った後、僕はテーブルに置いた進路希望調査票を見つめていた。

　――被害者のことを〝想像〟したら、こんなことはできなかったとも思う。

　仲田さんのあの一言が、頭から離れない。

　弁護士になりたい気持ちに変わりはない。でも……。

〈弁護士以外考えていないので法学部を受験〉。字が小さいので、その後ろにはまだ充分な余白がある。シャーペンを握りしめ、そこに一文を書き足す。

〈したいが、いい弁護士になるため大学に入学してからいろいろな経験をしたい〉

　書き終えて読み返し、いますぐできる経験もあることに気づいた。

　生徒手帳に挟んだままにしていた、真壁さんの名刺を取り出す。絶対に電話することはないと思っていた番号を見ながら、スマホを手に取る。

　羽柴くんの連絡先を、教えてもらうために。

夏を刈る

太田（おおた）　愛（あい）

1964年香川県生まれ。青山学院大学仏文学科在学中に演劇に魅せられ、小劇団に多数の脚本を書く。卒業後の1997年、塾講師のかたわら「ウルトラマンティガ」第21話でシナリオ・デビューして以後11年間、円谷プロ作品に関わった。ＴＶドラマ「相棒」の脚本には2009年、シーズン８から参画。2012年『犯罪者　クリミナル』で小説にも進出、２作目の長編『幻夏』で第67回日本推理作家協会賞候補、2024年『未明の砦』で第26回大藪春彦賞を受賞。本作「夏を刈る」には、愛読する作家のひとり連城三紀彦へのリスペクトも感じられる。（Ｓ）

○月×日午後、R県栂杁市内の芦田邸解体作業中に、庭園の涸れ井戸の底から五十数年前のものと推定される白骨化した遺体が発見された。骨は若い女性のもので、身元を示すものは所持しておらず、死亡時に握っていたと思われる鉄製の風鈴が同時に見つかっている。県警では身元に心当たりのある者の情報提供を求めている。

とがいり日報

……薄い闇のなかで、何かが震えて鳴るような儚い音がしておりました。目を覚ましますと一瞬なにが起こったのかわかりませんでした。私は二間続きの離れに茉莉子お嬢様と二人で休んでいたのですが、すでに襖も障子も何もかも開け放たれ、まるでお庭の一部になったかのように朝の光に満たされたお部屋で、お嬢様が和箪笥の半月鐶をカタカタと鳴らして振袖のたとう紙を次々と取り出されているではありませんか。

そう、あれはちょうど今日のような秋晴れの日のこと。お嬢様が十七、私が十五の年でした。

びっくりして跳ね起きて枕元の時計を見ますと、なんと八時過ぎ。大慌てで寝間着の浴衣から着替える間にも、赤い襦袢姿のお嬢様は振袖を半身に当ててはお気に召さぬご様子でそこらへ投げやり、別のたとうの袖紐を解きにかかる。私が二人分の寝具を押し入れに片づけた時には、お部屋はもう畳の目も見えぬほど色とりどりの振袖の海となっておりました。いずれも豪奢な絹衣は、若くして胸の病で亡くなられた奥様がお嬢様のために買いそろえておいたものだと、芦田のお屋敷に昔からいる通いのおよしさんから聞いたことがありました。

見ると、お義姉様の水絵様が前夜に出しておかれたお着物は、たとう紙ごと縁に放り出されております。私は胸の轟くような思いで、今日はお兄様がお戻りになる日ですよ、と申し上げるのが精一杯。お嬢様に、ええ、だから綺麗にしてお迎えしたいの、と微笑まれるともう返す言葉もありません。お嬢様が和鏡に目を向けられたまま、「さよちゃん、鹿の子の帯揚げ」「さよちゃん、菊の丸ぐけ」などとおっしゃるたびに、私はお言いつけどおりのものをお嬢様の掌に載せて差し上げるほかありません。それでもなかなかこれとお決まりにならないらしく、出来上がりかけては崩すのくり返し。

　そうするうち、廊下をやってくる足音が聞こえました。はんなりとした裾捌きが目に浮かぶようなしめやかな白足袋の音で、水絵様だとわかりました。離れに続く短いお太鼓橋を渡って水絵様が縁に姿をお見せになった時、私はちょうど畳に両膝をついてお嬢様の丸帯を立て矢に結んでおりました。お嬢様は水絵様にも気づかぬご様子で帯揚げを手に和鏡に見入っておられます。私は、どうかお嬢様をやさしく諭して下さるよう、縋るような思いで水絵様を見上げました。けれども、水絵様は踏み越えるのを恐れるように足元の敷居に目を落とされますと、ひとこと小さく呟かれたのです。

　――さらわれ者……。

　村の人々が陰で口をそろえてお嬢様をそう呼んでいても、水絵様はそれまで一度もお口になさったことのない言葉でしたのに。

　さらわれ者とは、まっとうな魂をさらわれて虚ろになった者を指すその地方の蔑称でした。お嬢様は夏の園遊会の日に起こった恐ろしい出来事のせいで、県境の病院、お屋敷では〈心のサナトリウム〉と呼んでおりましたが、そこで二ヵ月あまりの療養を経て十一月の初めに戻っていらしたのでした。

　水絵様は、驚いて声もない私から顔を背けるようにして、今日一日はお嬢様を離れから出さぬようお命じになるや、たちまち母屋の方に戻ってしまわれました。

　事が事だけに、水絵様も尋常なお心持ちではいられなかったのでしょう。その日は、水絵様の御夫君・偉智彦様のご遺体が司法解剖を終えて警察からお戻りになる日だったのですから。

　私はお嬢様のお気が済むまでおつきあいした後、お部屋を片づけ、努めていつもどおりに振る舞いました。療養から戻られて以降、お嬢様は離れとお庭より外へは好んでおいでにならなかったからです。ところが、お昼をいただいたお膳を母屋の台所に下げに行っていた時でした。広い客座敷の方にただならぬどよめきが起こったのです。

　心臓が凍るような思いでそちらへ駆けつけますと、襖を取り払った座敷に整然と箱膳がならんだ通夜席の中央に、紅地に金銀の紅葉散らしの振袖をまとったお嬢様が満座の視線を集めてすっくと立っておられました。上座には、死装束の偉智彦様が真っ白な布団に横たわっております。お嬢様は堂々とした足取りでそちらへお進みになると、目を剝いている住職の箱膳から徳利を摑み上げ、自らの頭上に掲げて高らかにこう宣言されたのです。

――今は秋。収穫の時。刈り取るのだ、あの夏を！

それは、夏の園遊会で上演されたお芝居の台詞でした。通夜に集まった人々に、お嬢様の心の病の再発が知れ渡った瞬間でした。


「その当時、芦田家に住み込みで働いていたお手伝いさんが、あなただったんですね」

僕は、旧姓・川野さよ、現在の大島さよさんにそっと話しかけた。庭に出した安楽椅子に身を預けたさよさんは、我に返ったように手元のティーカップに視線を戻した。

「昔は女中と呼んだものですよ」

さよさんの白髪が秋の陽光を受けて銀色にきらめいていた。ガーデンテーブルには〈とがいり日報〉の社名の入った僕の名刺が置かれている。

「白石さん、とおっしゃいましたか。私を見つけるのは大変でしたでしょう」

「実は、かなり骨が折れました」

僕は正直に白状した。

さよさんは芦田家のあとも住み込みの家政婦としてあちこちの家を転々とし、最後に勤めに入ったのが、東京は武蔵野にあるこのこぢんまりとした大島家。男やもめと高校生の子供二人の家を切り盛りし、子供たちの独立後に後妻に乞われて五十を過ぎて結婚。一回り近く年の離れた夫を看取ってしばらくして末期癌とわかったさよさんは、最後の時間を静かに過ごしたいと希望して治療はせず、自宅で緩和ケアを受けている。

僕は庭に案内される際に介護士の三木さんから、くれぐれもさよさんを興奮させたり、疲れさせたりしないようにと言われていた。だが、名刺を見せて旧栂杁村の芦田のお屋敷のことを尋ねた途端、さよさんは突然、ちょうど今日のような秋晴れだったという偉智彦の通夜の日の出来事を話し始めたのだった。

芦田家の嫡男・偉智彦の突然の死と、それに先立つこと三ヵ月、夏の園遊会の日に起きた悲劇に関しては、さよさんを訪ねる前に当時の地方新聞の記事で事実を確認していた。いずれも不自然なほど簡素な記事で、往事は隆盛を極めた芦田家の当主・武郎の意向で詳報が抑えられたのではないかと察するに十分だった。

あの涸れ井戸の女の骨は、ほぼ同時期に芦田家で起きた二つの事件とどこかで繋がっているのではないか。そう考えた僕は、その頃に芦田家に住み込みで働いていたさよさんから話を聞くために半年をかけて彼女を捜し出したのだ。

「でも、どうして今になって芦田様のお屋敷のことをお聞きになりたいんです？」

　白骨死体の件は仮に事件であってもすでに公訴時効が成立しており、とがいり日報に小さく載っただけで全国ニュースになっていないから、さよさんは知るよしもない。

「実は、長く患っていた武郎さんが亡くなってから芦田のお屋敷は廃屋同然になっていたんですが、今年になって解体作業が始まったんです。それで、地方紙の記者としては、かつて地元で随一と謳われたお屋敷のことを知っておきたいと思って」

　僕はあえて遺体の件を伏せた。さよさんを動揺させることなく、昔の思い出話をするように喋ってもらいたかったからだ。さよさんは僕の言葉を信じてくれたらしく「そうですか」とおっとり頷いた。

「それにしても、十五歳で住み込みの女中なんて、ちょっと想像がつかないんですが」

「私が育ったような田舎では中学を出ても女では仕事がなくて、農家のお嫁さんになるしかなかったんです。それで」

　貧しい農家の長女に生まれたさよさんは、幼い頃に母親を亡くして父が再婚。継母が次々と弟妹を産み、子守に明け暮れる毎日だったという。さよさんは子供時代について多くを語らなかったが、つらい出来事が絶えなかったのだろう。そのあたりのことが、さよさんが家を出て以来、一度も生家に足を向けなかった理由に思えた。

　……私は一九六八年の三月に中学を卒業しますと、自活を目指して家事サービス職業訓練所に入りました。国の職業斡旋事業でしたので無料で三ヵ月間、女中となるのに必要な様々な訓練を受けられたのです。

　お料理やお裁縫、繕い方はもちろん、乳幼児やご病人のお世話、お客様の応接、お電話の取りつぎなどたくさんの授業がありましたけれど、なかでもとりわけ楽しかったのが電気製品の使い方を学ぶ実習でした。電気掃除機や洗濯機、炊飯器にトースター、私にはどれもこれも生まれて初めて見るものばかり。スイッチを押すだけでご飯が炊けたり、洗濯物が勝手にグルグル回ってきれいになったり、夢のようでした。

　当時は、お金持ちのお宅にしかないそのような家電を使いこなせる女中は、オートメーションを略して〈オートメ女中〉と呼ばれ、お勤め先から引く手あまたでした。

芦田様のお宅に決めましたのは、歩いて通える距離に夜間高校があり、夕方から学校に行ってよい、学校行事のある時はこれを優先すると募集票に記されていたからでした。

六月半ば、まだ栂杁村と呼ばれていた頃、私は着替えの風呂敷包みひとつを胸に抱いて芦田様のお宅に参りました。石塀に囲まれた広い敷地の正面に見上げるようなロートアイアンの門扉があり、煉瓦を敷きつめた小径の先に見事な和洋折衷のお屋敷が聳えておりました。自分がここに住むのかと思うと、嬉しいというより、なにか畏れ多いような気がしたのを覚えております。すぐに通いの女中のおよしさんがお勝手に案内してくれました。およしさんは近隣の農家から来ている五十そこそこのおかみさんで、ようやっと人手が増えたと小躍りして喜んでいました。

洋風のお勝手には訓練所にもなかった扉が二つもある冷凍室つきの冷蔵庫があり、その上にハンドルのついた手回し式のかき氷器が置かれ、赤や緑のシロップが並んでいました。ここでは、お祭りでもない日にかき氷が食べられるのだとびっくりしました。見回せば花柄の魔法瓶に花柄の炊飯ジャー、花柄のコップ、まるでお花畑のような素晴らしいお勝手で、どうしてこれまで他の女中が来なかったのか不思議でなりませんでした。

私は毎朝、牛乳配達の硝子瓶が鳴る音で目を覚ましますと、すぐにお庭のお掃除と朝食の準備をいたしました。旦那様のお言いつけで朝食には必ず牛乳をお出しすることになっていたのですが、牛乳嫌いの茉莉子お嬢様がいつも私に代わりに飲ませるので、およしさんに、それ以上発育が良くなってどうするのかね、とよくからかわれました。当時の十五歳といえば板切れに棒のような手足がついた子が多かったので、私は年齢の割に娘じみた体形を少し恥ずかしいように感じていたものでした。

初めのうちはおつかいに出るたびに、村の人がわざと私の耳に届くように、あれが闇成金の家の新入りか、と言うのが聞こえました。果樹園ばかりの小さな村でしたので、人の噂やおよしさんの話でお屋敷の方々のことはすぐにわかってきました。

旦那様は栂杁村の極貧の農家のお生まれで、小学校の尋常科を出てすぐ都会に丁稚奉公に出されたのですが、敗戦後に進駐軍の放出品などを捌いた資金を元手に一代で巨万の富を築かれたそうです。そうして、かつて自分を馬鹿にしていた村人たちを見返すためか、札束で頰を張るようなやり方で村の果樹園を買い集めたうえに、目を瞠るようなモダンなお屋敷を建てたのでした。そのせいで、村には旦那様の成功を妬んで闇成金と陰口を叩く者も少なくなかったのです。

旦那様は胸を患われた奥様のために小さなお太鼓橋を渡した離れを作り、付添婦を雇われたのですが、奥様はそこにいくらも暮らさないうちに幼い兄妹を残して亡くなられてしまったと聞きました。お子様方がお小さい頃は、その付添婦がばあやがわりにお世話をしていたそうです。旦那様ご自身はお仕事の都合で東京の別宅にお住まいで、お屋敷に戻るのは月に数日でした。

嫡男の偉智彦様は東京の大学を卒業されてすぐに旦那様の会社に入られたのですが、学生時代に覚えた賭け事の癖が抜けず、翌年には会社のお金を横領したのが露見して東京の別宅を追い出され、転がり込んだ先が馴染みの高級クラブに勤めていた水絵様のところ。その水絵様と自由結婚されて村に舞い戻ったのが、私がお屋敷に上がる前年だったそうです。表向きは芦田家所有の広大な果樹園を管理するという名目でしたが、その実は川釣りをなさったり、お庭をいじったりのダラダラ暮らし。およしさんの言うには、偉智彦様が妙に手を入れたせいでお庭の井戸が涸れてしまったそうで、旦那様がおまえはもう何もするなと叱りつけて、危ないからと竹製の井戸蓋を載せたそうです。

それでも、小柄で線の細い偉智彦様はそんな有閑貴族のような暮らしが板についてみえました。身だしなみにも気を配られ、外出の折には洒落たパナマ帽を被るのが常でした。やはり華奢な水絵様と夕刻、連れだって近所をお散歩するご様子などは、二人ともまるで夢二の絵から抜け出たようだと村の者たちも言っておりました。

水絵様は偉智彦様よりお二つ上でしたがとてもそんなふうには見えず、むしろお嬢様の女学校の上級生のようなご風情でした。それこそ夢二風にやさしげに髪を結い上げてお召し物はいつも和服。お茶席でもないのに洒落た市松模様の懐紙挟みを常に襟の合わせから覗かせていたのを覚えています。昔のお勤めのせいか朝にお弱く、たいていお昼前に二階から下りていらして、午後はリビングで刺繍や読書をして過ごされました。

旦那様は常々ご自身が芦田家の初代当主であると公言されるほど血筋にこだわる方でしたので、偉智彦様ご夫妻はお子様さえお生まれになれば、旦那様も初孫が可愛くなるはずと期待しておいでのようでしたが、一向に子宝に恵まれません。ご夫婦のご寝所をお掃除する係のおよしさんが言っていました。

——毎晩子作りに励んでるってのにちっともだね。若奥様にはお子がおありだから、問題は若旦那様の方だね。

というのも水絵様は一度結婚なさっており、離縁の際に婚家に三つになる子供を置いて出たというのです。なんでも女学校を卒業した年に縁談があって、十八で結婚したのだそうです。およしさんが、このままじゃよくないだろうに、どうする気かねぇと口癖のように案じておりました。

お嬢様の茉莉子様は、私がお屋敷にあがった六月の半ばには女学校で停学処分を受けておられました。始まりは、お裁縫の時間に浴衣を縫うのに、裕福ではないお家のお嬢様が見切り処分の赤札を外し忘れた反物を持っていらして、それを大きな商家のお嬢様方が取り囲んでからかっていらしたんだとか。お上品ぶった嫌味ないじめかたが腹に据えかねたのだそうで、お嬢様がその方々のお口ぶりをそっくり真似て、あら、人の反物の値札を見てどうこうおっしゃるなんてお下劣じゃありませんこと？　と割って入りますと、相手の方が、あら、闇成金よりもお下劣なものってあるかしらとおっしゃって皆でどっとお笑いになったとかで、茉莉子お嬢様は一緒になってあははとお笑いになった後、その方のほっぺたを思いっきり平手で引っぱたかれたそうです。お嬢様のお言葉で申しますと、その方はまるでサイレンみたいな大声で泣かれたということでした。

茉莉子お嬢様は停学中もへっちゃらで、流行のパンタロンをお召しになって自転車で村をお散歩されていましたが、不思議と村の人々には嫌われていないようでした。お出かけにならない日は、海外から取り寄せたファッション雑誌の写真から巧みに型紙を起こしてミシンを踏まれてみたり、水絵様とご一緒に映画の雑誌をご覧になったり。

さよちゃん、さよちゃんと私を可愛がって下さって、月に一度の私のお休みの日には、峠向こうの隣町に連れていって下さったりもしました。一時間に一本の上りのバスに乗りますと半時間ほどで鉄道の駅のある隣町に着くのですが、そこは映画館や商店街、歓楽街のある賑やかな町で、お嬢様は私のようなものに小間物屋さんや本屋さんを教えて下さって、お友達のようにやさしくして下さいました。

「その頃、というか、さよさんがお屋敷にいた頃、お屋敷によく来ていた若い女性はいませんでしたか？」

話を不意に遮られたさよさんは、きょとんとした顔で目を瞬いた。

「若い女性ですか……？」

「ええ。茉莉子さんの女学校のお友達とか、若い女性の先生とか。水絵さんの女友達とか」

さよさんは思い出すまでもないというふうに即座に答えた。

「私のいた間、訪ねてみえた若い女の方はおひとりもいませんでした。闇成金と陰口を叩かれていましたので近づきにくかったのでしょう。ですからお嬢様と水絵様はよくご一緒にお過ごしになって、初めのうちは本当のご姉妹のように仲がおよろしくて」

屋敷を訪ねてきた若い女はいない……。では、涸れ井戸で見つかった女は、いったいどこから現れたのだ。

戸惑う僕にお構いなく、さよさんは目の前にぽっと灯が点ったように嬉しそうに話し始めた。


……そうそう、こんなことがありました。三時のお茶をリビングへお持ちしますと、お嬢様と水絵様が東京から届いた小包を開けていらっしゃいました。油紙を外しますと、白い箱の中から、お山のてっぺんを平らにしたような形のお菓子が現れて、水絵様が、まあ、糖蜜のお菓子、と弾んだ声をあげられました。そしてお嬢様が私におっしゃったのです。

――さよちゃん、ナイフとフォーク、それとお皿を三つ持っていらっしゃい。一緒に食べましょう。

偉智彦様は川釣り、およしさんは八百屋で、お屋敷には私たち三人だけでした。私はあの時はじめてリビングのソファに座ったのです。お二人のお茶の時間に加えていただくという思ってもみなかった幸せで胸がいっぱいでした。

お嬢様はお菓子を召し上がりながらお喋りを始めました。

――この辺の男子校の生徒ときたら、みんな馬鹿みたいに自慢話ばかり。偉そうにしていれば偉くなれると思ってるみたい。

私は、隣町のレコード店で聞こえよがしに喋っていた制服の男子生徒たちのことを思い出しました。お家にあるステレオやレコードをしきりと自慢しておりました。

――去年の文化祭に来た時なんか女の子を品定めして順位をつけたりして。

そうおっしゃると、お嬢様はふと思いついたように水絵様にお尋ねになりました。

――義姉さん、男の人あいてのお仕事って嫌じゃなかったの？

お嬢様がお訊きになると少しも嫌な感じがしないのが不思議でした。水絵様は目元に涼しげな笑みを浮かべてお答えになりました。

――男は馬鹿で狡いってわかっていれば、なんともないものよ。

――兄さんは違っていたの？

――いいえ。

――じゃあ、やっぱり馬鹿で狡い。

――ええ。でも可愛かったの。

水絵様はいたずらっぽく小首を傾げて微笑まれました。

――甘えん坊なのよ、兄さんは。果物なんて誰が剝いたって同じなのに。

偉智彦様は果物を召し上がる時、水絵様が目の前で剝いて差し上げたものにしか手をおつけにならないのです。

――いいのよ、おかげで私も好きにさせてもらってるんだから。

水絵様はやはり栂杁のような半端な田舎よりも都会の水が合うらしく、月に一度は東京の百貨店にお出かけになってお買い物で気晴らしをなさっていました。そのたびに私にまでちょっとしたお土産を買ってきて下さるのです。お嬢様は先に私がいただいたお土産を思い出されたのでしょう、すぐにこうおっしゃいました。

――義姉さん、さよちゃんを子供扱いしすぎよ。お菓子の入ったお人形なんてもう嬉しくないわよね？

そう訊かれて私は急いで首を横に振りました。私が育った家ではお人形さえ見たことがなかったのです。すると、お嬢様は真剣な顔で私の方に身を乗り出されました。

――さよちゃんはもう十五よ。当然、好きな人だっている年だわ。言いなさい、さよちゃんの好きな人は誰？

突然、ある方のお顔が頭に浮かんで、私は耳たぶまで熱くなりました。きっと赤くなっていたのでしょう、お嬢様は白状なさいとせっつきます。水絵様が笑ってお止めになりました。

――茉莉子さんがさっきあんなに男子校の生徒をこき下ろしたんですもの、さよちゃんだって言えるものも言えなくなるでしょう。

お嬢様は、ああ、しまった、と男の子のように額に手を当てて天を仰ぎました。それから糖蜜のお菓子をざっくりと切っておっしゃいました。

――さよちゃん、お詫びにもう一切れ。お口開けて。

私は胸をドキドキさせながら素直に口を開けました。そしてお嬢様がお口にお菓子を入れて下さいました。それは母にもしてもらった記憶のないことでした。

甘いお菓子の味とあれこれの気持ちが混じり合って私は

うっとりと目を閉じたのを覚えています。その耳に、ふとお嬢様の静かな声が聞こえました。

――夏はいろんな儚い音がするから好き。かき氷が硝子の器の中でチリチリと溶ける音や、線香花火の赤い雫(しずく)が散る音や……。

あの頃、お嬢様も水絵様も私も、これから先の長い人生のことを考えるのをなんとなく先延ばしにしておきたい、まだそうしていられる、そんなふうな時間だったような気がいたします。七月が瞬く間に終わろうとしておりました。


「そして八月には、栂杁で最後となったあの園遊会が催されたわけですね?」

さよさん自身はお盆休みで屋敷にはいなかっただろうが、悲劇の幕明けとなった〈園遊会〉と聞くと、いろんな思いがよぎるのだろう、さよさんは黙って頷いた。

村には都会の名士が避暑に訪れる湖畔のホテルがあり、そこのオーナーでもあった芦田家当主・武郎は夏ごとに趣向を凝らした華やかな園遊会を催していた。毎年、避暑に訪れる各界の著名人とのつきあいは武郎の事業にとって有益であったらしく、武郎は八月の大半を休暇を兼ねて栂杁の屋敷で過ごしていた。園遊会にあわせて湖畔で花火大会が開かれ、綿菓子や金魚すくいやらの屋台が立ち並び、この時ばかりは隣町からもバスで大勢の見物客が詰めかけたのだと村の老人たちから聞いていた。

「さよさんはあの夏、お屋敷に滞在した結城聡介(ゆうきそうすけ)さんのことを覚えていますよね?」

「ええ、それはもう。園遊会の朝お出かけになった時の潑剌(はつらつ)としたお顔は今でも忘れられません」

「ちょっと待って下さい」と、僕は慌てて話を遮った。

「さよさんは、園遊会の日、つまりお盆も暇を取らずにお屋敷にいたんですか?」

「はい。すべてお嬢様が取り計らって下さったんです」

話を聞いて、さよさんが女中というよりもまさに園遊会の事件の渦中(かちゅう)の人として、ある役割を果たしていたことを僕は初めて知った。


……八月に入って私が塞(ふさ)ぎ込んでいるのを、お嬢様はホームシックになっていると思われたのでしょう、お盆休みにはお家でうんと甘えてくるといいわ、と声をかけて下さいました。私は思いあまって実家に居場所のない境遇をお嬢様に打ち明けてしまったのです。幼い頃から受けた様々な仕打ちが一度に蘇(よみがえ)り、堪(こら)えきれず涙が零(こぼ)れました。けれども実家よりほかに泊めてくれるような親戚もお友達もおりません。私はお盆も休まず働きますからどうかお屋敷においで下さいましと手をついてお願いしたのです。

お嬢様は、可哀想に、と呟かれて私の両手をお取りになりました。それから、何か名案が浮かんだ時の癖でぱっと明るいお顔になられるや、私を引っ張るようにして二階のお嬢様のお部屋へ向かわれますと、洋簞笥から淡いレモン色のワンピースを取り出して私にお当てになり、ああ、思ったとおりぴったりだわ、と嬉しそうな声をあげられました。そして有無を言わせぬ口調でこうおっしゃいました。

――さよちゃんはここにいてお休みするの。私と一緒に園遊会にも行くのよ、いいわね。

お嬢様は園遊会のために私におさがりのワンピースを下さったのでした。ワンピースなど生まれて初めてで、私は言葉も出ず、ただもうびっくりするばかり。開けっ放しの扉から見えたのでしょう、水絵様が、まあ素敵だこと、と満面の笑みを浮かべておいでになると、私の耳元で、さよちゃんの〈木曜日の髪飾り〉にも似合ってよ、と囁(ささや)かれました。私は鼓動がはねあがるのを感じました。

髪飾りといっても小指の爪ほどの小さなクリーム色の花のついたヘアピンで、お嬢様に初めて隣町へ連れていっていただいた時に小間物屋さんで買ったものでした。私はそれをおさげに編んだ髪の耳元に、木曜日にだけ大切につけて夜学に通っていたのです。私の片恋の相手は木曜日に隣町から教えに来て下さる先生だということを、水絵様には見透かされていたのだとわかりました。知っていて黙っていて下さった水絵様に、私は心の中で手を合わせました。

その先生は、私が初めて見た背広にネクタイ姿の若い男性でした。着古してつるつるになった背広を夏でも脱がず、夜学の生徒たちが、自分たちは昼間の生徒じゃないのだから無理をしなくていいですよ、と言っても、昼間部も夜間部も違いはない、とおっしゃって、時おりハンカチで汗を拭いながら熱心に教えて下さるのです。恋と呼ぶにはあまりに愚かな幼いあこがれでした。ですが、そのために私はたった一度、それもあの園遊会の当日にお嬢様のお言いつけに背いてしまったのです。

八月の最初の週末、旦那様が初めて結城聡介様を伴ってお屋敷に戻られました。聡介様は、その年の春から東京の別宅に書生さんとして入られた法科の学生さんでした。当時、実業家が家に書生を置くことは教育に理解のある教養人としてのステイタスだったのです。聡介様は非常に優秀な学生さんだったのですが、お父様が破産されて学資に窮(きゅう)しておられたところ、旦那様がご友人から紹介されて援助を引き受けられたそうです。旦那様は聡介様を熱心に後援されていて、夏の休暇にも真新しい自動車を運転させてお戻りになりました。

知的で端正な聡介様と美しく快活なお嬢様は、瞬く間に恋に落ちたのでした。お嬢様は初めて心から尊敬できる男性に巡り合えたとおっしゃって、自転車にパンタロンから日傘にワンピースへの変わりよう。十五の小娘の目から見てさえ、一生に一度の恋と思えるほど純粋でお似合いのお二人でした。ドライブに出て桃の香る果樹園をお散歩されたり、対岸の湖畔のホテルへ昼食に出向かれたり、毎日ご一緒にお過ごしでした。

ある時、隣町の映画館からお戻りになるや、お嬢様は旦那様にパンフレットをお見せになって、日本にもウエディングドレスの時代が来るわ、と高揚(こうよう)したご様子でおっしゃいました。聡介様と一緒に『卒業』という映画をご覧になったそうで、クライマックスにヒロインが着た花嫁衣装のことのようでした。パンフレットのドレスに目を丸くなさっている旦那様にお嬢様はじれったそうに早口になられます。

――子供の頃にお父様が連れていってくれたニュース映画で、美智子(みちこ)妃殿下のご成婚パレードを見たでしょう。あの時にお召しになっていたのがローブ・デコルテ。早い話が結婚式で着る西洋式の白無垢のようなものよ。

説明なさるあいだにもお嬢様のアイディアはどんどん膨らんでゆくようでした。

――日本人がデザインした日本発のプレタポルテが世界に出ていく時代がすぐにくるわ。私、女学校を出たら東京でデザインと経営を勉強してパリで修業して、いずれは聡介さんと一緒に新しい事業を興(おこ)したいの、お父様みたいに。

旦那様は私がお持ちした食後の珈琲を手に、君はどう思うかね、と聡介様にお尋ねになりました。聡介様は、近年、日本の百貨店や合繊メーカーがプレタポルテに力を入れており、お嬢様の考えは先端的で大きな可能性があると思うとお答えになりました。旦那様は少しお考えになってから、うちの娘には商才があるのかもしれんな、と闊達な笑顔を見せられました。

それから間もなくのことです。聡介様が、僕の知っている一番きれいな夏の音です、とお言葉を添えて故郷・水沢(みずさわ)の南部風鈴をお嬢様にお贈りになりました。そして真剣なまなざしで、いつか僕の故郷を観にいらしてくれますか、とお嬢様にお訊きになったのです。お嬢様は頬を染めて頷かれました。お嬢様と聡介様は旦那様に正式に婚約のお許しを求め、旦那様は快諾されて園遊会で婚約披露を行う運びとなりました。

偉智彦様と水絵様もその頃までには聡介様とすっかり打ち解けていらしたので、お二人のご婚約を祝福しておられました。なかでも偉智彦様はここは兄として一肌脱がぬわけにはいかぬと、園遊会に大学の同窓の劇団を招いて自ら演出を手がけるという力の入れよう。お屋敷はお祝いムードに活気づいておりました。

軒先(のきさき)に吊られた鉄製の風鈴の音色は、夏の時間を縦に貫いて長く深く響きました。それは儚い夏の音の対極のように、なにか決定的なもののような気がいたしました。

園遊会の準備も万端整い、いよいよ明日という日の晩餐の折のこと、偉智彦様がいきなり果樹園の見回りを忘れていたと言い出されました。園遊会には果樹園のお得意先もおみえになるらしく、旦那様はたいそうお怒りになって明日朝一番に行ってこいと命じられました。お屋敷から山の尾根伝いに歩いていけば近道なので始発のバスより早く着くから、ゆっくり見回っても園遊会には十分に間に合うとのことでした。ところが偉智彦様は劇の総仕上げで今夜はホテルに泊まるから無理だの一点張り。とうとう旦那様は匙(さじ)を投げたように、もうおまえはいい、聡介に行ってもらうとおっしゃいました。

ですが聡介様は翌日の午前中、自動車でお嬢様を隣町へお送りすることになっていました。お嬢様が美容室で御髪(おぐし)を整え、誂(あつら)えたドレスを試着して持ち帰られるためです。お嬢様は何でもないことのように、バスで行くからいいわ、とお答えになりました。

そこでお嬢様が隣町から戻ったら、旦那様とお嬢様、水絵様と私はホテルからの迎えのハイヤーで園遊会に向かうことにして、聡介様は果樹園の見回りを終えられたら、そのまま自動車でホテルへ直行することになりました。

園遊会当日、早朝に聡介様が出発されました。水絵様は平素から朝のうちは寝室から下りていらっしゃらないので、お嬢様は旦那様とお二人で朝食をおすませになると、すぐに支度をしてお出かけになりました。そこへ旦那様から、いつものを買ってくるように、とのお嬢様へのお言づけ。私は走ってお嬢様を追いかけてやっとお伝えすることができました。

……いつもの、ですか？　昔、奥様の付添婦をしていたおヨネさんという年寄りが隣町で煙草屋を営んでいて、旦那様はお屋敷にいる時は律儀にそこでまとめて買ってやるようにしていたのです。お嬢様がおヨネさんはお喋りで、つかまると長くなって困ると苦笑されるのを見て、私は昨夜から胸にあった考えを、思い切って申し上げてみました。

――お供してはいけませんでしょうか。

大切な晴れの日にお側に控えて、それこそ煙草のお使いなど私が代わりにして、お荷物などもお持ちして差し上げたかったのです。お嬢様はやさしく、だめよ、とおっしゃいました。婚約発表でお召しになるドレスはお嬢様ご自身でデザインされたもので、その日まで誰にも見せたくないと仮縫いにもお一人でいらしたのでした。

――さよちゃんもきちんとお支度をして、楽しみにお家で待っていらっしゃい。

喜びに輝くような笑顔でそうおっしゃるとお嬢様はバス停へと向かわれました。

午後二時を回って、もうそろそろお戻りになる頃だと、私はいただいたワンピースに着替えて表に立って待っておりました。てっきり弾むような足取りで戻られるものとばかり思っておりましたら、お嬢様はなにやらひどく屈託そうに考え込んだご様子で、日盛りの赤土の上を滑る短い影を睨んだまま足早に帰ってこられました。私が、どうかなさいましたか、とお尋ねしても上の空で門を入っていかれます。その時、裏手からおよしさんの大きな声が聞こえました。

――おかしいですねぇ、お勝手にも見当たりませんが。

呼ばれていってみますと、昼前に下りていらした水絵様が、雅な金駒刺繡の施された絽のお着物でお勝手の敷居際に立っておられて、およしさんが水屋簞笥の抽斗を開け閉てして捜し物をしています。聞けば、水絵様がいつもお使いになっている携帯用の赤い握りの果物ナイフがどこにも見当たらないというのです。私も今日は目にしていないと申し上げますと、水絵様は困惑顔で呟かれました。

――去年の園遊会でもホテルのお庭で偉智彦さんに桃を剝かされたから、持っていこうと思ったんだけど……。いいわ、向こうで借りるから。

気分を切り替えるようにそうおっしゃると、水絵様は廊下を戻っていかれました。

振り返ると、いつの間にかお嬢様がいらしていました。驚いたことに、お顔の色は血の気が引いたように真っ青です。私が何か言うより早く、お嬢様はお勝手に入るやドレスの箱も投げ出して二階のお部屋に駆け上がっていかれました。ただならぬご様子に一体どうしたことかと、私はドレスの箱を抱えておずおずと階段を上っていきました。お声をおかけしてよいものかとお部屋の前でためらっておりますと、いきなり扉が開いてお嬢様が飛び出していらして、私の手に結び文を握らせてこうおっしゃったのです。

――急いでバスで果樹園に行ってこれを聡介さんに渡してちょうだい。あの人の自動車の所で待っていれば会えるわ。大丈夫、さよちゃんが帰るまで待っているから。今なら三時台の上りのバスに間に合う。急いで！

私はドレスの箱をお渡しすると、お嬢様の勢いに気圧(けお)されるように駆け出しました。ところが階段を下りたところで、さよちゃん、と水絵様ののどかなお声がしたのです。見ると廊下の角で手招きされています。気が急きながらもお側に参りますと、水絵様は艶(つや)やかに微笑んで囁かれました。

――さよちゃんの木曜日の先生も花火大会にはきっといらっしゃるわね。昼花火の煙菊もあるし、良い場所でご覧になるおつもりなら、もうおいでになる頃よ。

そう伺って初めて、先生も隣町から花火見物にいらっしゃるだろうという当たり前のことに思い及びました。夏休みになって週に一度お目にかかる喜びもなくなっておりました。

湖畔入り口のバス停に着きますと、湖までの道の両側にぎっしりと屋台が並び、早くも大勢の人で賑わっておりました。上りのバス停の向かい側には、隣町から来る下りのバス停があります。不意に、あそこで待っていればお目にかかれるかもしれないという思いが芽生えました。

その思いつきを打ち消すように、上りのバスがクラクションを鳴らして角を曲がってくるのが見えました。お嬢様のお言いつけどおりあれに乗らなければと思いました。ところがちょうどその時、峠から続くずっと先のカーブを曲がって下りのバスが小さな姿を現したのです。遠目にも車内はすし詰めの満員だとわかりました。あの中に、あの方がいらっしゃるかもしれない。そう思うと鼓動が走り出すようでした。生まれて初めてのワンピースを着た姿を、すれ違う間だけでもいいから見ていただきたい。私が、こんにちは、とご挨拶して、先生が、やあ川野君、ご機嫌よう、とおっしゃる。その数秒間だけでも……。

前へも後ろへも動けぬまま私は上りのバスを見送ってしまったのです。

背広姿ではない先生を拝見したのはその時が初めてでした。浴衣に博多帯の先生は、兵児帯(へこおび)を結んだ小さな男の子をバスのステップから抱き下ろすと肩車をなさいました。それから、続いて降りていらした奥様らしい藍の浴衣のたおやかな女性と連れだって屋台の方へ向かわれました。私は言葉もなく、ご一家が人混みに消えるまで見つめておりました。

　ワンピースのポケットに結び文があるのを思い出し、一時間に一本のバスを待つのを諦めて果樹園の方へ歩き出しました。不思議と悲しくはありませんでした。ただしんとさみしい胸の中で、薄い氷の破片がちりちりと崩れていくような感じがいたしました。そうして溶けてしまった氷のように、涙が勝手にポタポタとアスファルトの路面に落ちました。

　どれくらい歩いたのか、もう陽も傾いてきた頃、果樹園の麓からバス道に合流した峠の下りカーブのあたりで、谷から煙が上がっているのが見えました。驚いて走っていきますと、ガードレールもないカーブの外側、山肌の灌木が将棋倒しになぎ倒され、遥か下方から細い白煙が立ちのぼっております。なにごとかと身を乗り出した拍子に足元の地面が崩れ、急斜面を四、五メートルも滑りおちたでしょうか、私は折れた灌木にしがみついてやっと止まりました。煙の方を透かし見ますと、早朝、聡介様が乗って出られたお車が谷底近くで腹を上にして無惨に潰れ、白煙を上げているではありませんか。膝の力が抜け、私は灌木にしがみついたまま座り込んでおりました。煙がたち消え、ほんの数分にも数時間にも感じられる間、濃い山陰に蜩が鳴いていたのだけを覚えております。

　いきなり腕を摑まれて見上げますと、制帽を被ったハイヤーの運転手さんが血相を変えて谷底を見下ろしておりました。なんとかバス道まで引き上げてもらいますと、ドアが開いたままのハイヤーの脇に蒼白なお顔の水絵様がいらして、やはり谷底の方をご覧になっています。水絵様は運転手さんに無線で会社に連絡して警察に通報するようお命じになると、放心している私を抱きかかえるようにして車に乗り込み、ホテルへと急いだのでした。

　道中、水絵様から伺いましたところ、定刻にお迎えのハイヤーが来てもお嬢様は、お使いに出したさよちゃんが戻るまで待つと言ってきかなかったそうです。それを水絵様が、旦那様とお嬢様がいないのでは園遊会が始まらないからと説き伏せてお二人を先にお出しになり、ホテルから取って返したハイヤーで私を捜しにこられたとのことでした。

　水絵様と私がホテルに着きました時にはすでに日も暮れ、庭園に設けられた野外舞台でとっくに劇が始まっているはずの時刻でした。ところが、どうしたことか庭園は真っ黒な闇に閉ざされております。水絵様と顔を見合わせた次の瞬間、大音響で音楽が轟き、つい目の先に暗転後の強烈なライトに照らされた舞台が浮かび上がりました。金色の穂がそよぐ書き割りを背に、荷車の上に立った青年が鎌を振り上げて叫びました。

――今は秋。収穫の時。刈り取るのだ、あの夏を！

照明で明るくなった客席で、お嬢様が私たちに気づいて立ち上がられるのが見えました。そして私の顔をご覧になった途端、お嬢様はまるですべてを悟ったかのように大きく目を見開かれました。水絵様が駆け寄って事態をお話しする間も、何も聞こえておられないかのようでした。間を置かず、警察からホテルに聡介様の死亡を確認したという一報が入りました。運転を誤ってカーブを曲がりきれず、谷に転落したらしいとのことでした。

お嬢様はこの日のために誂えたドレスで冷たくなった聡介様と対面されたのでした。聡介様は嘘のようにお顔だけはきれいなままで、その朝、お屋敷を出られた時と変わらぬようでした。翡翠(ひすい)色のシルクタフタのドレスがお嬢様の華やかな目鼻立ちを引き立て、聡介様の死に顔にお顔を寄せて見入られるさまは、もの凄いような美しさでした。

霊安室を出ると、お嬢様は黙って私に身を寄せて手を差し出されました。私は無用になった結び文をお嬢様の手にお返ししました。

そこへ、劇を終えた偉智彦様があたふたと駆けつけていらっしゃいました。そのお姿をご覧になるや、お嬢様は偉智彦様をまっすぐに指さし、誰もが耳を疑うような言葉を発されたのです。

――あの男、芦田偉智彦が聡介さんを殺したのです。

偉智彦様は唖然(あぜん)として棒立ちになり、旦那様はもちろん水絵様も私も警察の方々も息を呑(の)んでお嬢様を見つめました。お嬢様は怒りに燃えるような目で偉智彦様を見据えておりました。

――しばらく前、兄さん、煙草屋のおヨネさんにこう言ったそうね。血筋にこだわる親父は聡介を婿にとって茉莉子の産んだ子を跡継ぎにするつもりだ。そうなると俺はいよいよ穀潰(ごくつぶ)しだ。聡介さえこの世からいなくなってくれればと思うよって。おヨネさんは、兄さんにも少しは気を遣ってやりよって言ってたわ。私、兄さんがそんなふうに思っていたなんて今日まで思ってもみなかった。

偉智彦様は情けないようなお顔でうなだれ、力なくお答えになりました。

――そりゃあ俺だって昔なじみの婆さんに愚痴のひとつも零すこともあるよ。でも本心ではおまえたちを祝福して今日だって精一杯、祝いの劇を……。

――嘘！　私、兄さんを見たわ。

お嬢様は鋭く遮っておっしゃいました。

隣町へ向かう途中、峠を越えるとすぐに果樹園が見えるのですが、お嬢様は今頃、聡介様が見回っているのだなと思いながらバスの車窓からそちらを眺めたそうです。すると果樹園の麓、白く乾いた田舎道に聡介様が乗って出た車が停めてあり、その前輪のタイヤの脇にパナマ帽を被った小柄な男が屈み込んでいるのを見たというのです。その時は兄はホテルにいるのだから誰か知らない人だと思ったが、あのパナマ帽はやはり兄だったのだ。屋敷からなくなった義姉の果物ナイフでタイヤを破損させ、事故を起こさせて殺したのだと。

ひとりの刑事が、果物ナイフごときでタイヤがパンクするわけがないと言いました。すると別の刑事が、いや、タイヤのサイド部分なら小刀あたりでも穴や亀裂を作れる。果樹園からの未舗装の凸凹道を走る間は不具合に気づかないだろうが、峠の舗装道路に出て下りで速度が上がるとパンクやバーストを起こす可能性がある。そうでなくともハンドル操作が不安定になれば、あのカーブなら事故に繋がると反論しました。

けれども偉智彦様は、お嬢様が上りのバスから目撃なさった時刻、ホテルで劇団員と通し稽古をしていたと主張されました。そこで偉智彦様のアリバイを確認すべく、ただちに劇団員全員が警察署に集められたのでした。

聴取の結果、問題の時刻、偉智彦様は劇団員たちと確かに稽古をしていたと判明しました。さらにその直後、お屋敷にやられていた巡査から、例の水絵様の果物ナイフがリビングのソファの下から見つかったという連絡が入りました。皿を片づける時にでも落として気づかなかったのだろうということでした。

警察の方々のお嬢様を見る目つきが変わるのがわかりました。十七の娘が婚約発表のその日に、婚約者が事故で死亡したという現実を受け入れかねての妄言だったと考えたようでした。以後、お嬢様が車に細工をする偉智彦様をこの目で見た、大学の劇団を園遊会に呼び寄せたのは金を積んでアリバイを証言させるためだったにちがいない、と言い募っても警察は耳を貸してくれなくなりました。

水沢から聡介様のご両親がいらして、お屋敷で葬儀が営まれました。旦那様のたってのご希望でお二人は初七日まで滞在されたのですが、その初七日の夜のことでした。

風のない蒸し暑く寝苦しい夜更け、ようやっとうつらうつらしかけた頃、ふと風鈴の音を聞いたような気がしました。それからしばらくして、闇を劈いて偉智彦様の悲鳴が響き渡りました。庭の方からとわかり、私は寝間着のまま転げるようにそちらに向かいました。旦那様、水絵様、聡介様のご両親も驚いて出ていらっしゃいました。

地面に尻をついた偉智彦様は、浴衣の左の肩口がばっくりと裂け、傷口を押さえた右手の指の間からどくどくと血が流れ出ております。恐怖に歪んだ顔で偉智彦様が見上げているのは、両手で大きな植木鋏を握ったお嬢様です。刃先が血に濡れて光っており、何が起こったのか瞬時にわかりました。お嬢様は嬉々として私たちをご覧になりました。

――この男が聡介さんを殺した。今、こいつが白状した。さあ、もう一度言え!

植木鋏を突き出されて偉智彦様はひぃと声をあげ、お嬢様はじれたように足を踏みならしておっしゃいました。

――こいつは、今こう言った。俺が聡介を殺した。聡介がいなくなってせいせいした。おまえもあの世に行ってはどうだ。女だてらに事業を始めるなんて戯言は忘れて、あの世で聡介と所帯を持って子を育てるといい。

――幻覚の次は、幻聴だ……。

偉智彦様は愕然としたお顔でそう呟かれました。そして、自分は寝つかれず庭に涼みにおりたら、いきなりお嬢様が襲いかかってきたのだと旦那様に訴えられました。

――嘘、嘘、嘘! 話があるから夜中に風鈴を鳴らしたら来いと言ったくせに!

怒りに駆られて打ちかかろうとするお嬢様を、旦那様が羽交い締めになさいました。

――よく聞きなさい。もしおまえの言うとおりなら、偉智彦はどうやってホテルから果樹園まで往復したんだ。バスか、ハイヤーか、園遊会の客の車か? 運転手たちも、毎年園遊会に来る客も、みんな子供の頃から偉智彦の顔を知っている。誰にも見られずに行き来できるわけがない。馬鹿な考えはもう頭から追い出すんだ。おまえは賢い娘だったはずだろう。

聡介様がこの世に残していった風鈴の音を聞いて、お嬢様はおかしくなった。皆様そう思われたのでしょう、風鈴はすぐに取り外されて納戸にしまわれ、聡介様のご両親も遺骨と共に翌朝すぐさま郷里へと戻られました。

偉智彦様が病院に運ばれましたので、この夜のことはたちまち村中に知れ渡りました。幸い身内の間でのことでもありましたし、旦那様のご威光もあって司直が動くことはありませんでしたが、さらわれ者という蔑称が残っていたような村のこと、これまでは多少風変わりでも村の人々から嫌われることのなかったお嬢様が、この刃傷沙汰を境に、やはり昔からどこかおかしかったのだと噂されるようになりました。

お心弱くおなりになった旦那様は、偉智彦様に説得されてお嬢様を精神科のお医者様に診せることを承知されました。偉智彦様のご友人に専門のお医者様がいらっしゃるということでした。そしていろいろな検査をなさったすえ、お嬢様の一連の常軌を逸した言動は、婚約者の死が引き金となって発症した精神分裂病の陽性症状と診断されたのでした。

「茉莉子さんが心のサナトリウムに入ったのは、そういう事情だったんですね」

僕がそう言うと、さよさんは今でも胸が痛むようにつらそうに頷いて、膝の上に載せていた紅茶のカップをガーデンテーブルに戻した。

現在では治療によって回復可能であることが知られている統合失調症は、当時の日本では精神分裂病と呼ばれ不治の精神病のごとく恐れられていた。当主の武郎は、相手が身内の偉智彦だったからよかったものの、万一、茉莉子が他人を傷つけでもしたらと案じて、監獄に入れられるより、病院の方がまだしもと考えたのだろう。

だが、芦田家の悲劇はこれだけでは済まなかったのだ。

僕はさよさんにその後のことを尋ねた。

……サナトリウムに入られたお嬢様は、お屋敷のどなたが面会にいらしてもお会いになろうとしませんでしたが、私だけは例外でした。私は県境の病院まで捥ぎたての梨や葡萄を携えて足繁く通いました。お薬のせいでしょうか、お嬢様はたいてい黙ってお人形のように座っていらして、私がひとりであれやこれやとお話しするのが常でした。

お見舞いの翌日は水絵様が帯結びを手伝わせる口実で私を二階のお部屋に呼んでは、お嬢様のご様子をお尋ねになりました。ちゃんとご飯を召し上がっているか、衣類は足りているかと、とてもご心配のご様子で、私はその都度お嬢様のご様子を詳しくご報告したものでした。

一度、あんまりお嬢様がお可哀想で、聡介様が生きていらしたらと、つい詮ないことを申してしまったことがありました。すると、思いがけず水絵様が聡介様のことを、私、あの人、あまり好きじゃなかった、とおっしゃったのです。

——あの人、お酒が入るとよく言っていたでしょう。僕の父は破産しましたが、祖父は子爵様の従兄弟(いとこ)でしたって。茉莉子さんは、ああやっぱり高貴な方々に連なるお家柄なんだと心酔して聞いていたけれど。

そう伺って思い出したことがありました。聡介様が何度目かにお祖父様のお話をされたあと、思いついたように水絵様に、あなたのご両親は、とお尋ねになったことがありました。水絵様が、終戦の年の空襲で……とお答えになると、聡介様はすぐさま、ああ、戦災孤児ですか、とおっしゃったのです。私はそのとき初めて水絵様がご親戚のお家でお育ちになったことを知ったのですけれど。

水絵様のお顔を拝見して、あの時のことを考えていらっしゃるのだとわかりました。水絵様は帯の具合を確かめ、いつもの市松模様の懐紙挟みを襟に差し入れますと、まるで私の視線を避けるようにふらりと窓辺に寄って、百日紅(さるすべり)の梢に目を向けられました。

——戦災孤児という言葉はね、自分で言うのと人から言われるのとでは少し違うのよ。あの時の聡介さんのちょっとした目つきがね……。お義父様や偉智彦さんには上手に隠していらしたけど、女が相手だと自然に出てしまうのね、どこか人を見下した心根が。だからっていうのじゃないけれど、二人が結婚して聡介さんが事業の実権を握ったら、いずれ茉莉子さんを『闇成金の娘』と嘲(あざけ)るようになるような気がしたわ……。

田舎から出たての私のような女中には思いも及ばないことでした。

一方、偉智彦様は旦那様に自動車を買っていただいて熱心に果樹園の見回りをされるようになりました。ただ、聡介様の一件で車へのいたずらが村で取り沙汰されたせいでしょう、ご自分のほかには絶対に誰もお車に近づけないように、お屋敷と果樹園の入り口の両方に鍵のついたガレージを建てさせる念の入れようでした。

どういうわけかその頃から偉智彦様と水絵様の折り合いが悪くなったように感じられました。以前は夕方になりますと連れだってお散歩に出るのが日課でしたのにそれもなくなり、晩餐のお席でも言葉を交わされることがなくなりました。

そんなある日、私はおよしさんから出し抜けに、あんた運動会に出るつもりかい、と食ってかかるように訊かれたのです。お屋敷に上がる際の約束に学校の行事は優先するとありましたので運動会には出るつもりでいたのですが、およしさんは、お屋敷がこんな時に無神経だよ、女中にまで馬鹿にされてると思うだろ、となじるのです。そして、偉智彦様と水絵様が、運動会がどうのこうのと大声で喧嘩していたというのです。

私はわけがわからず、お嬢様をお見舞いした際にその事を独り語りに話しておりました。すると突然、お嬢様がお口を開かれたのです。お声を聞いたのは一ヵ月ぶりでした。

——運動会……玉入れ……おゆうぎ……お弁当……かけっこ……。

お嬢様は宙に目を据えたままゆっくりとそう呟かれると、いきなり激しく笑い出されました。そして身を折るようにして息も継げぬほどお笑いになると、そのままぽろぽろと大粒の涙を零されたと思うやたちまちお顔を歪め、お腹の底から振り絞るようにして号泣されたのです。そのあまりのご狂乱ぶりに私は初めてもうだめなのかもしれないと思いました。私はただお嬢様のお手を握って一緒に泣きました。

何事も底を突いたら上向いてくるということがあるのなら、あれが病の底だったのかもしれません。お嬢様はそれ以後、みるみる快方に向かわれ、十一月の初めにはお屋敷に戻るお許しが出るまでになりました。それからは二間続きの離れで私が一緒に寝起きしてお世話をさせていただくようになりました。

お嬢様はすっかり落ち着かれて、食後のお薬も嫌がらずにきちんと飲んで下さいました。ただ、私が学校を休むのだけは決してお許しになりませんでした。お嬢様のお世話でお休みをしようとすると、怒ってお食事を召し上がって下さらなくなるのです。それで、私が学校に行っている間は、およしさんと上の娘さんが交替で付き添うようになりました。

そうしてお嬢様がお屋敷に戻って半月ほどして、今度は偉智彦様が亡くなられたのです。

東京から旦那様が戻られる日のことでした。昼頃にお電話があり、お仕事のご都合で最終の列車になるとのことで、偉智彦様が夜遅く隣町の鉄道の駅までお車でお迎えに出ることになりました。そのお迎えの途上、聡介様と同じ峠のカーブのひとつで運転を誤り、谷に転落してしまわれたのです。

八月にお嬢様が偉智彦様を植木鋏で襲ったことは村中に知れ渡っておりましたから、旦那様はのちのちあらぬ噂が立たぬよう、偉智彦様のご遺体の司法解剖を依頼されました。その結果、体内に薬物などの痕跡は一切なく、明白な事故として決着したのです。

　偉智彦様の突然の死に加えて、お通夜でのお嬢様のあのご狂態。旦那様は葬儀を終えた夜、とうとう心労で卒中を起こして入院されてしまいました。

　同じ夜遅く、寝る前に私が髪を梳いて差し上げていると、お嬢様は鏡越しに私に微笑んでおっしゃいました。

　――この髪が真っ白になっても、私は振袖を着ているのよ。

　退院後は小康を保たれておりましたのに、偉智彦様の死で否応なく聡介様の死の衝撃が蘇り、お心の均衡が脆くも崩れてしまったのだと思いました。


「それから二週間ほどして、あなたは誰にも告げずに暇乞いの短い置き手紙をしてお屋敷を出ていっていますね？」

　僕はできるだけ穏やかな口調で尋ねた。

　村を離れる際にさよさんは始発のバスの運転手に見られていた。胸に抱いた風呂敷包みに顔を埋めるようにしていたが、夜学に行く時のいつものカーディガンとおさげに編んだ髪ですぐにさよさんと知れたという。村の老人たちの話では、さよさんがお屋敷から逃げ出した事実はその日のうちに村中に広まったらしい。

　僕が居場所を見つけ出して訪ねてきた時から、さよさんはそのことも調べてきていると察していたらしく、心苦しそうに目を伏せた。

「あんなにやさしくして下さったお嬢様を置いて逃げ出すなんて、自分でも本当に恩知らずの薄情者だと思いました……」

　よほど後ろめたかったのだろう、さよさんはその後、夜学の級友も含めて旧栂杁村の誰とも連絡をとっていなかった。

「なにか出ていく理由があったんですよね？」

　僕の問いに、さよさんは小さく頷いた。

　偉智彦の葬儀から何日かして、およしが裏木戸と植え込みの間に茉莉子の浴衣が押し込まれているのを見つけたのだという。寝間着代わりの浴衣はまるでいたずら小僧が遊び回ったようにあちこちにかぎ裂きができて泥だらけになっていた。

「心が子供に戻ったら体の方も子供になるのが道理なんだろうけど、とおよしさんがひどく気の毒そうに言いました。私もそういうものかと思いながら離れに目をやりますと、振袖姿のお嬢様が縁側の日だまりでお手玉をしておいででした。そのお姿を拝見しているうちに……私、突然、怖くなってきたんです」

確かに尋常な姿ではない。だが僕がそう言うと、さよさんは強くかぶりを振った。

「そうではなくて、私、お嬢様がいつ寝間着で離れを抜け出されたのか、まったく覚えていないことに気づいたんです。すぐお隣で眠っておりましたのに。それでその頃、寝過ごすことが多くなっているのに思い当たったんです。お通夜の朝もそうでした……」

そういえば、さよさんは牛乳配達の音で毎朝目を覚ましたと言っていた。

「私、ものごころついた時から、日が昇ったあとまで眠っていたことなんかありませんでしたのに。そう考え始めると急に不安になったんです。そして、村の人たちが、闇成金が人の恨みをたくさん買って建てたお屋敷だから、あそこに住む者は無事では済まないと噂していたのを思い出して……」

さよさんは自分の身にも何か異変が起こっているような恐怖を感じたのだ。それは突然のことであっただけに、なおさら深甚であったにちがいない。

「怖くなって当たり前ですよ、さよさんはまだ十五歳だったんですから」

僕は励ますように言った。それから保温式のティーポットから新たに紅茶をカップに注いでさよさんに手渡すと、お屋敷を逃げ出した日のことを尋ねた。

「わずかな衣類を風呂敷に包んでお勝手の出入り口に隠してありました。およしさんは上の娘さんのお産でその日はいちにちお休みをとっていましたので、見つけられる心配はありませんでした。私が学校に行くふりをしていつものように縁に両手をつき、行って参りますと申し上げますと、お嬢様は振袖で文机（ふづくえ）に向かって折り紙をなさりながら、いってらっしゃいとおっしゃいました。私はこれを最後にと丁寧にお辞儀をして離れを出ました」

「さよさんがお屋敷を出る時、水絵さんはいましたか？」

「水絵様はリビングで刺繍をなさっていました。私はご挨拶をしてすぐにお勝手に回って、最初に来た時と同じように風呂敷包みひとつを抱えてお屋敷を出たのです」

だとすれば、と僕は考えていた。さよさんの話は、旧栂杁村の老人たちが語ってくれた話と辻褄（つじつま）が合う。しかし……。

「何かあったんですね？」

うかつにも考え込んでいた僕の顔を見て、さよさんは直感したらしい。お屋敷で何があったのだとさよさんに詰め寄られ、僕は隠しきれなくなった。

「実は、お屋敷の解体作業中に涸れ井戸から若い女性の白骨死体が見つかったんです」

さよさんは驚いて手にしていたティーカップを取り落としてしまった。

陶器の割れる鋭い音を聞きつけて、すぐさま介護士の三木さんが駆けつけた。三木さんは、今日はこれくらいにいたしましょうね、とやさしく声をかけると、さよさんを安楽椅子から車椅子に移し、庭に面した寝室に連れ去った。そうして、突っ立っていた僕を促して玄関へ向かう道すがら、きっぱりと僕に言い渡した。

「さよさんの平穏を乱すようなお話なら、もうおいでになるのはご遠慮下さい」

僕は平謝りに謝り、三木さんはいくらか態度を和らげてくれた。ほっとすると同時に僕は三木さんが雇い主を名前で呼んでいるのを不思議に思った。尋ねると、二人は昔からの知り合いなのだという。三木さんの夫が入院していた頃に、知人を見舞いに来ていたさよさんと出会ったらしい。その夫が他界し、子供が独立して、ひとり住まいの家賃も馬鹿にならないと思っていたところをさよさんに乞われ、住み込みで入ったそうだ。

「とてもやさしくして下さって。さよさんがお元気な頃は、よく一緒にデパートにお買い物に行ったり、ご飯を食べに行ったりしたんですよ」

三木さんは懐かしそうに微笑んだ。僕はなんとなく昔の茉莉子とさよさんのようだと思った。そして、三木さんにまた明日伺ってよいというお許しを得て玄関を出た。

途端に狙いすましたようにスマホが鳴った。社の社会部のデスクからだった。電話を受けると、予想に違わぬ不機嫌な声がした。

「有休は今日までだぞ。さっさと戻れ。人が足りないんだ」

涸れ井戸の白骨死体の件は、これまでも社の仕事をこなしつつ自弁で追ってきたのだ。僕はもう一日だけくれと頼みこんだ。

「仏の顔もこれが最後だ、勝手なことばかりして。大体おまえは記者に向いてないんだ」

電話はブツリと切れた。僕は〈最後の仏の顔〉を有効に使うべく、素早く頭を切り替えて、さよさんから聞いた話とこれまでの自分の調査結果を突き合わせてみた。

今も栂杁市に住むおよしの娘の話では、およしが翌日、屋敷に行くと、お勝手の卓にさよさんの暇乞いの短い手紙が置かれており、庭に茉莉子がひとり、泥だらけの振袖を着て座り込んでいた。築山が崩れていたのを見てまた泥んこ遊びをしたのだとすぐにわかったという。誰もご飯を運んでくれないのでお腹が空いたのだろう、茉莉子は台所から持ち出したおひつを膝の上に抱えて、手づかみでご飯を食べていた。およしは茉莉子を風呂場に連れていき、急いで水絵を捜したが、すでに邸内に水絵の姿はなかった。

偉智彦が死んでからというもの、村の人間は皆、水絵が屋敷を出ていくのは時間の問題だと考えていた。偉智彦との間に子のない水絵には、義父・武郎の財産に関して相続権がない。だが屋敷に残れば、心を病んだ義妹と卒中で半身不随となって入院している舅(しゅうと)を放っておくわけにもいかない。舅の言いつけであれやこれやとやらされた挙げ句、骨折り損のくたびれ儲けに終わるのは目に見えている。そこで、およしとさよの二人がそろって不在になる夜を逃さず、頻々(ひんぴん)と東京に出るたびに会っていた愛人にでも車で迎えに来させて、こっそり逃げ出したのだろうということになっていた。

話を聞いた時は僕自身もそんなところだろうと思っていた。だからここに来るまでは、涸れ井戸から見つかった骨は、当時、屋敷に出入りしていた若い女性の誰かではないかと考えていたのだ。

ところが、さよさんの話ではそんな女性は存在せず、しかも、遺体が握っていた鉄製の風鈴は聡介が芦田家に持ち込んだものと考えてまず間違いない。聡介が来た後に屋敷からいなくなった若い女は、さよさんと水絵の二人だ。そのうち水絵だけは村から出るところを誰にも見られていない。

あの涸れ井戸の白骨死体は、水絵なのではないか。

だが、さよさんの話では茉莉子が入院した頃から偉智彦夫婦の関係は何らかの理由で険悪になっていた。水絵が後追い自殺するとは思えない。

涸れ井戸は竹製の蓋を被せていたというから事故の可能性も低い。だとすれば……。

そこまで考えた時、僕の頭にひとつの仮説が浮かんだ。

「僕は、聡介さんの殺害を企てたのはやはり偉智彦さんだと考えています。しかし、聡介さん殺しは、真の目的を果たすための手段に過ぎなかった」

翌日、さよさんを訪ねた僕はそう切り出した。さよさんは昨日と違って庭に臨む寝室で医療用ベッドに入っていたが、しっかりとしたまなざしで黙って僕を見つめ返した。涸れ井戸から白骨死体が出たと知って、さよさんの中で何らかの変化が起こったのは確かだと感じた。僕は昨晩考えた仮説をさよさんに話した。

偉智彦の真の目的は、茉莉子を旧民法における〈禁治産者(きんちさんしゃ)〉にすることだったのではないか。一九九九年に法改正されるまで民法に明記されていた禁治産者とは、精神障害等によって財産を収めることを禁じられた者を指す。後見人が付けられ、禁治産者は遺産分割、相続の承認や放棄から日用品の購入に至るまで自らの意思では行えなくなる。茉莉子が禁治産者となれば、芦田家を継ぐ人間は偉智彦をおいてほかにない。

では、どうやって茉莉子を当時でいう精神分裂病患者に仕立て上げるか。

偉智彦がこの計画を着想する契機となったのは、皮肉にも茉莉子と聡介があの夏、恋に落ちたという出来事そのものだったのだろう。

一生に一度の恋、そのかけがえのない恋人の命が、殺人という最も忌まわしいかたちで奪われたとしたら、殺人者が正しく罰されるまで、茉莉子は死を嘆き悲しむことを自分に許さない。どこまでも事実を主張して、殺人者を糾弾する。実妹の性格を知り抜いていた偉智彦は、彼女の真っ直ぐで激しい気性を利用した。つまり不可能な〈事実〉を捏造(ねつぞう)したのだ。ひとりの人間が同時に別々の場所に存在するのは不可能であるにもかかわらず、ホテルで劇団員たちと通し稽古をしていた兄が、同時期に果樹園の麓に停めた聡介の車に細工をしていたという〈事実〉だ。

あの日、茉莉子が乗るバスの時刻は芦田家の人間なら誰でも知っていただろうし、婚約発表の当日、晴れのドレスを取りに向かう茉莉子が、バスの車窓から婚約者の停めた車に目をやる心理は容易に想像できる。むろん彼女が見たのは兄の替玉を演じた共犯者だ。

園遊会の日、いつものように昼近くに寝室から下りてきた水絵は、午前中は誰にも見られていない。朝早めに裏木戸から出て尾根伝いに行き、茉莉子の乗ったバスが果樹園の麓近くを通るのを待ち受けた。水絵と偉智彦はそろって線の細い小柄な体形だったというから、タイヤの側に屈んでいるのを走行中のバスの車窓から見れば、パナマ帽にスラックスという簡単な扮装で偉智彦と思わせることは可能だ。そう考えれば、煙草屋の婆さんの件も辻褄が合う。茉莉子が父の使いであの店へ行くのはいつものことだから、あらかじめ偉智彦が愚痴を装って婆さんの耳に聡介への殺意ともとれるような述懐を吹き込んでおいた。お喋りだったという婆さんが、茉莉子に黙っていられるはずがない。

　案の定、婆さんの話を聞いた茉莉子は車窓から見た光景を思い出し、偉智彦が聡介の車に細工をしていたのではないかという疑念を抱いた。そして、茉莉子が屋敷に戻る頃合いを見計らって、水絵が果物ナイフがないと騒いでみせた。偉智彦が持ち出したのだと思い込ませるために。茉莉子はまんまと偉智彦たちの術中に嵌（は）まった。そして、茉莉子の言葉を誰も信じなくなるのを待って、偉智彦は計画の核心部を自らの手で実行に移したのだ。

　茉莉子を深夜の庭におびき出し、彼女が申し立てたとおりの言葉で聡介殺しを白状して彼女を挑発し、逆上させ、遂に自分を襲わせた。もちろん植木鋏は茉莉子の目につくように偉智彦が置いてあったのだろう。危険な大芝居だが、この刃傷沙汰は茉莉子を精神科の医者に診せるよう父を説得するのに必要不可欠だった。医者は偉智彦の友人だ。おおかた破格の謝礼金をちらつかせて、茉莉子に精神分裂病の診断を下すよう唆（そそのか）したのだろう。

　さよさんは感情を押し殺そうとするように固く唇を結んで僕の仮説を聞いていた。

　ここからは訊くに忍びない質問になる。わかっていたが、僕は率直に尋ねた。

「昨日あなたが話してくれたお屋敷を逃げ出した日のことですが、夜学に行くふりをして逃げ出したのなら時刻は夕方です。まだ上りのバスがいくつもあった。なのに実際にあなたが乗ったのは翌日の始発のバスです。その間ひと晩の空白がある。あなたは本当はあの日も授業に出るつもりでお屋敷を出たんじゃないですか。ところが、およしさんが娘さんのお産でお休みで、離れにひとりになる茉莉子さんが心配になった。それであなたはお屋敷に引き返したんじゃありませんか？」

　僕はその先の出来事についても推論を立てていた。

「およしさんとさよさんの不在が重なるという千載一遇の機会を利用したのは、水絵さんではなく、茉莉子さんだったんですね」

　さよさんは静かに目を上げると、僕が予想だにしなかったことを口にした。

「あなたは、偉智彦様がなさったことの、まだほんの一部しかわかっていらっしゃらない」

　……おっしゃるとおり、夜学に向かった私は、お嬢様が心配でお屋敷に引き返しました。裏木戸の前まで来ると、納戸に片づけたはずのあの聡介様の風鈴の音が聞こえました。私は禍々しい予感に打たれ、そっと戸を開けてお庭に足を踏み入れました。

すると、涸れ井戸の櫓の軒先にあの風鈴が吊るされていて、その傍らに振袖姿のお嬢様がお立ちになっていたのです。母屋の奥から、風鈴の音に驚いたご様子の水絵様がおいでになりました。そしてお嬢様をお認めになると、どこか芯が抜けたような虚ろなお顔になり、沓脱ぎ石の庭下駄を履いてゆらりとお庭にお立ちになりました。

——茉莉子さん、私が偉智彦に手を貸すとは思わなかったのね。

——おまえが東京の百貨店に行くたびにさよちゃんに買ってきたひどく子供じみたお土産。あの時に気づくべきだった。本当は何のために東京に出かけていたのか。そうすれば、おまえがあの男にたやすく手を貸すとわかったものを。

お元気な頃とお変わりのない明瞭なお話しぶりでした。驚きながらも、私のいただいたあのお土産がどうしたのかと、息をつめてお二人を見つめておりました。

——遠くからでも元気な姿が見たかったの。渡せないとわかっているのにあの子の好きそうなお菓子を買って……。偉智彦は言ったわ。うまくいって俺が跡を継ぐことになれば、俺たちには子供ができないようだからおまえの子を養子にとってもいい。金なら唸るほどあるんだから、いくらか向こうに掴ませれば子供を渡すにちがいないって。あの子と一緒に暮らせると思うと、私は手を貸さずにいられなかった。

それから水絵様は園遊会の日、さきほど白石さんがおっしゃったとおりのことをなさったのだと淡々とお話しになりました。白石さんが私を気遣って、あえて触れなかった結び文のことも……。

いろいろな事が立て続けに起こったせいで、水絵様が口に出されるまで私はあの結び文のことをすっかり忘れていたのです。お嬢様が私に結び文を託した時、水絵様が階段の下で様子を窺っていらしたとは……。水絵様は、お嬢様が手紙に何を書かれたのかすぐにわかったそうです。歪んだように笑っておっしゃいました。

——聡介さんに車を使わず、バスで一旦お屋敷に戻るように伝えようとしたのね。あなたのことだから、疑惑が誤りであってほしいと願って偉智彦のことは書かなかった。でも聡介さんが車を使ってくれなくては偉智彦の計画は台無しになる。ええ、さよちゃんを足止めしたのはこの私よ。どうやったか教えましょうか。

——さよちゃんの名前を口にしないで！　あの子は何も知らないんだから。

私の愚かな恋を水絵様に見透かされ、利用された。私があの時、お嬢様に言われたとおりの上りのバスに乗っていれば聡介様は死ぬことなく、何もかもが変わっていたのです。

私は声もなくその場に座り込んでおりました。私は、取り返しのつかないことをしてしまったのです。

水絵様のどこか疲れたようなお声が聞こえました。

——『今は秋。収穫の時。刈り取るのだ、あの夏を！』。偉智彦の通夜の席であの劇の台詞をあなたが叫んだ時、復讐の宣言だとわかった。偉智彦はあなたが殺したのね。

何を言い出すのかと、私は息も止まる思いで顔を上げました。偉智彦様よりほかに誰もお車に近づけなかったのは周知のことですのに。ところが、お嬢様は平然とお答えになりました。

——私が車に近づかなくても、車の方から私に近づいてきてくれた。

お嬢様のお話で、私は初めてあの夜なにが起こったのか知りました。偉智彦様が夜遅くにお車で旦那様を駅までお迎えに行くと知ったお嬢様は、病院でいただいたお薬を私の晩ご飯に入れて早くに眠らせ、それから山の尾根伝いに走って先回りして峠のカーブで偉智彦様を待ち伏せた。そうして、ヘッドライトの中に飛び出したのです。

——あの男が谷底におちる数秒の間に、聡介さんが味わった恐怖を味わえばいい。それができれば、私はどうなっても構わないと思っていた。

およしさんが見つけたあの浴衣、かぎ裂きができて泥だらけの浴衣は、お嬢様が夜の山道を駆けていった時のものだったのです。

——偉智彦はね、あなたのすべてが憎かったの。あなたが若くて、健康で、聡明な妹だということ、そのせいで嫡男の自分を差し置いてお義父さまに気に入られていることも。

冷たい風が流れて、闇の中に風鈴の深い音が響きました。

——私は、あの男のように植木鋏を用意する必要はない。

そうおっしゃると、お嬢様は井戸蓋を摑んで一気に引きのけ、水絵様を振り返りました。

――ここに飛び込め。さもないと、私がこの手でおまえの一番大切なものを打ち壊す。

水絵様は驚愕に言葉を失ったように肩で息をついておられます。お嬢様のお顔に寂寞(せきばく)とした微笑が浮かんでおりました。

――私はもう何をしても罪には問われない。病院に送り返されるだけだ。おまえたちがそうしたから。飛び込まなければ、おまえが一番大切に思っているものを奪う。おまえたちが、私から永久に奪ったものを……。

水絵様はお嬢様の足元に頽(くずお)れ、お着物の裾に取り縋るようにして訴えられました。

――これだけは信じて。あなたが入院してから初めて偉智彦に知らされた。それまでは、病院に入れるのはただあなたを禁治産者にするためだと。あんなむごいことをするためだと知っていれば、決して偉智彦の言うままになどならなかった……！

私にはお二人が何をお話しになっているのかわかりませんでした。〈あんなむごいこと〉とはなんなのか。もうこれ以上にむごいことなどあるとは思えませんでした。

――あなたが病院に入れられたあと私、偉智彦に頼んだの。もうすぐあの子の学校の運動会だから参観者に紛れてひと目だけでもあの子を見ておいてやってと手を合わせた。そうしたら偉智彦は、運動会なんて埃(ほこり)っぽくて嫌だよと言った。その顔を見た途端、初めから引き取る気などなかったのがわかった。自分が嫡男として家を継げればそれでよかったのよ。欺(だま)された私が馬鹿だった。……あの人は、若いあなたが婚約者の死から立ち直って新しい恋をするのを恐れて、それで……。

水絵様は泣き崩れ、お嬢様は虚空(こくう)に目をおやりになったまま静かにおっしゃいました。

――さよちゃんから運動会の話を聞くまで、私はおまえがあの男に手を貸したとは夢にも思っていなかった。気づいた時には、もう遅すぎた。玉入れ……おゆうぎ……かけっこ……お弁当。……私は一生、我が子の運動会を見ることはできない。我が子を、この腕に抱くこともない。

そのお言葉を聞いた時、私の頭の中ですべてが繋がったのです。

運動会のことを話した時のお嬢様のあの錯乱、およしさんが『心が子供に戻ったら体の方も子供になるのが道理なんだろうけど』とひどく気の毒そうに言ったこと、そしてお嬢様が『この髪が真っ白になっても、私は振袖を着ているのよ』とおっしゃったことの意味が。〈あんなむごいこと〉が、何を指すのか……。

「旧優生保護法……！」

僕は自分の口にした言葉に慄然（りつぜん）となった。

一九四八年から一九九六年まで施行されていた旧優生保護法には、障害のある人に中絶や不妊手術をさせる条文があった。精神疾患等とみなされた者や聾唖者（ろうあしゃ）を対象に、本人の同意が無くとも、不妊手術ができたのだ。裁判が起こされ、現在、問題となっている《強制不妊手術》だ。

記者の端くれである僕も、無理矢理、不妊手術を行われた聾者の記事を読んだことがあった。戦時は兵隊を増やすために《堕胎（だたい）罪》で中絶を禁止し、不妊手術も避妊も厳しく規制していた国が、敗戦後、ベビーブームが始まると人口抑制に転じる。数を減らすからこそ健康な子だけを、という優生政策が背景にあったといわれている。

偉智彦の真の目的は茉莉子を当時でいう精神分裂病に仕立て上げ、強制不妊手術をさせることだったのだ。茉莉子が生涯、芦田家の血を引く子を産むことがないように。手術は女性の場合、子宮の摘出やレントゲン照射によったという。僕はおぞましさで総毛立つ思いだった。我が身に起こったことを知った茉莉子が、どれほどの絶望を味わったことか。

だが、さよさんのその先の話は僕の想像を絶するものだった。

……お嬢様は水絵様にお命じになりました。

――どちらかの命を選びなさい。自分の命か、子供の命か。

お嬢様の足元に座り込んでいた水絵様が、泣き疲れたぼんやりとしたお顔をお上げになりました。そうして地面に両手をついて立ち上がろうとした拍子に、緩んだ襟の合わせからいつも身につけている懐紙挟みが落ちました。水絵様がアッと手を伸ばされるより早く、お嬢様がそれを手に取られました。お嬢様は懐紙の間に何かを見つけて、それを取り出しました。一枚の写真のようでした。それをご覧になったお嬢様はまるですべての感情が消え去ってしまったかのような声でおっしゃったのです。

――この子は、あなたを、お母さんと呼ぶのね……。

あの女が自分の子の写真を身につけていたのだとわかりました。お嬢様は恐ろしい手術を施され、もう一生、お母さんと呼ばれることはないというのに、あの女は……。あの瞬間、水絵様に対する怒りと憎悪が奔流（ほんりゅう）となって私の体を突き動かしたのです。私は我を忘れて植え込みの陰から飛び出すや、両手を突き出したまま地面を蹴って水絵様に突進しました。そして涸れ井戸に突き落とした……。ええ、私が水絵様を殺したんです。

僕はあまりのことにしばらく言葉も出なかった。

「それでお嬢様が私に朝一番のバスで村から逃げるようにおっしゃったんです」

「……茉莉子さんがその後どうなったかご存知ですか？」

「いいえ。村を出たら、芦田のお屋敷の方はもちろん、村の誰とも一切連絡を取らないようにとお嬢様にきつく言われておりましたから」

僕は栂杁市で調べてきたことをさよさんに話した。

当主の武郎は、介護が終生必要な身となって施設に移り、茉莉子は、通いのおよしが訪ねるだけの屋敷にひとりで暮らした。およしの娘の話では、茉莉子は住職に勧められて写経をして過ごしていたが、やがて少しずつ食が細くなっていった。およしがいくらお医者に診てもらうよう頼んでも聞かなかったという。影が薄くなるように体力も失（う）せ、ちょっとした風邪から肺炎になって亡くなった。二十歳の春のことだった。

「そうですか……」

さよさんはそう答えただけだった。

初めて室内に沈黙が落ちた。壁掛け時計の秒針の音が聞こえた。

静けさを破ってスマホが鳴った。デスクからの着信だった。僕はさよさんにことわって庭に出ると、気持ちの整理のつかぬまま電話を受けた。そして、帰社を急かすデスクに、涸れ井戸の骨は偉智彦の妻の水絵かも知れないとだけ告げた。

ところが、デスクからもたらされた短い情報は、すべてを根底から覆すものだった。

僕は茫然（ぼうぜん）となって電話を切った。足元の地面が傾くような思いだった。

出てきた部屋に戻り、僕は医療用ベッドで身を起こしている老婦人に尋ねた。

「……なんのために、嘘を吐（つ）くんですか？」

彼女は怪訝（けげん）そうな顔で僕を見返した。

「涸れ井戸の白骨死体は、水絵さんじゃない」

老婦人は黙って決然と首を横に振った。

「涸れ井戸で見つかった女性は、経産婦ではない、出産経験のない女性です。水絵さんではありえないんです」

「いいえ、あの遺体は水絵様です」と老婦人は打ち払うように言った。「私が水絵様を涸れ井戸に突き落としたんです」

「社の同僚が県警の捜査幹部から得た未発表の情報です。間違いようがないんです。聡介さんが屋敷に来た年、そこにいた未産婦は二人。茉莉子さんとさよさんです。そして茉莉子さんはその三年後に亡くなっている。行きずりの人間が涸れ井戸に誰とも知れぬ死体を放り込んで行ったのでもない限り、あの遺体は、さよさんです」

老いて薄くなった胸が大きく波打った。

「……あなたは、一体だれなんですか？」

彼女は何かと対峙するかのように答えた。

「あの朝、始発のバスで村を出たさよです」

風呂敷に顔を埋めるようにして始発のバスに乗ったおさげ髪のさよ。十五にしては発育の良かったさよ。茉莉子の上級生のように若く見えたという水絵。夢二の絵のようにやさしく結った髪をおろしておさげに編めば……。

今、自分の眼前にいるこの老婦人は水絵ではないのか。

もしそうなら、あの夜、さよと水絵は入れ替わったことになる。しかし茉莉子はさよを大事に思っていたのではなかったのか。だが、ここにいるのが水絵だとしたら芦田の屋敷を出た後、さよが実家に行方を告げず、父の葬儀も含めて一度も郷里に戻らなかった事実には合点がいく。

「あなたは……」

彼女は微塵も揺るぎのないまなざしで僕を見つめていた。胸の上で組んだ手は、他人の家庭を転々として家事労働を担ってきた女性の半生を思わせた。

「白石さん。私はもう、さよとして生きてきた時間の方がずっと長いんです。あの夏のことを、さよちゃんの身になって何千何万回となく思い返して生きてきた……」

「どうしてそんなことになったんです。あの晩、本当はなにがあったんです」

「……最後だけが、間違いでした」

川野さよと名乗って生きた女性は、死を間近にしてようやく水絵の目に立ち返って半世紀あまり前の夜をそこに見ているように、瞬きもせず口を開いた。

「茉莉子さんがあの子の写真をひと目見て、『この子は、あなたを、お母さんと呼ぶのね』と呟いたあの時、茉莉子さんの中で、私に向かって引き絞られていた復讐の矢は折れてしまった……。幼子から母親を奪うことはできない、茉莉子さんはそういう人でした。さよちゃんが両手を突き出して駆け出してきた時、あの人はほとんど反射的に私を背に庇ったんです。さよちゃんは子供のようにびっくりした顔で両手をつきだしたまま、咄嗟に茉莉子さんを避けようと身を捻った勢いで体が宙に浮いて、虚空に泳いだ手が風鈴を摑んだ次の瞬間、井戸に消えた……」

　水絵さんの乾いた唇が激しくわなないた。

「茉莉子さんは井戸の縁に身を乗り出して、さよちゃん、さよちゃん、と叫ぶと、すぐさま振袖を脱ぎ捨て、納屋にあった縄ばしごを下ろして、襦袢一枚で井戸の底に下りていきました。私は恐ろしさに震えながら茉莉子さんに言われたとおりに大きな懐中電灯で井戸の底を照らしていました。さよちゃんは、お母さんのお腹の中の子供みたいに体を丸めて、あどけないような顔で死んでいました。茉莉子さんはさよちゃんの目をそっと閉じてあげると、おさげ髪のさよちゃんを自分の膝に抱いて、長いあいだ井戸の底で身を裂くような声をあげて泣きました」

　そう話した水絵さんの目尻からも、深い皺を伝って涙が零れおちた。

「そうして、茉莉子さんは井戸から上がってくると、こう言いました。帰る家がないと泣いたさよちゃんだから、ここに柔らかい土を運んで眠らせてあげましょう」

　警察を呼んだところで、さよが水絵を突き落とそうとして転落したとは言えない。二人の女は井戸に釣瓶を掛けると、一晩かけて築山を崩した土を井戸に運びおろしたという。

「あの晩、死ぬべきだったのは、水絵だったんです。さよちゃんは死んではいけなかった。だから夜明け前、茉莉子さんと私は、そうなるはずだったとおりに、さよちゃんに生きて朝を迎えてもらおうと決めたんです。茉莉子さんが暇乞いの短い置き手紙を書き、私はさよちゃんとしてお屋敷を出て始発のバスに乗り、それからずっとさよちゃんの代わりに、川野さよとして生きてきたんです」

　彼女の静かに凪いだ横顔を見つめながら僕は尋ねた。

「つらくはなかったですか……？」

「いいえ。私は、そうやって償うことでやっと生きてこられたんです。最後に、あなたにお話しできてよかった」

　水絵さんは、僕がこの話を記事にする気がないのをすでにわかっているかのようだった。デスクの言うとおり、僕は記者には向いていないのかもしれない。

「白石さんにひとつだけ頼みたいことがあります。お願いできますか」

　僕が頷くと、水絵さんはベッド脇の抽斗から鍵のついた小箱を取り出し、鍵を開けて一枚の古い写真を僕に手渡した。懐紙挟みに挟んでいた写真だとすぐにわかった。格子戸脇に珍しいモザイク模様の玄関灯のある家の前で、千歳飴を持った赤い着物の女の子と、水絵さんらしい和装の女性が寄り添って写っている。あの夜、茉莉子が手に取った写真だ。

「その写真をお持ちになって、誰にも見せずに処分して下さいますか」

これは、長い間さよとして生きながらも、自分の手では破ることも燃やすこともできなかった写真なのだ。僕は、わかりましたと答えて写真を胸ポケットに入れた。そして深く一礼して部屋を辞去した。

三木さんが家の前まで送って出てくれた。

写真の家はもうとうになくなっているのだろうと思った。

僕の育った郷里の家ももうない。

うろこ雲を見上げて、僕はなんの気なく呟いた。

「自分が育った家というのは、なくなってしまっても不思議と覚えているもんですね」

「そうですね」

三木さんも感慨深そうに言った。

「私は祖父母の家で育ったんですけど、格子戸の横にモザイク模様の玄関灯がありましてね。当時は珍しかったんですけど、もうずっと前に取り壊されてしまいました」

僕は驚いて声が出そうになるのをかろうじて堪えた。その同じ玄関が、僕の胸ポケットの写真に写っている。僕は平静を装って尋ねた。

「失礼ですが、三木さんのお母様は」

「母は私が三つの時に離婚して家を出たまま……。よくある話ですけど、祖父母が母の写真を残らず処分してしまったんで、私、顔も覚えていないんです」

三木さんは、水絵さんの娘なのだ。さよと名乗っている老婦人が母であることを、三木さんは知らない。そのまま知ることがないように、自分の死後に三木さんが見ないように、水絵さんはこの写真を僕に託した。

一生、いや、死んでからも、誰からもお母さんと呼ばれないこと。それが水絵さんの、茉莉子さんとさよさんへの償いだったのだ。

僕は三木さんに、お元気でとだけ告げて別れた。

生け垣の緑の光る道を歩きながら、僕はなぜだかふと、茉莉子と水絵とさよが三人で糖蜜のお菓子を食べたという遠い夏の午後を思った。それが、薄い氷が溶ける一瞬の儚い幸福のように思えて胸に沁(し)みた。

消えた花婿

織守（おりがみ）きょうや

1980年ロンドン生まれ。『霊感検定』で第14回講談社BOX新人賞Powersを受賞、翌年に同作が刊行されデビューした。2015年には京谷名義で応募し、後にシリーズ化された『記憶屋』で第22回日本ホラー小説大賞読者賞も受賞している。弁護士のキャリアを活かした『黒野葉月は鳥籠で眠らない』（2015年）などのリーガルミステリー、吸血種が共存する世界を舞台にした『世界の終わりと始まりの不完全な処遇』（2018年）、二人のスケーターの相克を描いた『キスに煙』（2024年）などがある。本作は大胆な仕掛けが見事な本格時代ミステリーの逸品だ。（N）

朝早くから番屋へ呼び出されていた佐吉が、用を済ませて「ふじ家」へ戻ってくると、店の前に駕籠が二挺止まっていた。

「ふじ家」は佐吉の姉のおふじが切り盛りする料理屋で、武家屋敷が近いからお武家の客も来るには来るが、遠くから駕籠をつかって、というような店ではない。時刻は朝五つ、まだ暖簾を出したばかりだ。いったいどんな客が、と覗いたら、客は二組きり。入口近くの床几で茶漬けを食べている下駄屋のご隠居と、奥の小あがりに、町医者の秋高が腰かけているのが見えた。いつも通り、長い髪をゆるく一つに束ねただけの姿だが、着物は裏柳色の着流し姿で、秋高にしてはおとなしい装いだ。

「なんだ、表の駕籠はおまえのか？」

「ひとつはおまえのだ」

どういう意味だと佐吉が問うより先に、「忙しいか」と秋高のほうから問いかけられる。

「いや、一ツ目之橋の近くの川べりで男の腕が見つかったってんで検めてきたんだが、腕だけじゃあ何もわからねえから……身元さがしは仁造さんに頼んで、いったん戻ってきたところだ」

「だったら、こっちにつきあってくれ。佐吉親分を連れてきてくれって頼まれてる」

調理場から出てきたおふじが、いってらっしゃい、と手を振る。機嫌がよさそうだ。秋高に、菓子でも土産にもらったのだろう。時分どきには裏の長屋の大工の女房が手伝いに来てくれることになっているから、佐吉はいてもいなくても、店の忙しさには関係がない。

どこへだ、と尋ねながら、佐吉は秋高とともに外へ出る。休んでいた駕籠かきの人足たちが、立ち上がって駕籠の垂れをあげた。

「深谷宿の先の山中で、死体が見つかったのを知っているか」

「花嫁装束で、首がなかったっていう話か」

昨日、湯屋の二階で、噂話を聞いたばかりだった。芝居にありそうな話だと思ったが、佐吉の縄張のことでもないので、それほど気にして聞いていたわけではない。

聞いちゃあいるが、と佐吉が答えると、秋高は、話が派手になってるな、と呟いた。

「実際は、着ていたのは花嫁衣装じゃねえ。赤い着物だ。

死体は小伝馬町の薬種問屋の一人娘で、日本橋山城屋の跡取り息子と、祝言をあげるはずだった」

　秋高は、佐吉を駕籠に乗るよう促してから、自分も細長い体を折り曲げて駕籠に乗り込む。それから、駕籠かきたちに、「万年屋へやってくれ」と言った。

　大店の息子が大店の娘を嫁にとることになり、二人そろって上方にある本家へ挨拶に行く途中、泊まっていた宿からいなくなった。供の者が探しに出たところ、宿を出てすぐのところにある小山の中で、女だけが首のない死体で見つかった。男のほうは、行方がわからない。

　死体が崖から谷底へ落ちてしまったのをいいことに、男のほうの身内は、宿場の者や役人たちに金を握らせ、二人とも足を滑らせて崖から落ちたのだということにしてしまった。本当のところは、男のほうが、これから自分の妻になろうという女を殺して逃げたに違いない——と、佐吉が聞いたのは、そんな噂だ。

　佐吉の縄張である本所からは二十里ほども離れた中山道の宿場、深谷宿近くの、山中のことだ。死体が見つかったのは五月三日の朝方で、それからたった数日で、本所の湯屋にまで噂が流れてきている。祝言を控えた若い女が首なしになったというどぎつさが、江戸っ子たちの興味を引いているのだろう。

　湯屋の二階でその話を聞いたとき、これは佐吉親分の出番じゃないか、と他の客には囃されたが、佐吉は本所相生町の岡っ引きだ。よそで起きたことにまで、そうそう頭を突っ込んではいられない。

　駕籠になど乗せるから、よほど遠くへ連れていかれるのかと思っていたら、行き先は小伝馬町だった。歩いてもたかが知れている距離だ。

　駕籠は、一軒の大店の前で止まった。

　戸口にかかった紺色の暖簾に、「薬種問屋万年屋」と白い文字が染め抜かれている。二階建ての立派な店構えで、暖簾とは別に看板も出ていた。佐吉は、さきほど秋高が、深谷宿の山中で死んだ女は小伝馬町の薬種問屋の娘だと言っていたのを思い出す。

　自分を呼んだのは死んだ娘の親か、と問いただす間もなく、四十半ばの男が暖簾をくぐって出てきた。地味な色味の、しかし一目でいいものだと知れる一つ紋の羽織を着ている。

　万年屋幸右衛門でございます、と言って男は頭を下げた。丸顔で、愛嬌のある顔つきをしているが、顔色はよくなかった。娘を亡くしたばかりでは、無理もない。

「佐吉親分さん。ようこそいらっしゃいました」

　佐吉は首の後ろを掻いた。二月、三月ほど前までは誰も、岡っ引きになったばかりの佐吉を、親分などとは呼ばなかった。それが、大川の謎の女殺しと、破落戸三人殺しを解決したと評判になったせいで、ときどきそう呼ばれるようになり、佐吉としてはどうにもむずがゆい。もとから佐吉を知っている者は、からかって囃したてるときに呼ぶくらいだが、幸右衛門は本心から佐吉を頼っている様子だ。

「駕籠なんざ用意してもらわなくてもよかったんだぜ」

「とんでもない。お忙しい親分さんをお呼びたてしたんですから」

　幸右衛門は秋高と佐吉を丁重に、店の奥にある座敷へと案内した。

　通りすぎた店の中は薄暗く、薬種の混ざり合ったにおいが漂っている。娘の死体が見つかってまだ七日、ということは、弔いも終わったばかりだろうが、もう商いをしているらしい。何人もの人足が忙しそうに行き来していた。

　店の紋入りの羽織を着た若い男が、壁を覆い尽くすほどの大きさの百味簞笥の前で、番頭らしき男と何やら話をしている。若旦那、と呼ばれているところを見ると、幸右衛門の息子なのだろう。佐吉と目が合うと、ぺこりと頭を下げた。佐吉のことを、大旦那に呼ばれた岡っ引きだと知っているようだ。

　書きつけを持って幸右衛門に近づいてきた半纏姿の男を、背の高い四十絡みの女が呼びとめる。

「大旦那には今お客様が見えていますから、私が聞きましょう」

　男は、はい、大女将さん、と答えてそちらへ向き直った。幸右衛門の妻で、おひさという名前だと、秋高が小声で教えてくれる。

　佐吉と秋高は、幸右衛門の居室だという、奥の一部屋へ案内された。唐紙を開けたとたんに、線香の香りがする。立派な仏壇があり、そこに、線香と一緒に、皿に乗った柏餅が供えられていた。あの包みは、評判の菓子舗のものだ。この時季だけ売り出す、端午の節句の菓子だが、人気なので、その菓子舗では五月の十日過ぎまでは売っている。佐吉も、おふじに頼まれて買いにいったから知っていた。

　佐吉の見ているのに気づいて、「娘の好物だったんです」と幸右衛門が言う。

「雛菓子よりも食べでがあるから、桃の節句より端午の節句を楽しみだなんて言って。男まさりなところのある娘でした」

佐吉は仏壇から、肩を落としている幸右衛門へ目を移した。この数日の心痛のせいだろう、丸い顔の中で、目のまわりがくぼんで見える。

茶菓を運んできた女中が出て行くと、幸右衛門は居住まいを正し、

「わざわざお越しいただいて、ありがとうございます。佐吉親分に、どうしてもお頼みしたいことがあり、秋高先生に無理を申しました」

そう言って深々と頭を下げた。佐吉のほうが慌てるほど深く、畳に額をつけんばかりだ。

佐吉に言われて顔をあげはしたものの、まるでこれから腹でも切ろうとしているかのように悲愴な表情で、唇が震えている。

「深谷宿の先の山中で、首のない姿で見つかった娘の話を、お聞き及びでしょうか」

佐吉が頷くと、幸右衛門は口を開きかけ、何も言わずに閉じた。また開いて、閉じる。小さな目に、みるみるうちに涙が溜まってこぼれ落ちた。

「手前どもの娘の、おれんでございます」

幸右衛門は喉を引き絞ってそう言うなり、身体を二つに折って泣き崩れる。


泣き出して話ができない幸右衛門のかわりに、秋高が佐吉に話したところによれば、こうだ。

先だって、万年屋の一人娘、おれんと、日本橋にある紙問屋山城屋の跡取り息子、伊三郎（いさぶろう）との縁談が決まった。おれんは十九で、こういった商家の娘としてはとうがたっていた。本人が、あれが嫌、これが嫌とわがままを言って、持ち込まれる嫁入り話をことごとく断っていたせいだという。それが、伊三郎に惚れこんで、山城屋になら嫁いでもいいと言い出した。伊三郎は二十三で、あまり評判のよくない男だったが、おれんが望むならと、幸右衛門は山城屋に話を持ちかけた。山城屋は山城屋で、素行のよくない息子に嫁の来手がないのを憂いていたから、あっというまに話がまとまった。もちろん、嫁をとるからには、今後は素行を改めさせると、万年屋に固く約束をしてのことだ。

さて、山城屋は上方に本家があり、伊三郎の祖父の代に暖簾分けをしてもらって大きくした店だ。

おれんと伊三郎は、五月の一日、本家への挨拶のため、

伊三郎の叔父にあたる為次と山城屋の女中を供に連れて、日本橋から上方へ発った。のべ紙に酒、人気の小物問屋で買い求めた扇子や扇子箱、染風呂敷など、山ほどの土産を別送りにして、当人たちは身一つで中山道を通り、日本橋から京都までの旅の予定だった。裕福な大店の若旦那とその許嫁とあって、徒歩ではなく、通し駕籠での道中だ。

旅の一日目は滞りなく終わり、二日目の晩、供を含めた四人は、深谷宿に到着した。深谷宿は、中山道でも特に栄えている、大きな宿場の一つだ。四人は、宿場の外れに宿をとり、酒や料理を運ばせて、小さな宴を開いたという。

しかし、明け方、目を覚ました女中が、おれんと伊三郎がいなくなっているのに気がついた。女中は眠りこけていた為次を起こし、二人を探しに出て、そして、宿を出てすぐのところにある小山の山中で、おれんを見つけた。

山に入っていくと、吊り橋のかかった渓谷の向こう側に、おれんの着物の朱鷺色が見えたそうだ。それで、あ、あそこにいる、と山道を進んで近づいてみると、道が途切れた先、吊り橋のかかった谷を渡った崖の上に、鮮やかな色の着物を着た体が、半分ずり落ちるような形で引っ掛かっていた。

その体には首がなかった。

二人は這うようにして来た道を戻り、助けを呼んだ。

二人とも、吊り橋を渡って向こう側の崖へ行き、死体を確かめようとは思いもしなかったそうだが、彼らの肝が据わっていたとしても、どちらにしろ、向こう側へは行けなかったのだ。後からわかったことだが、このとき吊り橋は片側の縄が切られて、渡れなくなっていた。

慌てて宿場の人びとを起こし、山頭にも声をかけてもらって山の中へ戻ってみると、きわどいところで引っ掛かっていた死体は、崖下へ落ちてしまっていた。大きくはない山だから、谷も目のくらむほどの深さということはないが、斜面は急で足がかりになるようなものがない。谷底に近くなると草木も茂っていて、葉の間から赤い着物が覗いてはいたが、引き上げるのは到底無理だった。

何も知らない者が、谷底の死体だけを見れば、おれんは吊り橋で向こう側へ渡り、足を滑らせて落ちたのだろう、と思うところだ。

しかし、そんなはずはない。死体には首がなかったのだ。

そして、伊三郎は姿をくらませていた。

報せを受けた山城屋の大番頭が早駕籠で深谷宿へとんでいった。伊三郎とおれんの供をしていた二人は、どちらも山城屋の者だから、余計なことは言うなと、大番頭に言い含められたのだろう。それきり口をつぐんでいる。

山城屋は、宿場の者たちにも金を握らせ、伊三郎とおれんが、夜の山に入って足を滑らせたということで話を収めようとした。しかし、話を聞いた全員の口をふさいでまわるわけにはいかない。宿場中で噂が回って、江戸まで届き、数日のうちに広がった。

大店の跡取り息子が、祝言前の花嫁の首を切って殺し、逃げ出したのだと。

「伊三郎は、昔から、無残絵を好んで集めていたそうです。それは私も聞いていましたが、おれんのほうも、人の体を開いたところを描いた本を読んだり、変わったところのある娘でしたから、気が合ったのかもしれないと思いました」

事件のあらましを語るのは秋高に任せていた幸右衛門だが、ようやく落ち着いたのか、秋高が言葉を切ると、顔をあげてぽつぽつと話し出した。

「いい趣味だとは思いませんが、絵を眺めて楽しむぶんには、咎めるほどのことでもないと思っていたんです。でも、後になって——どうも、伊三郎は絵を見るだけでは飽き足らず、自分でも犬猫をつかまえてきて、しっぽを切ったり足を切ったり、目をそむけたくなるようなことをして楽しんでいたらしいと知りました」

山城屋の女中が話していたのを聞いたと、おれんのお悔やみを言いに来てくれた人が教えてくれたのだという。

無残絵といえば、血みどろ絵とも呼ばれる、芝居の中の殺しの場面などを描いた浮世絵だ。おふじにつきあって絵双紙屋の店先を覗いたとき、女を縄で縛りあげて吊るし斬りにしている一枚が売られているのを見かけたことがある。佐吉の趣味ではないが、そういったものを好む客がいるのは知っていた。

伊三郎の行いを知っていた者なら、おれんが首のない死体で見つかったと聞いたとき、すぐに、伊三郎の仕業ではないかと思いついただろう。幸右衛門にその話をした弔問客も、そうだったに違いない。

「そんなことは知らずに、私は……おれんが珍しく乗り気になっているのだからと、この機を逃したら、おれんは本当にどこにも縁づかないままになってしまうと……そう思って、嫁入りの話を進めたんです。跳ねっかえりの娘でしたが、嫁にさえ出せば安心だと」

それがこんなことに、と言ってまたおいおい泣き出すので、佐吉は秋高と二人でかわるがわる宥(なだ)めることになった。

これほど泣いては、ひからびてしまうのではないかという嘆きようだ。秋高が、丸まったその背を片手で支え、まだ手をつけていなかった茶碗をとって手渡すと、幸右衛門はしゃくりあげながら飲んだ。

「首のない死体でも弔ってやりたかったですが、谷底へ落ちてそれもかないません。どうか、どうか親分のお力で、娘の無念を晴らしてやってください」

茶碗を置くと、ふたたび畳の上に手をついて、深く頭を下げる。

佐吉は唸りながら頭を掻いた。

気の毒だとは思う。縄張の外の話であることはこの際横に置いておき、調べてみるのはやぶさかではない。しかし、死体が手の届かない谷底にあって、殺しを見ていた者は誰もいないなか、どうにかして伊三郎のやったことだと突きとめたとしても、本人はとっくに関所を越えている。

佐吉が自分で縄をかけることはできないだろう。それでも、伊三郎が殺したのだという確かなあかしがあれば、奉行所に届け出ることはできる。江戸の外へ出てしまった下手人を追えないことには変わりはないが、いつか金に困りでもして舞い戻ってくるようなことがあれば、そのときはお縄にできる。

「わかった。何ができるかわからねえが、深谷宿へ行って、調べてみよう。おれんさんたちに同行していた山城屋の二人からも、話を聞いてみる」

幸右衛門は何度も礼を言い、ずっしりとした紙包みを袖の中から取り出すと、佐吉の手の中へ押し込んだ。佐吉が何も言わないうちから、「路銀にしてください」と言って、ぎゅっと上から手のひらで包んで握らせる。

今駕籠を呼びますから、と言って立ち上がりかけたところで、気が抜けたのか、泣き疲れたのか、へなへなと座り込んでしまった。

秋高が慌てて支える。佐吉は急いで廊下に出て、女中を呼びとめた。

ちょうど、唐紙を一枚隔てた隣が、寝室だという。女中に寝床の用意を頼み、秋高が幸右衛門を診ている間、佐吉は邪魔にならないよう廊下へ出る。

先に帰ることはせず、店の外で秋高を待つことにした。この間に、店の誰かに話を聞いておきたい。できれば、おれんの身内でなく、奉公人がいい。近すぎると、見えないこともある。

奥には人が少なかったが、表見世のほうへ出ていくと、来たときと同じように、多くの奉公人たちが立ち働いていた。

「薬の数が足りないようなんです。蘭方の……」

「ああ、これは大旦那が、眠れないと言ってのんでいたから、その分をつけ忘れたんでしょう。昨日と、一昨日と。それで数は合うはずですよ」

おひさが手代と話している。娘を弔ったばかりとあって、目元には疲れが滲んでいたが、背筋がしゃんと伸びていた。次々と奉公人たちに声をかけられ、てきぱきと指示を出している。

佐吉は、その気丈さに感心した。主の幸右衛門よりもよほどしっかりしている。

「親分さん、お帰りですか？　駕籠の手配をするようにと言われています」

はしっこそうな若い手代が、佐吉に気づいて近づいてきた。

駕籠は不要だが、秋高が幸右衛門を診ている間どこかで待たせてもらいたいと伝えると、帳場のすぐ脇に小さな座敷があるという。ご案内します、と先に立って歩き出すので、佐吉はその後に続いた。

「おれんさんてのは、どんな人だったんだい」

廊下を歩きながら話しかける。お嬢さんですか、と、佐吉と同じくらいの年ごろだろう手代が応じた。

「跳ねっかえりだなんて、幸右衛門さんは言っていたが」

佐吉に言われて、ううん、と困ったように眉を八の字にする。たとえそうだとしても、手代の立場からは、そのとおりですとは言いにくいだろう。

「まあ、おとなしい娘さんじゃあ、ありませんでしたね。大旦那さんにも、はっきりものを言っていましたし」

「嫁に行きたくないとか？」

そうですね、と手代は認める。

「嫁入り話は、何のかのと理屈をつけて、かたっぱしから断っていたみたいです。でも、店を手伝うためには薬や病気のことを知っていなくちゃいけないからって、難しい本を取り寄せて読んだり、傷に効く草を庭に植えたりして、親孝行なところもありましたよ。大旦那さんは、店の手伝いより、早く嫁に行けなんて言っていましたけどね」

「おれんさんは、店を継ぎたがっていたのかい」

「嫁に行かないなら、店を手伝うしかないって思っていたんじゃないですか。でも、お店には若旦那夫婦がいますからね」

おれんの兄だ。それでは、おれんが婿をとって家を継ぐということにはならないだろう。

しかし、おれんは、本当は、家を出たくなかったのだろうか。

「それがどうして、山城屋の若旦那には嫁ぐ気になったんだろうな。そんなにいい男だったのか」

「それがまるでわかりません。ちょっと前までは、医者の浅葉(あさば)秋高先生のことを気に入っていたみたいでしたけど……ふられちまって、鞍替えしたんですかね」

おれんは、用もないのに秋高の診療所へ通ったり、往診を頼んだりしていたという。これは初耳だった。秋高が幸右衛門に頼まれ、佐吉にこの話を持ってくることになったのも、そういう経緯(いきさつ)があったからなのかもしれない。

おれんは、親の持ってくる嫁入り話は断る割に、気が多い娘だったのか。

「お嬢さんには何年も身の回りの世話をしている女中がいましたから、嫁入りのときも、挨拶の旅にも、ついていくもんだと思っていたら、世話役の女中はあっちの家が用意するってことになって。嫁に来るなら実家(さと)のことは忘れろってことなんでしょうかね。お嬢さんも、あっさり承知したそうですよ。あの気の強いお嬢さんが、文句ひとつ言わず向こうの家に染まろうなんざ、こりゃあよっぽどあちらさんに惚れてるんだと……」

「伊三郎も、縁談には乗り気だったのか」

「そう思いますよ。向こうだって、嫁の来手がなくて一人でいたわけですから」

手代は、商談部屋に佐吉を案内すると仕事へ戻ってしまったが、少しすると、若い女中が茶を運んできた。すぐに出ていこうとするのを呼びとめ、幸右衛門に請われておれんの件を調べていると伝える。話を聞かせてほしいと頼むと、女中は頷き、佐吉の正面に膝を折って座った。

「おれんさんのこと、聞いているかい」

「はい。首を切られたなんて、おそろしくって、話を聞いた夜は眠れませんでした」

物怖じしない娘だ。背すじを伸ばし、顔をあげ、両手を膝の上に置いて答える。

「昨日、お葬式をあげたばかりなんです。番頭さんが深谷宿まで行って、帰ってくるのを待っていたので。でも、もう今日からお店を開けていて……何事もなかったみたいに皆働いていて。仕方のないことなのかもしれませんけど」

山城屋に先を越されはしたものの、万年屋も深谷宿へ人をやってはいたようだ。死に方については、山城屋の言い分に納得しないにしても、とにかくおれんが死んだことを確かめ、亡骸のないまま葬式をしたのだろう。

「大旦那は、随分こたえているようだったが」

「はい。若旦那さんも、報せを聞いて真っ青になっていました。でも、大女将に、あなたがしっかりしなくてどうするんですなんて言われて、無理をして大旦那さんの代わりを務めているんです」

佐吉は思わず、開いたままの唐紙の向こうに目をやった。この小座敷は、帳場のすぐ脇にある。自分から話してくれるのは助かるが、こうもはきはきと話していては、帳場にいる誰か、それこそ若旦那本人にでも聞こえるのではと心配になる。表見世は忙しくて、それどころではないのかもしれないが。当の女中は気にする様子もなく続けた。

「大旦那さんは、もともと入り婿なんですよ。大女将にとっては、お実家が一番大事で……結局のところ、跡取りの息子がいればよくて、娘のことはどうだって、とは言いませんけど、やっぱり扱いは違いますよね。お嬢さんが、あんまりかわいそうです」

眉根を寄せてうつむく。おれんに同情しているらしい。やはり、表見世に出ている手代より、女中のほうが、内の事情には通じていそうだ。

「伊三郎との縁談について、おれんさんから何か聞いているかい」

「あたしは奉公人ですから、大したことは聞いちゃいません。いい人が見つかって嫁ぐことになった、というくらいで……」

「おれんさんのほうが望んでの嫁入り話だったと聞いたんだが」

「ぞっこんだったそうです。どこがよかったのかわからないけど」

「おれんさんは、どこで伊三郎を見初めたんだ」

「さあ……芝居見物か何かで見かけたと聞いた気がしますけど、よく知りません。あたしも、おまささんから聞いただけなんです」

おれんの身の回りの世話をしていたという女中だ。

「そのおまささんからも話を聞きたいんだが」

「おまささん、実家に帰ってしまったんです。おっかさんの具合がよくないらしくって……ついこの間まで、看病のために宿下がりしていたんですけど、戻ってきてすぐ、お暇をもらって」

おまさの実家は、佐久の貧しい村で、親戚を頼って、江戸へ奉公の口を探しに出てきたらしい。店にとっても、おれんがいなくなってしまっては、世話係はいらなくなる。大女将は、引き留めることもなく、あっさりと申し出を受け容れ、おまさはおれんの葬式を終えてすぐに出立したのだという。佐吉とはちょうど入れ違いになってしまった。

「おまささんは、もともと、お嬢さんがお嫁に行ったら、やめるつもりだったのかもしれません。去年の今ごろ、妹を亡くして、沈んでいましたから。実家のおっかさんのそばに戻りたいって、そのころから思っていたんじゃないでしょうか」

話し終えて女中が部屋を出ていくと、入れ違いに秋高が来たので、帳場の若旦那に断って佐吉も店の外へ出る。

日本橋の表通りはにぎやかだ。もう昼餉(ひるげ)どきだから、今ごろおふじも忙しくしているだろう。佐吉が帰りつくのは、ちょうど客が減り始めるころだ。

歩きながら、「おれんは相当な跳ねっかえりだったらしいな」と佐吉は口を開いた。父親も奉公人も、口をそろえて、気の強い娘だったと言っていた。

「伊三郎に惚れる前は、おまえに執心していたって聞いたぜ。体が悪いわけでもねえのに、おまえを呼びつけたり、住まいまで通っていったりしていたって話じゃねえか」

「あの娘は医者に憧れていただけだ。俺にじゃあねえよ」

物言いはきついところもあったかもしれないが、頭のいい娘だったよ、と秋高は答える。

秋高から見てもきついところがあったというなら、やはり気の強い娘ではあったのだろう。もとより、あれだけの大店の娘なら、多少わがままで権高なところがあってもおかしくない。しかし、それだけでは、殺される理由にはならない。大店の箱入り娘には、深く恨まれるほど、店の外の人間とかかわる機会はないものだ。

伊三郎のほうはどうだと佐吉が尋ねると、秋高は腕を組んで眉根を寄せた。

「噂程度だけどな、悪い話しか聞かねえ。店の女中に手をつけたとか、犬猫をつかまえてきていじめているとか、無残絵にかぶれてその真似事をしたがって、置屋の女と揉めたとか」

「そんな話、どこから」

「有田屋(ありた)から聞いた。山城屋の女中が話していたんだと」

有田屋は、日本橋にある人気の小間物問屋だ。小売りもやっていて、客は武家の奥方から町娘まで幅広く、店先に立つ若旦那の直太郎(なおたろう)は話し上手の聞き上手だから、江戸中の噂を知っている。

「そうすると、首を切ったのは、単に伊三郎の趣味ってことか」

「かもなァ」

「それにしたって、何も、旅の途中に、祝言を控えた許嫁を殺すことはねえだろう。どうしても殺してみたいっていうんなら、たとえば、身よりのない女を探して……自分がやったとは気づかれないようにするんじゃねえか」

　そうとも限らない、と秋高は医者らしく首を横に振った。

「どこの誰ともわからない女じゃなく、大店育ちのお嬢さんだからこそ殺してみたかったのかもしれねえぜ。そういうのは、病みたいなもんだ。自分じゃあ抑えられねえ」

　大店の跡取りという立場を棒に振ってまで、女一人を楽しみのためだけに殺し、江戸を逃げ出すというのは、佐吉には理解ができない。しかし、それが病のようなものだとすれば、ないとは言えない。

　いよいよ、下手人が伊三郎なのは間違いがなさそうだ。

　おれんを殺した後、本家を頼って、上方へ逃げたのだろうか。道中のどこかの藩の城下町に潜んでいることも考えられる。

「死体が谷へ落ちたおかげで、二人して足を滑らせたってことになってるからな。このままじゃあ、殺しがあったことじたい、なかったことにされちまう。親としちゃあそれは我慢がならねえだろう」

　山城屋が必死になって事件を隠すのは当然だ。息子が嫁を殺めたことが知られたら、山城屋の主は家長として家内仕置不行届を咎められ、牢へ入れられたうえ、店もお咎めを受けて闕所となり、身代すべてを召し上げられてもおかしくない。

　一方で、これでは娘が浮かばれないと幸右衛門が思うのも、当然のことだった。

「しかしなァ、人気のない夜の山の中でのことで、供の二人は口をつぐんでいる、死体の検めようもないとあっちゃあ、何ができるか……」

　深谷宿のほうも気になるが、まずは伊三郎たちに同行していた山城屋の二人から話を聞きたかった。しかし、下手人は店の跡取り息子、彼らは固く口止めされているはずだ。どうやって口を開かせるか。

　この後往診の予定があるという秋高と、両国橋の手前で別れ、よい考えも浮かばないまま佐吉が「ふじ家」に帰ってくると、調理場の脇の板の間で、下っ引きの仁造が菜飯を食べていた。

　佐吉は、大川べりに腕のほかに流れついたものがないか、仁造に探してもらっていたのを思い出す。このわずかな刻で、もう何か見つけたらしい。もとは佐吉の父、義平の下っ引きだった仁造は、佐吉よりよほど経験豊富だ。

仁造は、佐吉に気づくと、ちょうど食べ終わったらしい茶碗と箸を置き、頭を下げた。

「中之橋近くの川っぺりで、男の足の先と、首が見つかりました」

「首か」

あの腕の持ち主だろう。これで身元がわかる。

誰のものかと佐吉が尋ねるより早く、仁造は言った。

「山城屋の若旦那の、伊三郎です」

＊＊＊

足と首とは近い場所で見つかり、そろって近くの番屋に運び込まれたという。

佐吉は、幸右衛門からもらった金のなかから、多めの路銀を仁造に渡し、深谷宿へ行ってもらうことにして、自分は番屋へと向かった。

その番屋は日本橋の表通りにあり、「ふじ家」のある相生町からは少し離れている。佐吉が着いたときには、山城屋の番頭だという男が先に来ていて、首を検めた後だった。定番が、たまたま伊三郎の顔を知っていて、山城屋へつかいが走ったらしい。

番頭は入口近くに立って、定番と何やら話している様子なので、自分も首を見せてもらおうと佐吉が番屋の中へ入ると、正面の板の間に男が寝かされていた。

川からあがった死体かと思ったら、番頭とともに首の身元を確かめに来た山城屋の主の弟、為次だという。甥の首を見て卒倒したらしい。

小心なうえ、血が苦手なんだそうですよ、と番屋の書役が気の毒そうに言った。

「例の、山の中の死体を見つけたのも、この人だそうです。女中と一緒に同行していたんだとか。身内だから検め役に選ばれたんでしょうが、山城屋さんも、血が苦手な人をよこさなくたっていいのに」

首は為次から離れたところに置かれ、筵（むしろ）がかけられていた。番頭のほうはしっかりしていて、若旦那に間違いありません、と定番に話すのが聞こえてくる。

佐吉は書役にことわって、筵をめくった。

細面の、若い男の首だ。すっかり血の気を失って、作り物のようだった。目を閉じて、口はへの字に曲げている。川に捨てられていたにしては、それほど傷んでいないように見えた。

傾けてみると、首の切り口には、何度か刃を打ち込んだらしい痕があり、乱暴に切断されたようだ。首の隣に足もあったので検めたが、こちらも似たようなものだった。確か、腕も同じような切り口だったはずだ。

為次がううん、と唸り声をあげたので、佐吉は首に筵を被せ直した。

「大変な目に遭いなすったね。おれんさんの死体も、あんたが見つけたんだろう」

為次に近づいて、体を起こすのに手を貸してやる。為次は、青い顔で礼を言った。

「ええ、もう……ひどいありさまで……」

言いさして、はっとしたように口をつぐむ。口止めをされていることを思い出したのだろう。佐吉は、そうか、と頷くだけにしておいて、為次に肩を貸し、番屋の外へ連れていってやる。

死体から離れ、外の空気を吸うと、為次の表情の強張りがようやく薄らいだようだった。

定番と話していた番頭が振り返り、佐吉に代わって為次を支えた。

「為次さんは具合が悪そうだ。駕籠を呼ぼうか」

「ありがとうございます。駕籠なら、そこに待たせてありますんで」

番頭が、丁寧に言って、番屋の横の壁際を示した。見れば、駕籠かきが二人、暇そうに立っている。

「為次さんは、店に戻っていてください。私は、ご検視のお役人様にご挨拶だけして戻ります」

そうさせてもらうよ、と為次はありがたそうに言った。番頭が一挺だけ駕籠を待たせておいたのは、為次がこうなると見越してのことだったのかもしれない。

佐吉は、まだふらついている為次が駕籠に乗るのに手を貸してやった。

「俺は、須永与一郎(すながよいちろう)様に手札をいただいてる岡っ引きの佐吉ってもんだ。また改めて話を聞かせてもらうよ」

伊三郎が下手人ではなく、殺された側となれば、山城屋も話を聞かせてくれるはずだ。

為次の駕籠が去ってからしばらくして、先に見つかった腕も、同じ番屋に運ばれてくる。検視役の手間を省くためだろう。

ほどなくして、山城屋が手配したらしい駕籠に乗って、検視役が到着した。北町奉行所の同心で、四十過ぎ、検視に長けているらしく、こういうときにはよく駆り出されてくるから、佐吉も顔を知っている男だ。佐吉は、隅に控えて頭を下げる。向こうも、佐吉を見知っていて、検視の間、追い出さずにいてくれた。

「生きている者の腕を切ったのか、死んだ後で切ったのか、わかるもんですか」

「わからぬな。しかし、一太刀に断ったような傷ではない。この切り口を見る限り、死んだ後ではないか。暴れる者を押さえつけて切ったなら、まわりにもっと細かい傷がつくだろう」

念入りに腕を検分しながら、佐吉の問いにも答えてくれる。

同心が言うには、いずれも、切り落とされてから五日から七日ほど経っているだろうということだった。伊三郎が深谷宿から消えた時期と一致する。腕だけが水に浸かって大分傷んでいるが、首と足はほとんどふやけていないから、川に捨てられてすぐに岸辺に流れついたか、もともと水のなかではなく草の上に捨てられたかではないかともいう。

腕と首と足だけしかないから、検視はすぐに終わった。番屋から出た同心に、外で待っていた番頭が深々と頭を下げ、紙の包みを差し出すのが見えたが、佐吉は気づかないふりをする。

これだけ早く検視が行われたのは、山城屋が役人に金を渡したからだろう。伊三郎の死体はこのまま山城屋が引き取るようだ。

山城屋の人足たちが駆り出され、暗くなるまで川べりをくまなく探したが、結局、ほかに、伊三郎の体の一部らしきものは見つからなかったそうだ。大川の底に沈んだか、もう流れていってしまったのかもしれない。

翌日、山城屋は伊三郎の葬式を出した。佐吉は、少し離れたところからその様子を見物した。

人足たちが担いでいるのは、早桶ではなく、立派な寝棺だ。中に入っているのが首と、左腕と、右足首から先だけであることを、佐吉は知っている。軽い棺を肩に担いだ人足たちは、しずしずと寺へ向けて出発した。

見送る人びとの中で、伊三郎の母親らしい女だけが泣いていた。

＊＊＊

伊三郎の弔いの翌日、佐吉は山城屋を訪ねた。

店先に暖簾が出ていない。大戸は半分閉ざされて、裏返した簾(すだれ)がさがっている。簾には、忌中と書いた紙が貼ってあった。

佐吉が半分開いた大戸から中へ入って声をかける

と、一昨日番屋で会った番頭が出てきた。佐吉の顔を覚えていたようで、岡っ引きの親分さんですね、と言われる。話が早い。

山城屋は、これまでは奉公人たちに口止めをしていたようだが、それは伊三郎がおれんを殺して逃げたと思っていたからだ。息子が下手人だと思ったからこそ、二人とも崖下に落ちたことにして事を収めようとしたのであって、伊三郎も殺されたとなると話が違ってくるはずだった。

伊三郎とおれんを殺した下手人を見つけるために、旅に同行していた二人から話を聞きたいと佐吉が申し出ると、番頭は奥へ取って返し、主人の許可をとってきてくれた。伊三郎の母親は伏せっていて、主人はそれに付き添っているそうだが、奉公人たちには、好きに話を聞いてもらってかまわないという。

おれんと伊三郎に同行していたのは為次と、おちかという名前の女中で、今は土蔵の掃除をしているらしい。佐吉は番頭に連れられて、台所脇の土間を通り、店の裏手の、大きな土蔵が二つ並んで立つ庭へ出た。

番頭が、庭に面した部屋の障子の前に立ち声をかけると、中から為次が出てきて、佐吉を見てあっという顔をする。

さらに番頭は、土蔵を覗いて小柄な女中を一人連れてきた。

「おちかです。何でもお聞きください。私は帳場におりますので、何かありましたらお声掛けください」

見世を閉めていても、仕事はあるようだ。立ち会うつもりかと思っていたら、番頭は一礼をして戻っていった。

そのまま、土蔵の見える縁側で二人から話を聞くことにする。

佐吉は、伊三郎とおれんを殺した下手人を捜していることを改めて伝え、二人に、おれんの死体を見つけたときのことを詳しく話してほしいと頼んだ。

おちかは、戸惑った様子だったが、言われたとおり話し出す。

「深谷宿に着いた後、四人で夕餉をとりました。若旦那さんと、為次さんは、お酒を飲んで……私はおれんさんと、為次さんは若旦那さんと同じ部屋で眠りました」

しかし、夜明け近くに、ふとおちかが目を覚ますと、おれんの姿がなかった。布団も冷たくなっていたので、隣の部屋を覗いてみたら、伊三郎もいなくなっている。慌てて為次を起こして周辺を探したところ、山へ入っていく道の入り口におれんの紅板が落ちているのが見つかったのだと、おちかは言った。

「これから夫婦になるのだから、二人きりで過ごしたいだけかもしれないと思ったんですけど、なんだか嫌な感じがしたんです。それで、もう少し探してみようと思って」

そして為次と二人で山道に入り、崖に引っ掛かった、首のない死体を見つけたのだ。

おちかは悲鳴をあげ、為次はその場で腰を抜かした。

「間違いなく、おれんさんでした。着物もですけど、身体つきの感じで……一目見てわかりました」

横で聞いていた為次は、そのときのことを思い出したように身震いする。

「よく腰を抜かすだけで済んだな。血が苦手なんだろう」

「まったくです。前の晩に深酒しすぎたのか、ただでさえ、頭がふらふらしていたところで……あれだけ離れていなければ、目を回していましたよ」

おちかが、為次さんを宿まで引っ張って戻るの、大変だったんですよ、と呆れたように言った。

「でも、本当に、目を回さなかっただけ、よかったほうです。為次さん、自分がけがをして血を出しただけでも、青くなってしまうんだもの」

為次の肝が小さいことは、店の者なら皆知っていることらしい。

谷を隔てた向こう側のおれんの死体は、二人とどれくらい離れていたのかと佐吉が問うと、おちかと為次は、庭の端から端までを指した。その距離なら、着物の色柄もよく見えるだろう。

「おれんさんの死体を見たのは、おまえさんたちだけなんだな。人を連れて戻ったときは、崖下に落ちていたんだから……おれんさんの首がなかったことは、どうして広まったんだ」

「それは、たぶん……お店から口止めをされる前に、その、驚いて、宿場の人たちに話してしまって」

「私も、人を呼びに行ったとき、首がない、と口走ったような気がします」

おかげで、万年屋は、おれんが殺されたと知ることができたのだ。それがなければ、山城屋によって、おれんは自分で足を滑らせて落ちたことにされてしまうところだった。

佐吉が伊三郎とおれんについて尋ねると、為次とおちかは「どうしよう」というように顔を見合わせた。

「今度のことは、若旦那とおれんさんを恨んでいるやつのしわざだろう。二人が人に恨まれるようなことをしていたか、知っておきたいんだ」

大旦那には、おまえさんたちから話を聞いていいと言われているから、と佐吉が付け加えると、ようやくおちかが口を開く。

「おれんさんは……まだ、嫁いでくる前でしたから、よくわかりません。きびきびした人でした。若旦那さんは……」

そこで口をつぐんだ。主人の許しがあるといっても、言いにくいことなのだろう。

「何か、嫌な思いをしたか」

「女中仲間の一人が……酷い目にあって。そういうことは、ほかにもあったようで……耐えられなくて、実家へ帰った者もいると聞いています」

佐吉に促され、そう話してくれる。

「その女中から話を聞けるか」

おちかは首を横に振った。

「もういないんです。……一年ほど前に、大川に身を投げて」

ぎゅっと唇を噛んでいる。

為次が、「そういう娘は一人や二人ではありません」と後を引き取った。

「お恥ずかしい話ですが、店は娘や親たちに金を渡し、因果を含めて、伊三郎を守ってきました。そのせいで、伊三郎はいつまでも、行いを改めず……」

悔やむ口調で言い、眉根を寄せる。

「恨んでいる者のしわざだと言われても、心当たりが多すぎます。恨むというわけでなくても、このまま山城屋を継がせていいものかと、店のことを心配していた者もいますから」

為次もその一人ということか。しかし、大旦那の弟という為次の立場では、兄やその跡取りの伊三郎に、強くは出られなかっただろう。婿入り先もなく、暖簾分けもしてもらえない商家の次男坊の立場は弱い。まして、奉公人たちは、無体を強いられても、涙をのんで耐えるしかない。

「若旦那は、無残絵が好きだったそうだな」

「はい。女将さんが嫌な顔をするので、最近では蔵座敷に持ち込んで、眺めていたようです」

おちかが、目の前の庭に立つ蔵のうち、左側を指して答えた。さっきまで、おちかが掃除をしていた蔵だ。道具類を入れてある蔵だが、その二階に座敷を作ってあるという。

佐吉が見せてくれと頼むと、おちかは頷いて歩き出した。為次も、沓脱ぎにそろえてあった下駄をひっかけて縁側から下り、ついてくる。

掃除の途中だったためか、蔵の扉は開いたままだ。

蔵の中はひんやりとしている。一階にはたくさんの木箱や、大きな甕(かめ)や、行李などが積んであった。丸めた簾や、筵、古い箪笥まである。

ところどころに、掃除のためにおちかが物を動かしたらしい跡があった。

出入口の扉の脇には、汚れた布にくるんだ何かが置いてある。

「若旦那さんのものです。大旦那さんに、研ぎに出しておくようにと言われていました」

佐吉が見ているのに気づいておちかが言う。佐吉は、屈みこんで布を開いてみた。包まれていたのは、汚れた道具箱だった。中に入っているのは、柴を刈るのに使うような鉈(なた)と、鋸(のこ)だ。

焚きつけの木を切るためのものだとしたら、紙問屋の蔵にあってもおかしくはないが、おちかは、伊三郎のものだと言った。佐吉が鋸を手にとって眺めてみると、ぎざぎざとした歯の下のほう、持ち手との境目あたりに、赤黒い汚れがついている。

「ときどき、猫や犬の子を捕まえてきて、いじめ殺していたようです」

佐吉が為次とおちかを振り返ると、おちかが、静かな声で言った。

「女中が、袋に猫のしっぽが何本も入っているのを見つけたこともありました。そのときは、大旦那さんに言われて袋ごと庭で燃やしていました」

研ぎに出す、ということは、つまり、伊三郎のいかがわしい行いのあかしを消そうというのだ。山城屋は、息子のおぞましい遊びを知りながら、見て見ぬふりをしていたわけだ。

よく見れば、土間の隅にも、血がとんだような黒ずみがある。蔵の中が、とたんに忌まわしい場所に思えてきた。

「おゆうちゃんが、泣きながらここから出てくるのを見たことがあります」

両手を握りしめ、おちかはうつむいて言った。おゆうというのが、伊三郎にひどい目に遭わされたという女中だろう。

「奉公が辛くて身投げしたということにされましたけど、本当は、若旦那に手込めにされたせいだって、皆知っているんです。おゆうちゃんは、おなかに、若旦那の子どもが」

　おちかが喉をつまらせる。伊三郎というのは本当に、佐吉の思っていた以上にろくでもない男だったようだ。

　こうなれば、その女中の死も、本当に自死だったのかすらわかったものではない。そう思ったが、この場には伊三郎の叔父の為次もいる。口には出さなかった。

　おゆうのほかにも同じような目に遭った娘がいるのなら、その娘の身内や、本人、友達と、伊三郎を殺したいと思っていた者は店の中にも外にもいくらでもいるだろう。為次も言っていたとおり、恨んでいた者を挙げていってもきりがない。

　それよりも、五月二日に深谷宿まで行って、伊三郎とおれんを殺すことができたかどうかを考えたほうがいい。一番怪しいのは、何といっても、その夜に深谷宿にいたこの二人、おちかと為次だ。おちかはおゆうと仲がよかったようだし、大旦那の弟の為次は、伊三郎がいなければ店を継げるかもしれない立場だった。殺す理由はありそうだ。

　しかし、離れたところからおれんの死体を見て腰を抜かし、伊三郎の首を見て卒倒した為次が、死体の首を切ったり、ばらばらにしたりできたとは思えない。おちかにしても、女の細腕で、二人を殺して首を切るというのは無理がある。

「二人が死んだ日の夜、若旦那についていっていたおまえさんたちのほかは、山城屋の奉公人たちは皆店にいたのか」

「そう思いますよ。見世は開けていたはずですから」

　為次が答えた。

「私たちはその日、いなかったので、絶対とは言えませんが、番頭に訊けばわかると思います」

　深谷宿までは、歩いて丸二日かかる。伊三郎を殺したいほど恨んでいた者がいるとしたら、まずは手酷く扱われた奉公人か、その身内だろうと思っていたが、山城屋の奉公人たちには、伊三郎たちを殺すことはできなかったということだ。

「おれんさんは気の毒でしたが、伊三郎があぁなったのは……仏罰がくだったんじゃないかと、私なんかは思いましたよ」

　蔵を出るとき、為次はそんなことを言った。

「兄の前じゃあ言えませんがね。人を踏みつけにして、犬猫を殺して……おゆうのことだって」

　辛そうに蔵の中を振り返り、それからすぐに目を伏せる。

「本当に、かわいそうなことをしました。よその店で奉公している姉さんが一人いましてね、遺品を引き取りに来たときに見かけましたが……胸の潰れそうな悲しみようで」

おまささんと言ったかな、とぽろりとこぼしたのを、佐吉の耳が拾う。

「おまさだって？」

ついこの間、聞いた名前だ。

佐吉が訊き返すと、為次は驚いたように瞬きをして頷く。

「ええ。万年屋……おれんさんの実家の奉公人ですよ」

ここでその名前が出てくるとは思わなかった。

おれんの世話係であり、伊三郎に手ごめにされたおゆうの姉でもあるなら、おまさは、死んだ二人ともにかかわりがあったということだ。そして、二人が死んだときは、宿下がりで店にいなかった。おまさには、深谷宿へ行き、二人を殺す時間があった。

しかし、伊三郎はともかく、おれんを殺す理由がおまさにあったかどうか。おれんは気の強い娘だったようだから、奉公先できつく当たられたことはあったかもしれないが、それくらいで、殺したいとまで思うものだろうか。

しかし、できたかどうかだけを考えるなら——誰かの手助けがあれば、女のおまさにも、二人を殺し、首や手足を切ることができたはずだった。

＊＊＊

深谷宿から帰ってきた仁造によると、宿場の者から聞き出すことができたのは、伊三郎は気前よく酒や料理を取り寄せていたとか、男衆と女衆は別々の部屋に寝ていたとか、夜明け前におちかが飛び込んできて、山の中へ入ったが、死体は崖下へ落ちた後だったとか、すでに為次とおちかから聞いていたことばかりだった。

仁造が宿場の者に確かめたところ、吊り橋は、宿場側の縄が切られていたという。ということは、下手人は、吊り橋を渡った向こうへ逃げたわけではない。

これは、予想していたことだった。伊三郎の首は江戸で見つかっているのだから、下手人は江戸まで引き返してきたはずだった。

色々なことの裏づけがとれたのはよかったが、特に新しく得たものはなかった。

報告に来た仁造をねぎらい、飯を食わせ、銭を握らせて勝手口から見送ったところへ、秋高が訪ねてきた。

ちょうど夕餉のかきいれ時だったので遠慮したのだろ

う、表から入らず、勝手口のほうへ回ってきてくれる。今日は、袴をつけず、水浅葱色に裾模様のある単衣姿だった。いつもの派手で、気軽な形だ。

「どうだァ、調子は」

土産らしい、酒屋の徳利を掲げて見せてくれる。

「よくはねえな」

佐吉は答えて、茶碗を二つ出し、板敷きの上に腰を下ろした秋高に一つ手渡した。佐吉も軽く腰をかけ、まず秋高の茶碗に酒を注いでから、自分の茶碗にも注ぐ。

ぐいと一口飲んで喉を湿らせ、佐吉はこれまでに調べたことを秋高に話した。

万年屋でおれんの世話をしていたおまさが、身投げした山城屋の女中おゆうの姉だったこと、おまさは、伊三郎たちが死んだ日は佐久の実家へ戻っていて、二人の死の報せの後で万年屋へ戻ってきたことを聞くと、秋高は茶碗酒に口をつけながら眉をあげる。

母親が病気とはいえ、それだけ長く宿下がりを許すというのは、奉公人に対してかなり寛大なふるまいだ。万年屋は、まさか、おれんが二度と戻ってこないとは思わず、おれんが旅に出ている間に、と世話係のおまさに宿下がりを許したのだろう。

「おまさには、深谷宿までひそんで行き、夜の間に二人を殺すこともできたってことだな」

「ああ、深谷宿は江戸から佐久までの通り道だから、どうとでもなる。おれんについていた女中だから、おれんのことは連れ出せただろうし……」

「伊三郎のことも、飯盛女のふりでもすれば、宿の外まで呼び出せそうだな」

宿場町に飯盛女はつきものだ。女好きの伊三郎のことだ、隣の部屋に許嫁がいても、宿を抜け出してついていくくらいのことはしただろう。夜、男を山の中へ呼び出すなら、女のほうがやりやすい。しかし、殺すとなると、話は別だ。

「呼び出せたって、おれんはともかく、大の男を殺してばらばらにするなんて、女一人の力じゃあ無理だ。仲間がいねえと」

佐吉はがりがりと頭を掻いた。

「だいたい、なんだってわざわざ死体をばらばらにしたり、首をとったりしたのかがわからねえ。伊三郎のことは、殺しても殺し足りなかったのかもしれねえが、おれんの首まで」

伊三郎の趣味をなぞったようにも見える、酷い扱いだ。

憎い相手の許嫁だからといって、そこまでする意味があるとは思えない。

「最初は、おれんを無残絵のような死体にすることで、伊三郎のしわざだと思わせたかったんじゃねえかと思ったが……」

「伊三郎の死体が見つかっちまったんじゃあ意味がねえな」

秋高が、腕を組んで言った。

「ふつう、首をとるのはあかしのためだ。間違いなく、討つべき相手を討ちましたよと、誰かに見せるためだな。仇討ちをした相手の首を持ち帰って、誰かの墓前に供えるとか」

今ごろおれんの首は、塩漬けにされて、どこかの誰かの墓にあるのだろうか。まさか。佐吉は首を横に振った。

「仇討ちで女の首をとるなんて、聞いたこともねえ」

そうだなと、秋高も頷く。

「おまえはどう思う」

佐吉が水を向けると、秋高は腕を組み、考えるそぶりで空のたらいに目をやった。

「首を切るのは、骨の折れる仕事だ。意味もなくやったとは思えねえ。伊三郎の首を切ったのも、切らなきゃならねえ理由があったはずだ」

自分の考えをまとめるように、佐吉のほうは見ないで話し出す。

「俺が人を殺めて、ばらばらにするとしたら……たぶん、運んだり、捨てたりしやすくするためだと思う。そうすりゃあ、目立たねえし、分けて運べるだろう。今回の殺しは、一人でやったこととは思えねえ。何人かで、少しずつ死体を荷の中に隠し持って運んだのかもしれねえ」

なるほど、道理だ。

伊三郎は深谷宿で姿を消して、大川べりで死体が見つかった。検視役の同心は、首も足も、長く水に浸かった様子はないと言っていた。ということは、深谷からの道中で川に投げ込まれたものが本所まで流れついたのではない。下手人は、本所近くの川べりまで、ばらばらにした死体を運んできて、捨てたのだ。

「伊三郎をばらばらにしたのは、死体を山の中から持ち出して、人の目につくところへ捨てるためか」

「そうじゃねえかと思う。おれんの首を切ったのは、目くらましのためじゃねえか。伊三郎の死体だけをばらばらにしたんじゃあ、目立つからな。二人とも首を切られていたら、皆、下手人は、理由もなくそういうことをするやつなんだと……それこそ無残絵の真似事をしたかったんだろうと思う」

　それも筋は通っている。しかし、そうだとしても、わからないこともあった。

「どうして伊三郎の死体を川べりに捨てなきゃならなかったんだ。下手人が誰にしろ、そいつは伊三郎を深谷宿で殺した後、二日もかけて運んできたわけだろう」

　伊三郎の腕や首が川べりにあがったのは、おれんの死体が見つかった七日後だが、検視をした同心が、死んだ後五日から七日は経った死体だと言っていたから、伊三郎はやはり、おれんと一緒に殺されたのだろう。下手人は、深谷宿で伊三郎を殺した後、首や手足を、わざわざ江戸まで運んできたということになる。

「誰かに見せようとしたのかもな。思いつくのは、山城屋の大旦那たちか……」

　秋高の答えに、佐吉はなるほどと頷いた。見せしめ、ということか。息子の所業に気づいていながら、咎めるどころか、揉み消してきた山城屋に対して、見せつけるつもりで、あえて首を晒してやったのか。そうだとしたら、気持ちはわからなくもない。

「けど、首が見つかったのは、死んだ後七日も経ってからだ。首と足は、水に浸かった様子もなかった。二日かけて江戸まで運ばれて、五日の間ずっと川べりにあって、誰も気づかなかったってわけじゃねえだろう」

　傷み具合から考えると、腕のほうは、川へ捨てたものが岸辺へ流れつくのに時間がかかっただけかもしれない。何日か水に浸かっていたらしく、かなりふやけて腐ってもいた。しかし、首や足は、そうではなかった。おそらくどこかに隠されていたのだ。下手人はそれを、後から川べりに捨てた。

「山城屋に見せたかったなら、なんで殺してすぐ人目につく場所に捨てなかったんだ」

　佐吉の問いに、秋高はまた、考えるそぶりを見せる。

「おれんの死体と同時にじゃなく、後に見つけてほしかったとか……」

「何のために？」

　秋高は、ただの思いつきだ、と肩をすくめた。

　思いつきでも、こうして口に出してもらえれば何かに気づくきっかけになるかもしれないからありがたい。しかし、今のところは、そのきっかけが、つかめそうでつかめない。

「何から何までわからねえ。おまさが一人でやれたわけがねえし……一つわかれば、するっとつながりそうなのに」

おちかはおゆうと仲がよかったようだから、おまさに手を貸したかもしれない。それでも、女二人では心もとない。為次は、血が苦手なふりをしていただけで、実は二人とぐるだったとしたらどうだ。三人いれば、一晩で二人を殺し、死体を切ってばらばらにすることもできるだろう。

しかし、青い顔で気を失っていたあの様子が芝居だとは思えない。それに、やはり、おれんまで殺しているところに引っかかる。

すべてのことに、一応の理由はつけられるが、そのどれもが、しっくりと収まらない気がしていた。

「下手人には、伊三郎だけじゃなく、おれんを恨む理由があったのか……。けど、大店の箱入り娘が、いったい何だって……」

おまさがやったとして、誰が力を貸したのか。往復にまる四日かかる場所での殺しだ。お店者は、簡単に店を空けることはできない。やはり、おちかと為次なのか？　二軒の店の外にも、誰か、手を貸す理由のある者がいたかもしれない。しかし、これ以上、どこをどう調べればいいのかわからなかった。

＊＊＊

あかしも、口を割らせる自信もないまま、佐久の村まで行って、おまさと話をしてみるしかないのか。そう考えながら日本橋の表通りを歩き、万年屋へ向かう途中、有田屋の前を通りかかった。得意客を見送ったところらしい若旦那の直太郎が店先にいて、声をかけられる。

「忙しそうだな、佐吉親分。深谷宿の殺しはなんとかなりそうか？」

親分、というのは、ふざけて呼んでいるのだ。

「耳が早えな」

「万年屋も山城屋もお得意様だからな」

そういえば、得意先への出商いは手代でも番頭でもなく、直太郎が行くと聞いている。

佐吉は足を止め、仕立てのいい藍の単衣に一つ紋の羽織を着た直太郎に向き直った。

「おれんや伊三郎のことは知っているか？」

「山城屋の若旦那は、若旦那とは言っても、家業を手伝ってはいなかったようだからな。何度か顔を合わせたことがあるくらいで、人となりは知らん。噂は流れてくるが」

悪い噂か、とは尋ねるまでもない。

「おれんは？」

「一時、手習い所で一緒だった。学問がよくできて、気の強い娘だったな。医者になりたいと言っていた」

「それは子どものころだろう。近ごろはどうだ」

「身を飾るものにはそれほど関心が強くないようだったが、嫁入りのための化粧道具はうちで買ってもらったな。旅に持っていくためのものも色々と、うちで用意した」

　外にいても、店のなかのにぎわいが聞こえている。有田屋には女の客が多いので、聞こえてくる声も華やかだった。

「ほとんど出商いだったが、奉公人がつかいに来ることもあったな。お嬢さんに言われたものを探しに」

「おまさか」

「ああ、おまささんだ。お嬢さんの旅支度を任されたと言って、脚絆やら手甲やらを買いに来たよ。長く歩くからできるだけ上等の、着け心地がよくて丈夫なものがいいと言っていた。うちで扱っていないものもあったから、取り寄せて渡したんだ」

「出商いに行ったとき、おれんはどんな様子だった」

　直太郎は、「どんな、と言われてもな」と首をひねる。

「奉公人たちに強く当たったり、権高なふるまいをしたりする様子はなかったか」

「俺の見た限りではなかったと思う。きびきびとした人ではあったが」

　直太郎もまた、大店の跡取り息子で、しかも、評判の男前だ。おれんも、わざわざその前で、奉公人をいじめるようなことはしないだろうから、直太郎の評を鵜呑みにはできない。

「おまさはどうだ？　おれんを嫌っている風だったか」

　佐吉に訊かれ、直太郎は、思ってもいなかったことを言われた、という表情になった。

「いや。仲はよさそうだった」

　おまさが心の中ではおれんを嫌っていたとしても、奉公人の立場だ。それをあからさまに表に出したりはしないだろうから、一見してそうは見えなかった、というくらいならわかる。しかし、仲がよさそうだった、と言われてしまうと、わけがわからなくなった。

　恨みも何もなく、仲のいい相手でも、伊三郎殺しの邪魔になるなら殺すしかなかったのか。それほど伊三郎を憎んでいたということか。そもそも、下手人はおまさではないのか。

「若旦那、ちょっと見立ててちょうだいよ」と芸者らしい女の客に呼ばれて、直太郎は見世のほうへ戻っていった。

佐吉は小伝馬町の方角へと歩き始める。

やはり、万年屋でおまさの実家の村の場所を聞いて、訪ねていくか。しかし、おまさが下手人だというあかしは何もない。おまさに会って訊いたところで、認めはしないだろう。佐吉は頭を一つ振った。

そうして目をあげた少し先に、秋高が歩いているのを見つける。長い髪を背中に垂らしていて目立つので、一目でわかった。単衣の上に着た黒い絽の長羽織の紐が、目の覚めるような紅色だ。往診の帰りなのか、薬籠を提げている。

秋高は歩くのがゆっくりなので、佐吉はすぐに追いついて、横に並んだ。おう、と秋高も佐吉に気づいて片手をあげる。往診かと佐吉が尋ねると、そうだと言っていいのか、と迷うように首を傾けた。

「知り合いの医者の住まいに、見舞いに行ってきたところだ」

「医者が医者の見舞いか」

「もう爺さんなんだよ。万年屋への往診は、ずっとその爺さんがしていたんだが、体が弱ってきたっていうんで、一年前から俺がかわりに行くようになったんだ」

煮売り居酒屋の縄暖簾が見えたので、一杯やっていこうと誘う。幸右衛門からたっぷり銭をもらって懐は温かい。その割にろくに下手人の見当もついていないのが情けないような、申し訳ないような気持ちだった。

店先の床几に腰をかけ、秋高が冷酒を注文する。佐吉も同じものと、田楽と芋の煮っころがしを頼んだ。

大皿に盛ってあるものを皿に移すだけなので、料理はすぐに運ばれてくる。秋高は箸をつけず、茶碗に酒を注いで一口飲んだ。

「おれんのことを、気の毒がっていたよ。爺さんは、あの娘が手習い所に通っていたころから知っているからな。小さい時分から医者になりたいと言って、どこも悪くねえのに爺さんを呼びつけては、あれこれ薬や病気のことを訊いていたってよ」

「へえ」

佐吉は箸で芋をつつきながら相槌を打つ。

「おまえにもそんな感じだったんだろう。てことは、おれんは結構本気で、医者を志していたわけか」

「ああ。俺も請われて色々と教えたし、爺さんはいつだったか、頼み込まれて、長崎の医塾への紹介状まで書いてやったそうだ。爺さんは本気にしていなかったようだが、おれんは本気だったんだろうよ。父親に知られたら、破り捨てられちまっただろうけど」

おれんが長い間嫁に行こうとしなかったのは、そのためだったのかもしれない。

そんな娘が、何故、伊三郎のような男に惚れたのか、ますますもってわからなかった。

志があっても、商家の娘が医者になるなど、簡単なことではない。まして、跳ねっかえりの娘でも嫁にさえ行けばどうにかなるなどと言っていた、あの幸右衛門が許したはずもない。

何かがあって、あきらめたのだろうか。どうでもよくなって、伊三郎に嫁ぐことにしたのか。それとも、伊三郎と出会ったのをきっかけに、医者になることをあきらめたのか。何かわかりそうなのに、あと少しというところで、それがつかめなかった。

「直太郎もそんなことを言っていたよ。そっちは手習い所に通っていたころの話だそうだが」

「有田屋に行ってきたのか？」

「たまたま表に出てきていたんで、話をしたんだ。おれんの嫁入り道具やら旅支度やらは有田屋でそろえたらしい」

佐吉は醤油の味のしみた芋を口へ放り込み、茶碗酒を飲む。

「出商いで万年屋に行くこともあったって話だったから、おれんやおまさについても訊いてみたんだが、直太郎は、二人は仲がよかったって言うんだよ。おれんの旅支度を、おまさが頼まれて――」

そこまで話して、何かが引っ掛かった。直太郎と話していたときは聞き流してしまったが、これはおかしいのではないか、と今さらながらに気がついた。

佐吉の顔色が変わったのに気づいて、秋高がどうした、と声をかけてくる。

佐吉は、直太郎から聞いたこと、気づいたことを秋高に話して聞かせた。酒の茶碗を手に持って、口はつけずに聞いていた秋高の表情が次第に険しくなった。

話を聞き終わると、秋高は茶碗を置いて、佐吉を見、思いついたことがある、と言った。

＊＊＊

佐吉は、広い座敷の上座に敷かれた座布団の上に座っている。

万年屋の奥へ通されるのは、これで二度目だ。このあいだの、仏壇のある部屋ではなく、客間らしい座敷だった。

床の間には、川を泳ぐ鮎の軸が掛けられ、無骨な備前の花器に、佐吉は名前を知らない、白い花が活けてある。女中が、暑気あたりに効くという枇杷葉湯を運んできてくれた。

「お待たせして、あいすみません。主人は、寄合で出ておりまして、じきに戻ると思います」

空の盆を持って女中が出て行くのと入れ違いに、大女将のおひさが顔を出した。

きちんと手をついて頭を下げてから、すぐに出て行こうとするのを、佐吉は呼びとめる。

「ちょっと、話をさせてもらえねえか。大女将さんと」

おひさは、思いもかけないことを言われた、というような表情をした。

「実は、大旦那さんに頼まれて、おれんさんの事件を調べていて……わかったことがあるんだが、どう話せばいいのか、どこまで話したものか、迷っているんだ。練習相手になるつもりで、話を聞いてもらえると助かるんだが」

頭を掻きながら佐吉が言うと、おひさは得心したというように頷く。

「私でよろしければ」

そう答えて唐紙を閉め、すっと佐吉の向かいに座った。

朽葉色の縞縮緬(しまちりめん)に黒い帯を締めて、丸髷(まるまげ)に柘植(つげ)の櫛(くし)を挿している。おれんは身を飾ることにあまり興味がないようだったと直太郎が言っていたが、それは母親も同じなのかもしれない。飾りけがなくてもその姿は品がよく、きっぱりとしていて、武家の妻女のようにも見えた。

「深谷宿の先の山の中で何があったか、大女将さんは聞いているかい」

「主人の聞いていることは、私もすべて聞いております。足を滑らせて崖から落ちたとされているおれんが、本当は、首のない姿で見つかったということも」

佐吉は頷いてみせる。

「伊三郎は姿を消していたから、大旦那さんは、伊三郎がおれんさんを殺めて逃げたと考えて、俺のところに話を持ってきた。けど、伊三郎の首が川べりで見つかって、伊三郎はどうやら、旅に出た二日目の夜のうちに殺されていたらしいことがわかった。伊三郎は下手人じゃなく、殺された側だった……」

そこまでは、おひさも知っている話だと、その表情を見ればわかった。

さあ何を話すつもりかと、検分する眼差しで佐吉を見ている。

「俺はずっと、この下手人が、おれんさんを殺す理由がわからなかった。しかも、首を切るなんて酷いやり方で……けど、それはいったん置いておく。話があっちこっちへ行っちまうからな。まずは伊三郎殺しだ」

おひさは、心得たというように軽く目を閉じ、顎を引いた。これから自分の娘が殺された事件の話をしようとしているのに、随分と落ち着いている。

「伊三郎は素行が悪かった。殺したいほど恨んでいた者も、片手じゃきかねえほどだ。近頃も、おゆうって女中に手をつけて、死なせちまったそうだ。おゆうと仲のよかった女中仲間や、家族は、伊三郎を殺してやりたいと思っていただろう」

「うちの奉公人の、おまさの妹ですね」

「そうだ。おまさは、伊三郎とおれんさんが深谷宿に泊まった日、店にはいなかった」

「実家に戻っておりました。母親の具合がよくないから、看病のために」

「本人がそう言っているだけだ。実家は深谷宿を越えた、佐久のほうだろう。おまさは、実家へ戻るふりをして、深谷宿へ向かったんだ」

確かめたわけではないが、間違いないと思っている。言い切った佐吉に、おひさは、先を促すような目を向けた。

「おまさには、伊三郎を殺す理由がある。あの夜、深谷宿まで行くこともできた。女好きの伊三郎を、こっそり宿から呼び出すこともできたかもしれねえ。けど、大の男を殺して、ばらばらにするなんてことは、一人じゃできねえ。仲間がいたはずだ」

となると、怪しいのは、旅に同行していた、山城屋の為次とおちかの二人だ。佐吉が言うのに、おひさも頷く。

「おゆうと仲の良かったおちかは、おまさに手を貸してもおかしくねえ。けど、為次のほうは肝っ玉が小さくて、伊三郎の首を見て目を回すような男だ。人を殺して首や手足を切るなんて真似はできそうにねえ。為次が酒を飲んで眠りこんでいる間に、女二人で伊三郎を殺せたか？　たとえば、おちかがおれんさんを引きつけている間に、おまさが伊三郎を呼び出して、殺した後で、二人がかりで死体を切って……やってやれないことはないかもしれねえが、簡単じゃあねえだろう。もう一人は欲しい」

おひさは黙って聞いている。佐吉はかまわず続ける。

「おちかのほかに、もう一人。おまさと同じくらい伊三郎を恨んでいるか、おまさのために手を貸してやろうと思う誰かだ」

その一人が浮かばなくて、絵解きはなかなか進まなかった。

山城屋や万年屋の奉公人たちにはできなかった。一人の女中の仇討ちのために、大店の跡取り息子殺しに手を貸してくれそうな者など、そうやすやすとは見つからない。しかし、ようやく、思い当たった。

「誰なのですか」

おひさが訊いた。

佐吉は、おひさの目を見て答える。

「おれんさんだ」

おひさは動じなかった。

先を促すように、佐吉を見ている。

「おれんさんは、おまさと仲が良かった。おゆうのことを聞いて、伊三郎を許せないと思ったんだろう」

悪い冗談はよしてください、おれんは殺されたのですよ——と、幸右衛門なら憤慨しただろう。しかし、

「確かに、おれんはそういう娘でした」

おひさはただ静かにそう言って、目を伏せる。

「おれんさんは何故首を切られたのか、それが一番わからなかった。伊三郎殺しの邪魔になって仕方なく殺し、無残絵好きの伊三郎の仕業に見せかけるために首を切ったのかとも思ったが、あんなにすぐに伊三郎の死体が見つかったんじゃ、意味がねえ」

伊三郎に罪を被せるつもりではなかったなら、下手人はいったい何がしたかったのか。それがまず、わからなかった。首を切ることに意味などなかったのではないかとすら考えた。

「伊三郎の死体をばらばらにしなけりゃいけない理由があって、伊三郎の首がないのを目立たなくするためにおれんさんの首も切ったのかとも思った。実際に、伊三郎の死体は、ばらばらにしねえと運べなかったんだろうし、二人とも首を切られていたからこそ、俺も、二人は同じ下手人に殺されたんだと考えたわけで、目くらましにはなったんだろう。けど、一番の理由は違う」

そこで、さすがに黙っていられなくなったのか、おひさが口を挟んだ。

「伊三郎とおれんを殺めたのは、同じ者ではないのですか」

「違うともいえるし、そうだともいえる」

佐吉はそう答えて、まっすぐにおひさを見る。

「死体の首を切った一番の理由は、それがおれんさんじゃねえってことを、為次に気づかせないためだ」

おひさも、佐吉を見つめ返した。

その目を見据え、佐吉ははっきりと告げる。

「おれんさんは死んじゃいねえ。為次が見たのは、首を切られた伊三郎の死体だったんだ」

おひさはやはり、動じていなかった。そんな馬鹿なと、声をあげることもしない。

大した女だ、肝が据わっている。佐吉は内心感嘆しつつ続ける。

「伊三郎を殺めた後、三人はその体を鉈と鋸で切った。三人いりゃあ、伊三郎の死体を切るのにも時間はかからねえ。おれんさんは医術の心得があったみたいだしな。首を切り、腕や足や、身体のあちこちを切って小さくした伊三郎の死体におれんさんの着物を着せて、おれんさんの死体に見せかけたんだ」

おちかとおれんが伊三郎と為次に酒を飲ませ、為次が眠った後で伊三郎だけを山の中へ呼び出して殺す。殺した後で山の中へ運ぶことも、三人いればできただろうが、手間を考えれば、自分で歩かせたほうがいい。見せたいものがあるとか、特別な趣向を用意したとか、これから妻になる女に言われれば、伊三郎はついていっただろう。

酒を飲んでふらふらになった伊三郎を殺すことは、造作もなかったはずだ。最初から酒に毒を入れておくこともできた。あるいは、伊三郎は、自分の足で吊り橋を渡り、向こう側へたどり着いたところで、力尽きて死んだのかもしれない。

使った鉈と鋸は、山城屋の蔵にあった、伊三郎自身のものだろう。おそらくおちかが持ち出して、血を洗って蔵へ戻しておいたのだ。

着物を脱ぐところも、伊三郎自身にさせたかもしれない。どれだけ血で汚れてもいいように、おれんは朱鷺色の着物を羽織って伊三郎の体を切り、血まみれになったそれを、切り刻まれて小さくなった伊三郎の体に着せた。遠目には、首のない女に見えたはずだ。伊三郎の着物は、丸めて崖下にでも捨てればいい。死体を小さく見せるために切りとっておいた部分も、大事な首と、さほどかさばらない腕と足首だけを、江戸へ持ち帰るために残し、後は谷底へ捨てる。

その後おちかは一人で、吊り橋を渡り、深谷宿へ戻る。鉈と鋸と、伊三郎の死体……片手と片足と首を持って、おまさとおれんは、そのまま吊り橋の向こう側の茂みの中に身を隠す。

おちかが為次を起こし、一緒に山へ入って、死体を見つけさせる。死体には首がないし、体は切られて小さくなっているから、おれんの着物を着ていれば、おれんだと思う。肝っ玉の小さい為次なら、首のない死体を、しげしげ見たりはしなかっただろう。まして、吊り橋を渡って死体を近くで見ようなんて言い出すわけがないと、おちかはわかっていただろうが、念のため、吊り橋の縄は切っておいた。宿場に血気盛んな者がいたとしても、すぐには下手人を追えないようにする意味もあったかもしれない。

すべて、山の中に谷と吊り橋があったからできたことだ。実家への通り道で、以前にもこの山を越えたことのあるおまさだからこそ思いついた。

おちかが為次を引っ張って宿場町へ戻っている間に、茂みに隠れていたおまさとおれんが、伊三郎の死体を崖下へ落とした。そして山を下り、朝を待って、次の宿場へ向かって出立した。

おれんはそのまま歩き続け、おまさは、佐久の実家に顔を出した後、江戸へ帰った。伊三郎の首と手足は、その間も隠し持っていたはずだ。洗った鉈と鋸を蔵へ戻したのはおちかだろうから、どこかでこっそりおまさと会って、受け渡しをしたのだろう。おそらく、そのとき伊三郎の首と足首もおちかに預けて、あの庭の土蔵に隠しておいたのではないか。

首が見つかるのはおれんが無事に江戸を離れたころならいつでもよかったはずなのに、山中で死体が見つかって騒ぎになってから七日待ったのは、山城屋に灸を据えるつもりもあったかもしれない。

万年屋へ戻ったおまさは、おれんの訃報に驚いてみせ、葬式の後、暇を申し出た。そして、おそらくは早朝、人通りのないときを見はからって、山城屋の土蔵に隠していた首と足首を取りに行き、川べりに捨て、自分も江戸を去った。

「おれんさんらしき死体が見つかって、その何日か後で、伊三郎の死体が見つかった。そういう順番じゃなきゃならなかったんだ。伊三郎がおれんさん殺しの下手人だと思わせるためだ。一日か二日、刻を稼げればよかった。伊三郎の死体は、おれんさんが逃げおおせた後なら、いつ見つかってもよかったんだ」

おれんと伊三郎が二人とも殺されたとなれば、当然、逃げた下手人を探すことになる。関所にも手が回るだろう。しかし、おれんらしき死体だけがあって伊三郎の姿がなければ、誰でも、伊三郎が下手人だと考える。山城屋は事件をもみ消そうとするだろうし、宿場の者たちも、逃げた下手人を男だと思っているから、女のおれんは、咎められずに関所を抜けることができる。

おれんが逃げおおせた後で見つかるよう、おまさは伊三郎の首をいったん隠しておいて、日が経ってから川べりに捨てたのだ。

「首は、捨てた……っていうのとは、違うかもしれねえな。腕は水に浸かっていたが、首と足は川べりに置かれていたそうだ。おまさは、身投げしたおゆうに首を供えたつもりだったんじゃねえか。仇をとったぞ、って」

秋高が、武士の仇討ちでは、仇の首を墓前に供えると言っていた。何故首を江戸まで持ち帰ったのか、はじめはわからなかったが、下手人がおまさなら、伊三郎の首を見せたい相手は死んだおゆうだと思いついた。本当に墓前に供えるわけにはいかないが、おゆうの身投げした川べりに置くのなら、傍からは、首はただ捨てられたように見える。

仇討ちが成ったことをおゆうに伝えるためには、伊三郎の首だけあればよかった。しかし、首だけが見つかったのでは、深谷宿の山中の首のない死体と結びつけられないとも限らないから、首のほかに手足も持ってきたのだ。一部だけとはいえ、死体と鉈と鋸を抱えて何日も歩くのは楽ではなかったはずだから、足があれば事足りるだろうと、重たい腕は、人気のないあたりで、川に投げ込んだのかもしれない。それが本所まで流れついた。だから、腕だけが、涼しい土蔵にあった首や足より腐った状態で、見つかったのではないかと、佐吉は考えている。

「おれんさんが伊三郎に惚れこんで嫁に行くって話自体、おまさのために打った芝居だったんだな。いくら仲がよくたって、大店の娘が女中のためにそこまでするとは誰も考えねえ。だから俺も、おれんさんもぐるかもしれないとは、なかなか思いつかなかった。けど、おれんさんは、はなから、江戸を出るつもりだった。長崎の医塾に入って、医者になるためには、出奔するしかねえと思ってたんだ」

おれんにも、そのほうが都合がよかった。どうせ姿を消すのだから、という考えがあったからこその謀りごとだったのだ。

「おれんさんが、念入りに旅支度をしていたと聞いたんだ。丈夫な脚絆や手甲を……出商いの商人から買うんじゃなく、わざわざつかいを出して買っていた。通し駕籠での旅だって聞いていたのに。それで、やっと気づいたよ」

おれんは、歩いて山を越え、関所を抜け、上方よりもずっと遠くまで行くつもりだったのだ。両親にも気づかれないように、そのための支度を調えていた。

おれんに出奔する理由があって、その支度をしていたことを知らなければ、佐吉はいつまでたっても、何が起きていたかに思い至れなかっただろう。

おひさは、畳に手をついて頭を下げる。

「さすが、相生町の親分さん。ご慧眼でいらっしゃいます」

「いや、それは死んだ親父のことだ。俺は……」

「いいえ、佐吉親分さん」

お見事でございます、と言って、おひさは顔をあげ、微笑んだ。

おれんがおまさを手伝ったのだと気づいたのは秋高で、自分は一歩手前で止まっていたのだ。言い出しにくくなり、佐吉は目を泳がせて鬢のあたりを搔いた。

「そういえば、店で扱っている蘭方の眠り薬が、いくらか減っておりました。おれんが、あちらの叔父さまを眠らせるのに使ったのでしょう。酒に混ぜて飲ませたのかもしれません」

今気づいたような口ぶりで言うが、おひさは、眠り薬がなくなっていることの意味にはとっくに気づいていたはずだ。手代に数が合わないと言われ、幸右衛門がのんだ分だと答えていたのを佐吉は覚えている。

「大女将さんは、おれんさんの葬式の翌日から、見世を開けて立ち働いていたな。気丈な人だと思ったが」

娘のしでかしたことを知った今でも、おひさには、怖じけている様子はなかった。むしろ、どこかおもしろがっているようにも見える。

こうして向かい合って話を始めたあたりから――いや、その前から、もしやと思っていた。

「大女将さんだけは、知っていたんじゃねえかい」

おひさはゆっくりと首を横に振る。

「はじめから、全部知らされていたわけじゃあありません。おれんが医者になりたがっていたのは知っていましたし、本気で嫁入りを望んでいるわけではないだろうとは思っていました。でも、あの娘が何をするつもりだったのかは聞かされていませんでしたから……深谷宿で首のない死体が見つかったと聞いたときは、驚きました」

一度言葉を切り、まるで誰かの姿を探すように、そっと庭のほうへ目を向ける。佐吉には草の種類などわからないが、そこには、おれんが植えたという薬草が生えているはずだった。

「ただ、旅立つ前に……もしも自分が帰ってこないことがあっても、悲しまないでほしい、とは言われていました。

どこかで元気にしていると思ってくれと」

首のない死体が崖下に消え、今度は、伊三郎の首が見つかった。そう聞いて、おひさが、どこまで察したのかはわからない。しかし、おれんの言葉を思い出し、生きているはずだということだけは信じていられたから、幸右衛門が打ち沈んでいる間も、大女将として店を支えることができたのだ。とはいえ、娘が死んだと思っていても、おひさなら、何日も見世を閉めて泣き暮らすというようなことにはならなかっただろうと佐吉は思う。

「この店は私の祖父が興して、父が先代でした。今の大旦那は、婿養子です」

おひさは誰もいない庭から、佐吉の前に置いた湯呑みに目を移して言った。

「私も子どものころから――いえ。子どものころは、自分がこの店を継いで守っていくのだと、思っていました」

手放した何かを愛しむような、懐かしむような、穏やかな眼差しだ。

「大女将さんは、実際にそうしている」

佐吉は、真実、そう思っている。表見世に出ることはなくても、万年屋を支えているのはおひさだ。

おひさは、目を伏せて、ええ、そうですね、と言っただけだった。

佐吉は枇杷葉湯を飲み干し、湯呑みを茶托の上に置く。勢いがついて、かん、と音が鳴った。

「それで、万年屋さん……幸右衛門さんに、どこまで、どう話したもんかってことなんだが」

口ごもりながらおひさのほうをうかがうと、おひさは顔をあげて口元を緩めた。

「大旦那には、私からうまく話しておきます。佐吉親分さんが、すっかり絵解きをしてくだすったけれど、私が預かっているって。ほんとうのことは、四十九日が過ぎてから、様子を見て……今伝えたら、おれんを連れ戻すなんて言い出しかねませんから」

それがいい。佐吉は頷いた。

それまでは自分も、胸にたたんでおこう。

畳に手をつき、立ち上がる。

部屋を出る前に言った。

「おれんさんは頭のいい娘だったと、医者の秋高先生が言っていたよ。きっといい医者になる」

「ほとぼりが冷めたころに、文が来るかもしれねえよ」

さあ、どうでしょう、とおひさは少し笑う。

文が来なくても、それならそれでかまわないと思っているようだった。

男たちが立ち働く表見世を通り、前の通りへ出る。おひさは、そこまで見送ってくれた。深々と頭を下げる姿に背を向けて歩き出す。

風も陽の光も清々しい、初夏のものだ。

佐吉は天を見上げ、今ごろ、この晴れた空の下を歩いているだろうおれんを思う。

佐吉は、おれんには会うことのないままだった。しかし何故か、手甲と脚絆をつけ、笠をかぶって歩いていく姿が、はっきりと頭に浮かんだ。

長崎までは、遠い旅路だ。じきに五月雨も降るだろうし、日差しも強くなる。しかし、おれんは歩みを止めない。変わる空の下を、駕籠などは使わず、一人、自分の足で歩いていく。

まっすぐに前を向いたその顔は、おひさに似ていた。

推理小説・二〇二三年

野地嘉文

MARUZEN&ジュンク堂書店渋谷店、八重洲ブックセンター本店など全国で書店の閉店があいついでいる。出版市場の推定販売金額は、出版科学研究所によると二年連続で前年割れとなったが、逆風のなかで快挙が生まれた。四月には、東野圭吾のこれまでに発表した作品の国内累計発行部数（電子書籍を除く）が、一億冊超えを達成した。海外分を合わせると、一億六千八百万部以上になるという。新作『あなたが誰かを殺した』（講談社）も年末のランキングをにぎわせ、インドでは自作を原作とする映画『容疑者X』（Netflix）の公開、第七十一回菊池寛賞の受賞、さらには紫綬褒章を受章するなど話題の絶えない一年だった。

引き続き文学賞を獲得したミステリを、周辺書を含めてみていくと、桐野夏生『燕は戻ってこない』（集英社）は第六十四回毎日芸術賞と第五十七回吉川英治文学賞を受賞。小川哲『地図と拳』（集英社）は第一六八回直木三十五賞と第十三回山田風太郎賞、永井紗耶子『木挽町のあだ討ち』（新潮社）は第一六九回直木三十五賞と第三十六回山本周五郎賞の栄冠を得た。赤神諒『はぐれ鴉』と安壇美緒『ラブカは静かに弓を持つ』（ともに集英社）には第二十五回大藪春彦賞、古矢永塔子「まだあの場所にいる」（『ずっとそこにいるつもり？』所収、集英社）にはアミの会短編アワード二〇二二が与えられた。芦沢央『夜の道標』（中央公論新社）と小川哲『君のクイズ』（朝日新聞出版）は第七十六回日本推理作家協会賞の長編および連作短編集部門、西澤保彦「異分子の彼女」（『異分子の彼女腕貫探偵オンライン』所収、実業之日本社）は同短編部門、日暮雅通『シャーロック・ホームズ・バイブル 永遠の名探偵をめぐる170年の物語』（早川書房）は同評論・研究部門、そしてニクラス・ナット・オ・ダーグ／ヘレンハルメ美穂訳『1794』『1795』（ともに小学館）は今回から試行される同翻訳部門を受賞した。海外作品は本稿の対象外としているが、新設部門であるため触れておきたい。白井智之『名探偵のいけにえ　人民教会殺人事件』（新潮社）には第二十三回本格ミステリ大賞小説部門、阿津川辰海『阿津川辰海　読書日記』（光文社）には同評論・研究部門が与えられた。北村薫『水　本の小説』（新潮社）は第五十一回泉 鏡花文学賞、青柳碧人『名探偵の生まれる夜　大正謎百景』（KADOKAWA）は第六回書評家・細谷正充賞、池井戸潤『ハヤブサ消防団』（集英社）は第三十六回柴田錬三郎賞を獲得した。第二十七回日本ミステリー文学大賞は今野敏が受賞した。

　公募新人賞に移ると、第二十一回『このミステリーがすごい！』大賞の大賞は小西マサテル『名探偵のままでいて』、同文庫グランプリは美原さつき『禁断領域　イックンジュッキの棲む森』と、くわがきあゆ『レモンと殺人鬼』（いずれも宝島社）が勝ち取った。第十五回ばらのまち福山ミステリー文学新人賞は受賞作なしだったが同優秀作に松本忠之「熊猫」、第二十六回日本ミステリー文学大賞新人賞は柴田祐紀『60％』（光文社）、第三十三回鮎川哲也賞は三年ぶりの受賞作として岡本好貴『帆船軍艦の殺人』（東京創元社）、同優秀賞は小松立人「そして誰もいなくなるのか」に与えられた。カッパ・ツー第三期に選ばれたのは信国遥『あなたに聞いて貰いたい七つの殺人』と真門浩平『バイバイ、サンタクロース　麻坂家の双子探偵』（ともに光文社）。新設の第一回黒猫ミステリー賞は佐月　実『ミナヅキトウカの思考実験』（産業編集センター）が受賞。第三十回松本清張賞は森バジル『ノウイットオール　あなただけが知っている』（文藝春秋）、第四十三回横溝正史ミステリ＆ホラー大賞は北沢陶『をんごく』（KADOKAWA）が大賞、読者賞、カクヨム賞のトリプル受賞を果たした。第六十九回江戸川乱歩賞は三上幸四郎『蒼天の鳥』（講談社）、第六十五回メフィスト賞は金子玲介『死んだ山田と教室』（講談社）、第二回警察小説新人賞は水村舟『県警の守護神　警務部監察課訟務係』（小学館）が選出された。第十回新潮ミステリー大賞は受賞作なし。第十三回アガサ・クリスティー賞の大賞は葉山博子『時の睡蓮を摘みに』、同優秀賞は小塚原旬『機工審査官テオ・アルベールと永久機関の夢』（ともに早川書房）、第二回論創ミステリ大賞は小里巧『悪夢たちの楽園』（論創社）、第六回双葉文庫ルーキー大賞は伴田音『彼女が遺したミステリ』（双葉社）が栄冠に輝いた。今回が最後となることが告知されている第十五回日経小説大賞に選ばれた山本貴之『紅珊瑚の島に浜茄子が咲く』（日本経済新聞出版）は歴史ミステリである。短編の公募賞では、第二十一回北区内田康夫ミステリー文学賞の大賞は諸星額「沈黙のコンチェルト」、同区長賞は鮎川知央「フィナーレの前に」、同審査員特別賞は積本絵馬「誤審」（いずれもＷｅｂジェイ・ノベル）が選出。第四十五回小説推理新人賞は谷ユカリ「いつか見た瑠璃色」（『小説推理』二〇二三年八月号）、ミステリーズ！新人賞からリニューアルした第一回創元ミステリ短編賞は小倉千明「嘘つきたちへ」と水見はがね「朝からブルマンの男」（ともに『紙魚の手帖vol.13』）、第七回大藪春彦新人賞は安孫子正浩「等圧線」（『読楽』二〇二四年一月号）が受賞した。未刊行の作品については今後の刊行が待ち望まれる。

　そのほかの注目作に本格ミステリの分野では、女子高生迷探偵が登場する麻耶雄嵩『化石少女と七つの冒険』（徳間書店）、犯罪者御用達ホテルが舞台の方丈貴恵『アミュレット・ホテル』（光文社）、本格と警察小説を融合させた米澤穂信『可燃物』（文藝春秋）、殺人犯を見つけてはならないという戒律がある夕木春央『十戒』（講談社）、大正時代の京都を舞台にした伊吹亜門『焔と雪　京都探偵物語』（早川書房）、国名シリーズ完結編の柄刀一『或るスペイン岬の謎』（光文社）、雑誌連載から七十二年を経て刊行された覆面冠者『八角関係』（論創社）、クローズドサークルものが途中で変貌を遂げる荒木あかね『ちぎれた鎖と光の切れ端』（講談社）、百鬼夜行シリーズ十七年ぶりの新作、京極夏彦『鵼の碑』（講談社）、多重解決を極限まで突き詰めた白井智之『エレファントヘッド』（ＫＡＤＯＫＡＷＡ）、ＶＲゲームと警察小説が二重構造になっている貫井徳郎『龍の墓』（双葉社）がある。

　それ以外のジャンルからは、娘を殺された牧師が死刑執行前に犯人と対峙する薬丸岳『最後の祈り』（ＫＡＤＯＫＡＷＡ）、電子書籍では味わえない驚きが潜む杉井光『世界でいちばん透きとおった物語』（新潮社）、呪われた小説を巡る恩田陸『鈍色幻視行』（集英社）、障害を抱えた女性が地下迷宮を彷徨う井上真偽『アリアドネの声』（幻冬舎）、芸人が完全犯罪を目論む藤崎翔『モノマネ芸人、死体を埋める』（祥伝社）、女性刑事が暴力団に挑む吉川英梨『桜の血族』（双葉社）、戦前のサイパンを舞台にした防諜小説、岩井圭也『楽園の犬』（角川春樹事務所）、二児同時誘拐を新聞記者が追う塩田武士『存在のすべてを』（朝日新聞出版）、両親から虐待を受けている女子中学生が誘拐される八重野統摩『同じ星の下に』（幻冬舎）、悪党殺しを追う警察小説、黒川博行『悪逆』（朝日新聞出版）、料理研究家の人生を綴る友井羊『１００年のレシピ』（双葉社）、半グレが経営するバーで働く若者を描く月村了衛『半暮刻』（双葉社）、天才パイロットを主人公にした佐藤究『幽玄Ｆ』（河出書房新社）、遺品の銃弾が警察庁長官狙撃事件に繋がる城山真一『狙撃手の祈り』（文藝春秋）、一枚の絵が空襲の悲劇を掘り起こす加藤シゲアキ『なれのはて』（講談社）、年収一億円を夢見る女性のジェットコースターミステリ、佐藤青南『一億円の犬』（実業之日本社）、主婦とキャバクラ嬢によるコンゲーム、宇佐美まこと『誰かがジョーカーをひく』（徳間書店）などが印象に残った。

　復刊・再編集本では、新刊の出版を休止していた春陽文庫が再始動し、山田風太郎、高木彬光、国枝史郎、横溝正史、角田喜久雄などの作品が刊行されている。ほかにも四十年に亘って封印されてきた幻想小説、山尾悠子『仮面物語　或は鏡の王国の記』（国書刊行会）、詩人の西條八十が遺した少女冒険活劇、『あらしの白ばと』（河出書房新社）、全国の少年少女にトラウマを与えたジュブナイル、鈴木悦夫『幸せな家族　そしてその頃はやった唄』（中央公論新社）が目を惹く。書泉と芳林堂書店が主導して企画した、飛鳥部勝則『堕天使拷問刑』（早川書房）、『鏡陥穽』（文藝春秋）、『殉教カテリナ車輪』（東京創元社）などの限定復刊も好評だった。ほかにも橘外男『橘外男海外伝奇集　人を呼ぶ湖』（中央公論新社）、黒岩重吾著・日下三蔵編『心斎橋幻想　関西サスペンス集』（中央公論新社）、戸板康二著・新保博久編『等々力座殺人事件　中村雅楽と迷宮舞台』（河出書房新社）、横溝正史著・末國善己編『名月一夜狂言　人形佐七捕物帳ミステリ傑作選』（東京創元社）などがあった。

　評論その他には、限界研編『現代ミステリとは何か　二〇一〇年代の探偵作家たち』（南雲堂）、戸川安宣監修『別冊太陽　江戸川乱歩　日本探偵小説の父』（平凡社）、千街晶之『ミステリ映像の最前線　原作と映像の交叉光線』（書肆侃侃房）、杉江松恋監修『十四人の識者が選ぶ　本当に面白いミステリ・ガイド』（Ｐヴァイン）、今野真二『横溝正史の日本語』（春陽堂書店）、麻田実『舞台上の殺人現場「ミステリ×演劇」を見る』（鳥影社）、探偵小説研究会編著『本格ミステリ・エターナル３００』（行舟文化）、川出正樹『ミステリ・ライブラリ・インヴェスティゲーション　戦後翻訳ミステリ叢書探訪』（東京創元社）がある。第一回配本に越前敏弥『名作ミステリで学ぶ英文読解』（早川書房）などを擁して創刊したハヤカワ新書も今後が楽しみである。
本の刊行から各地の文学館に目を移すと、二〇二一年の火災により長期休館していた三重県鳥羽市の江戸川乱歩館が四月にリニューアルオープンしたことが、なにより明るいニュースである。ミステリ関連の展示会にはほかに小樽文学館『山田正紀「人喰いの時代」―開戦前の小樽』、北九州市立美術館分館『没後50年 松野一夫展』、文化のみち二葉館『没後10年 連城三紀彦展―花・幻・謎―』、高知県立文学館『めざめる探偵たち〜文豪ストレイドッグス×高知県立文学館〜』などもあった。

最後にお悔やみである。一月に鏑木蓮、北上次郎、五月に原尞、六月に平岩弓枝、七月に石川喬司、森村誠一、十月に池央耿、十一月に酒見賢一、高柳芳夫、豊田有恒の訃報が伝えられた。

鏑木蓮は一九六一年生まれ。二〇〇六年に『東京ダモイ』で第五十二回江戸川乱歩賞受賞。北上次郎は一九四六年生まれ。一九七六年に雑誌『本の雑誌』を創刊し、本名の目黒考二で発行人を務める。一九九四年、『冒険小説論近代ヒーロー像１００年の変遷』で第四十七回日本推理作家協会賞評論その他の部門を受賞。冒険小説の隆盛に寄与した。原尞は一九四六年生まれ。一九八九年に『私が殺した少女』で第一〇二回直木賞受賞。平岩弓枝は一九三二年生まれ。一九五九年に『鏨師』で第四十一回直木賞、一九九一年に『花影の花』で第二十五回吉川英治文学賞、一九九七年に紫綬褒章、一九九八年に第四十六回菊池寛賞、二〇一六年に文化勲章を受賞・受章。没後従三位を叙位。『御宿かわせみ』『はやぶさ新八御用帳』などが名高い。石川喬司は一九三〇年生まれ。一九七八年に『ＳＦの時代』で第三十一回日本推理作家協会賞評論その他の部門賞、没後の二〇二四年に第四十四回日本ＳＦ大賞功績賞を受賞。森村誠一は一九三三年生まれ。一九六九年に『高層の死角』で第十五回江戸川乱歩賞、一九七三年に『腐蝕の構造』で第二十六回日本推理作家協会賞、二〇〇四年に第七回日本ミステリー文学大賞、二〇一一年に『悪道』で第四十五回吉川英治文学賞を受賞。『人間の証明』はブームとなった。池央耿は一九四〇年生まれ。ホーガン『星を継ぐもの』、アシモフ『黒後家蜘蛛の会』などの翻訳家である。酒見賢一は一九六三年生まれ。一九八九年に『後宮小説』で第一回日本ファンタジーノベル大賞、一九九二年に『墨攻』『陋巷に在り』『ピュタゴラスの旅』で歿後五十年中島敦記念賞、二〇〇〇年に『周公旦』で第十九回新田次郎文学賞を受賞。高柳芳夫は一九三一年生まれ。一九七九年に『プラハからの道化たち』で第二十五回江戸川乱歩賞受賞。豊田有恒は一九三八年生まれ。日本SF作家第一世代であり、没後の二〇二四年に第四十四回日本SF大賞功績賞受賞。ほかにも一月にダークファンタジー『光車よ、まわれ！』を著した詩人の天沢退二郎、三月に光文社文庫のアンソロジー『俳句殺人事件―巻頭句の女』などを編んだ俳人の齋藤愼爾、八月に作品社の『【「新青年」版】黒死館殺人事件』で詳細な註を担当した山口雄也、十月に「ドールズ密室ハウス」が第六十八回日本推理作家協会賞短編部門候補となった堀燐太郎、十一月に『異人たちとの夏』などの著作がある脚本家の山田太一、十二月に日本冒険作家クラブの発起人のひとりだった直木賞作家の西木正明、宝島社の創業者であり『このミステリーがすごい！』大賞を創設した実業家の蓮見清一、アシモフ『銀河帝国興亡史』などを訳した翻訳家の岡部宏之が亡くなっている。

　在りし日のご活躍を改めて思い起こす。

　沢崎シリーズの第一期完結編である故原尞のハードボイルド『さらば長き眠り』のなかで、私立探偵の沢崎は、新聞を読んでも自分がどういう世の中で生きているのかを知ることができないと評し、

> 国会では減税についての与野党間の協議がもの別れに終わり、審議は全面的にストップしていた。記事は殺伐としているか、滑稽であるか、未熟であるか、低俗であるか、茶番劇であるか、あるいはその繰り返しだった。

と語る。ほかの記述から作中の年代は一九九三年であることがわかるが、この部分に限ってみれば二〇二三年の出来事だとしてもさして違和感がない。現実の世界でも、急激に進行する物価高から生活を死守するために消費税減税を望む声が大きかったが、実現することはなかった。沢崎の言葉ではないが、世の中はいつも同じことの繰り返しである。

　冒頭で述べたように、出版界には逆風が吹いている。生活必需品の高騰によって圧迫を受けるのは娯楽であろう。製紙や印刷、輸送コストの値上がりが新刊書籍の価格上昇に影響しているとの報道もある。

　だが、作者が魂を込めて生み出した作品は、読者の感性を刺激し、人生経験と結びつき、その価値は何倍にも膨れ上がる。小説は生きづらい世の中を生き抜く糧であり、その魅力には値段がつけられないものであると信じる。

推理小説関係
受賞リスト

探偵作家クラブ賞

第一回（一九四八年）
長編賞　「本陣殺人事件」　横溝　正史
短編賞　「新月」　木々高太郎
新人賞　「海鰻荘奇談」　香山　滋

第二回（一九四九年）
長編賞　「不連続殺人事件」　坂口　安吾
短編賞　「眼中の悪魔」他　山田風太郎
新人賞　受賞作品なし

第三回（一九五〇年）
長編賞　「能面殺人事件」　高木　彬光
短編賞　「私刑」他　大坪　砂男
新人賞　受賞作品なし

第四回（一九五一年）
長編賞　「石の下の記録」　大下宇陀児
短編賞　「社会部記者」他　島田　一男
新人賞　受賞作品なし

第五回（一九五二年）
「ある決闘」　水谷　準
「幻影城」　江戸川乱歩

第六回（一九五三年）　受賞作品なし
第七回（一九五四年）　受賞作品なし

日本探偵作家クラブ賞

第八回（一九五五年）
「売国奴」　永瀬　三吾

第九回（一九五六年）
「狐の鶏」　日影　丈吉

第十回（一九五七年）
「顔」（短編集）　松本　清張

第十一回（一九五八年）
「笛吹けば人が死ぬ」　角田喜久雄

第十二回（一九五九年）
「四万人の目撃者」　有馬　頼義

第十三回（一九六〇年）
「黒い白鳥」「憎悪の化石」　鮎川　哲也

第十四回（一九六一年）
「海の牙」　水上　勉
「人喰い」　笹沢　左保

第十五回（一九六二年）
「細い赤い糸」　飛鳥　高

日本推理作家協会賞

第十六回（一九六三年）
「影の告発」　土屋　隆夫

第十七回（一九六四年）
「夜の終る時」　結城　昌治
「殺意という名の家畜」　河野　典生

第十八回（一九六五年）
「華麗なる醜聞」　佐野　洋

第十九回（一九六六年）
「推理小説展望」　中島河太郎

第二十回（一九六七年）
「風塵地帯」　三好　徹

第二十一回（一九六八年）
「妄想銀行」　星　新一

第二十二回（一九六九年）　受賞作品なし

第二十三回（一九七〇年）
「玉嶺よふたたび」「孔雀の道」　陳　舜臣

第二十四回（一九七一年）　受賞作品なし
第二十五回（一九七二年）　受賞作品なし

第二十六回（一九七三年）
「腐蝕の構造」　森村　誠一
「蒸発」　夏樹　静子

第二十七回（一九七四年）
「日本沈没」　小松　左京
第二十八回（一九七五年）
「動脈列島」　清水　一行
第二十九回（一九七六年）
長編部門　受賞作品なし
短編部門「グリーン車の子供」　戸板　康二
評論その他の部門
「日本探偵作家論」権田　萬治
第三十回（一九七七年）
長編部門　受賞作品なし
短編部門「視線」　石沢英太郎
評論その他の部門
「わが懐旧的探偵作家論」　山村　正夫
第三十一回（一九七八年）
長編部門「事件」　大岡　昇平
「乱れからくり」　泡坂　妻夫
短編部門　受賞作品なし
評論その他の部門
「ＳＦの時代」　石川　喬司
「課外授業　ミステリにおける男と女の研究」　青木　雨彦
第三十二回（一九七九年）
長編部門「大誘拐」　天藤　真
「スターリン暗殺計画」　檜山　良昭
短編部門「来訪者」　阿刀田　高
評論その他の部門
「ミステリの原稿は夜中に徹夜で書こう」　植草　甚一
第三十三回（一九八〇年）
三部門とも受賞作品なし
第三十四回（一九八一年）
長編部門「終着駅（ターミナル）殺人事件」西村京太郎
短編部門「赤い猫」　仁木　悦子
「戻り川心中」　連城三紀彦
評論その他の部門
「闇のカーニバル」中薗　英助
第三十五回（一九八二年）
長編部門「アリスの国の殺人」　辻　真先
短編部門「木に登る犬」「鶯を呼ぶ少年」　日下　圭介
評論その他の部門　受賞作品なし
第三十六回（一九八三年）
長編部門「天山を越えて」　胡桃沢耕史
短編および連作短編集部門　受賞作品なし
評論その他の部門　受賞作品なし
第三十七回（一九八四年）
長編部門「ホック氏の異郷の冒険」　加納　一朗
短編および連作短編集部門
「傷ついた野獣」（連作短編集）　伴野　朗
評論その他の部門　受賞作品なし
第三十八回（一九八五年）
長編部門「渇きの街」　北方　謙三
「壁・旅芝居殺人事件」　皆川　博子
短編および連作短編集部門　受賞作品なし
評論その他の部門
「金属バット殺人事件」　佐瀬　稔
「乱歩と東京」　松山　巖
第三十九回（一九八六年）
長編部門「チョコレートゲーム」　岡嶋　二人
短編および連作短編集部門　受賞作品なし
「背いて故郷」　志水　辰夫
評論その他の部門
「怪盗対名探偵」　松村　喜雄
第四十回（一九八七年）
長編部門「カディスの赤い星」　逢坂　剛
「北斎殺人事件」　高橋　克彦
短編および連作短編集部門　受賞作品なし

評論その他の部門
「明治の探偵小説」伊藤　秀雄
第四十一回（一九八八年）
長編部門「絆」　小杉　健治
短編および連作短編集部門　受賞作品なし
評論その他の部門　受賞作品なし
第四十二回（一九八九年）
長編部門「伝説なき地」　船戸　与一
「雨月荘殺人事件」和久　峻三
短編および連作短編集部門
「妻の女友達」　小池真理子
評論その他の部門
「87分署グラフィティ」　直井　明
第四十三回（一九九〇年）
長編部門「エトロフ発緊急電」　佐々木　譲
短編および連作短編集部門　受賞作品なし
評論その他の部門
「夢野久作」　鶴見　俊輔
第四十四回（一九九一年）
長編部門「新宿鮫」　大沢　在昌
短編および連作短編集部門
「夜の蟬」（連作短編集）　北村　薫
評論その他の部門
「百怪、我ガ腸ニ入ル」　竹中　労
「横浜・山手の出来事」　徳岡　孝夫
第四十五回（一九九二年）
長編部門「時計館の殺人」　綾辻　行人
「龍は眠る」　宮部みゆき
短編および連作短編集部門　受賞作品なし
評論その他の部門
「北米探偵小説論」野崎　六助
第四十六回（一九九三年）
長編部門「リヴィエラを撃て」　髙村　薫
短編および連作短編集部門　受賞作品なし
評論その他の部門
「欧米推理小説翻訳史」　長谷部史親
「文政十一年のスパイ合戦」　秦　新二
第四十七回（一九九四年）
長編部門「ガダラの豚」　中島　らも
短編および連作短編集部門
「ル・ジタン」　斎藤　純
「めんどうみてあげるね」　鈴木輝一郎
評論その他の部門
「冒険小説論　近代ヒーロー像100年の変遷」北上　次郎
第四十八回（一九九五年）
長編部門「沈黙の教室」　折原　一
「鋼鉄の騎士」　藤田　宜永
短編および連作短編集部門
「ガラスの麒麟」　加納　朋子
「日本殺人事件」（連作短編集）　山口　雅也
評論その他の部門
「チャンドラー人物事典」　各務　三郎
第四十九回（一九九六年）
長編部門「ソリトンの悪魔」梅原　克文
「魍魎の匣」　京極　夏彦
短編および連作短編集部門
「カウント・プラン」　黒川　博行
評論その他の部門　受賞作品なし
第五十回（一九九七年）
長編部門「奪取」　真保　裕一
短編および連作短編集部門　受賞作品なし
評論その他の部門
「沈黙のファイル」　共同通信社社会部
第五十一回（一九九八年）

長編部門「鎮魂歌（レクイエム）」　馳　星周
「ＯＵＴ」　桐野　夏生
短編および連作短編集部門　受賞作品なし
評論その他の部門
「本格ミステリの現在」　笠井　潔
「ホラー小説大全」　風間　賢二

第五十二回（一九九九年）
長編部門「秘密」　東野　圭吾
「幻の女」　香納　諒一
短編および連作短編集部門
「花の下にて春死なむ」（連作短編集）　北森　鴻
評論その他の部門
「世界ミステリ作家事典〔本格派篇〕」　森　英俊

第五十三回（二〇〇〇年）
長編および連作短編集部門
「永遠の仔」　天童　荒太
「亡国のイージス」　福井　晴敏
短編部門「動機」　横山　秀夫
評論その他の部門
「ゴッホの遺言」　小林　英樹

第五十四回（二〇〇一年）
長編および連作短編集部門
「残光」　東　直己
「永遠の森」　菅　浩江
短編部門　受賞作品なし
評論その他の部門
「20世紀冒険小説読本（日本篇）（海外篇）」　井家上隆幸
「推理作家の出来るまで」　都筑　道夫

第五十五回（二〇〇二年）
長編および連作短編集部門
「ミステリ・オペラ」　山田　正紀
「アラビアの夜の種族」　古川日出男
短編部門「都市伝説パズル」　法月綸太郎
「十八の夏」　光原　百合
評論その他の部門　受賞作品なし

第五十六回（二〇〇三年）
長編および連作短編集部門
「石の中の蜘蛛」　浅暮　三文
「マレー鉄道の謎」　有栖川有栖
短編部門　受賞作品なし
評論その他の部門
「幻影の蔵」　新保　博久
山前　譲

第五十七回（二〇〇四年）
長編および連作短編集部門
「葉桜の季節に君を想うということ」　歌野　晶午
「ワイルド・ソウル」　垣根　涼介
短編部門「死神の精度」　伊坂幸太郎
評論その他の部門
「水面の星座　水底の宝石」　千街　晶之
「夢野久作読本」　多田　茂治

第五十八回（二〇〇五年）
長編および連作短編集部門
「硝子のハンマー」　貴志　祐介
「剣と薔薇の夏」　戸松　淳矩
短編部門　受賞作品なし
評論その他の部門
「不時着」　日高恒太朗

第五十九回（二〇〇六年）
長編および連作短編集部門
「ユージニア」　恩田　陸
短編部門「独白するユニバーサル横メルカトル」　平山　夢明
評論その他の部門
「松本清張事典　決定版」　郷原　宏
「下山事件　最後の証言」　柴田　哲孝

第六十回（二〇〇七年）
長編および連作短編集部門
「赤朽葉家の伝説」桜庭　一樹
短編部門　受賞作品なし
評論その他の部門
「私のハードボイルド　固茹で玉子の戦後史」小鷹　信光
「論理の蜘蛛の巣の中で」巽　昌章

第六十一回（二〇〇八年）
長編および連作短編集部門
「果断　隠蔽捜査2」今野　敏
短編部門「傍聞き」長岡　弘樹
評論その他の部門
「幻想と怪奇の時代」紀田順一郎
「星新一　一〇〇一話をつくった人」最相　葉月

第六十二回（二〇〇九年）
長編および連作短編集部門「カラスの親指」道尾　秀介
「ジョーカー・ゲーム」柳　広司
短編部門「熱帯夜」曽根　圭介
「渋い夢」田中　啓文

評論その他の部門
「『謎』の解像度（レゾリューション）　ウェブ時代の本格ミステリ」円堂都司昭
「〈盗作〉の文学史」栗原裕一郎

第六十三回（二〇一〇年）
長編および連作短編集部門
「粘膜蜥蜴」飴村　行
「乱反射」貫井　徳郎
短編部門「随監」安東　能明
評論その他の部門
「英文学の地下水脈　古典ミステリ研究〜黒岩涙香翻案原典からクイーンまで〜」小森健太朗

第六十四回（二〇一一年）
長編および連作短編集部門
「隻眼の少女」麻耶　雄嵩
「折れた竜骨」米澤　穂信
短編部門「人間の尊厳と八〇〇メートル」深水黎一郎
評論その他の部門
「遠野物語と怪談の時代」東　雅夫

第六十五回（二〇一二年）
長編および連作短編集部門
「ジェノサイド」高野　和明
短編部門「望郷、海の星」湊　かなえ
評論その他の部門
「近代日本奇想小説史　明治篇」横田　順彌

第六十六回（二〇一三年）
長編および連作短編集部門
「百年法」山田　宗樹
短編部門「暗い越流」若竹　七海
評論その他の部門
「『マルタの鷹』講義」諏訪部浩一

第六十七回（二〇一四年）
長編および連作短編集部門
「金色機械」恒川光太郎
短編部門　受賞作品なし
評論その他の部門
「殺人犯はそこにいる　隠蔽された北関東連続幼女誘拐殺人事件」清水　潔
「変格探偵小説入門　奇想の遺産」谷口　基

第六十八回（二〇一五年）
長編および連作短編集部門
「土漠の花」月村　了衛
「イノセント・デイズ」

短編部門　早見　和真
評論その他の部門　受賞作品なし
「本棚探偵最後の挨拶」　喜国　雅彦
「アガサ・クリスティー完全攻
略」　霜月　蒼
第六十九回（二〇一六年）
長編および連作短編集部門
「孤狼の血」　柚月　裕子
短編部門「おばあちゃんといっしょ」　大石　直紀
「ババ抜き」　永嶋　恵美
評論その他の部門
「マジカル・ヒストリー・ツア
ー」　門井　慶喜
第七十回（二〇一七年）
長編および連作短編集部門
「愚者の毒」　宇佐美まこと
短編部門
「黄昏」　薬丸　岳
評論その他の部門　受賞作品なし
第七十一回（二〇一八年）
長編および連作短編集部門
「いくさの底」　古処　誠二
短編部門
「偽りの春」　降田　天
評論その他の部門
「昭和の翻訳出版事件簿」　宮田　昇
第七十二回（二〇一九年）
長編および連作短編集部門
「凍てつく太陽」　葉真中　顕
短編部門「学校は死の匂い」　澤村　伊智
評論その他の部門
「日本SF精神史【完全版】」　長山　靖生
第七十三回（二〇二〇年）
長編および連作短編集部門
「スワン」　呉　勝浩
短編部門「夫の骨」　矢樹　純
評論その他の部門
「遠藤周作と探偵小説　痕跡
と追跡の文学」　金　承哲
第七十四回（二〇二一年）
長編および連作短編集部門
「インビジブル」　坂上　泉
「蝉かえる」　櫻田　智也
短編部門「#拡散希望」　結城真一郎
評論その他の部門
「真田啓介ミステリ論集　古典
探偵小説の愉しみI　フェア
プレイの文学」
「真田啓介ミステリ論集　古典
探偵小説の愉しみII　悪人た
ちの肖像」　真田　啓介
第七十五回（二〇二二）年
長編および連作短編集部門
「大鞠家殺人事件」芦辺　拓
短編部門「スケーターズ・ワルツ」　逸木　裕
「時計屋探偵と二律背反のア
リバイ」　大山誠一郎
評論その他の部門
「短編ミステリの二百年　一
～六」　小森　収
第七十六回（二〇二三年）
長編および連作短編集部門
「夜の道標」　芦沢　央
「君のクイズ」　小川　哲
短編部門「異分子の彼女」　西澤　保彦
評論・研究部門
「シャーロック・ホームズ・
バイブル　永遠の名探偵をめ
ぐる170年の物語」　日暮　雅通
第七十七回（二〇二四年）
長編および連作短編集部門

「地雷グリコ」　青崎　有吾
「不夜島（ナイトランド）」　荻堂　顕
短編部門「ベルを鳴らして」坂崎かおる
「ディオニソス計画」　宮内　悠介
評論・研究部門
「ミステリ・ライブラリ・インヴェスティゲーション　戦後翻訳ミステリ叢書探訪」　川出　正樹
「江戸川乱歩年譜集成」　中　相作

江戸川乱歩賞（第三回より公募）
第一回（一九五五年）
「探偵小説辞典」　中島河太郎
第二回（一九五六年）
「ハヤカワ・ポケット・ミステリ」の出版　早川書房
第三回（一九五七年）
「猫は知っていた」仁木　悦子
第四回（一九五八年）
「濡れた心」　多岐川　恭
第五回（一九五九年）
「危険な関係」　新章　文子
第六回（一九六〇年）　受賞作品なし
第七回（一九六一年）
「枯草の根」　陳　舜臣
第八回（一九六二年）
「大いなる幻影」　戸川　昌子
「華やかな死体」　佐賀　潜
第九回（一九六三年）
「孤独なアスファルト」　藤村　正太
第十回（一九六四年）
「蟻の木の下で」　西東　登
第十一回（一九六五年）
「天使の傷痕」　西村京太郎
第十二回（一九六六年）
「殺人の棋譜」　斎藤　栄
第十三回（一九六七年）
「伯林——一八八八年」　海渡　英祐
第十四回（一九六八年）　受賞作品なし
第十五回（一九六九年）
「高層の死角」　森村　誠一
第十六回（一九七〇年）
「殺意の演奏」　大谷羊太郎
第十七回（一九七一年）　受賞作品なし
第十八回（一九七二年）
「仮面法廷」　和久　峻三
第十九回（一九七三年）
「アルキメデスは手を汚さない」　小峰　元
第二十回（一九七四年）
「暗黒告知」　小林　久三
第二十一回（一九七五年）
「蝶たちは今……」日下　圭介
第二十二回（一九七六年）
「五十万年の死角」伴野　朗
第二十三回（一九七七年）
「透明な季節」　梶　龍雄
第二十四回（一九七八年）
「時をきざむ潮」　藤本　泉
「ぼくらの時代」　栗本　薫
第二十五回（一九七九年）
「プラハからの道化たち」　高柳　芳夫
第二十六回（一九八〇年）
「猿丸幻視行」　井沢　元彦
第二十七回（一九八一年）
「原子炉の蟹」　長井　彬
第二十八回（一九八二年）
「黄金流砂」　中津　文彦
「焦茶色のパステル」　岡嶋　二人
第二十九回（一九八三年）

第三十回（一九八四年）
「写楽殺人事件」　高橋　克彦
第三十一回（一九八五年）
「天女の末裔」　鳥井加南子
「モーツァルトは子守唄を歌わない」　森　雅裕
「放課後」　東野　圭吾
第三十二回（一九八六年）
「花園の迷宮」　山崎　洋子
第三十三回（一九八七年）
「風のターン・ロード」　石井　敏弘
第三十四回（一九八八年）
「白色の残像」　坂本　光一
第三十五回（一九八九年）
「浅草エノケン一座の嵐」　長坂　秀佳
第三十六回（一九九〇年）
「剣の道殺人事件」　鳥羽　亮
「フェニックスの弔鐘」　阿部　陽一
第三十七回（一九九一年）
「ナイト・ダンサー」　鳴海　章
「連鎖」　真保　裕一
第三十八回（一九九二年）
「白く長い廊下」　川田弥一郎
第三十九回（一九九三年）
「顔に降りかかる雨」　桐野　夏生
第四十回（一九九四年）
「検察捜査」　中嶋　博行
第四十一回（一九九五年）
「テロリストのパラソル」　藤原　伊織
第四十二回（一九九六年）
「左手に告げるなかれ」　渡辺　容子
第四十三回（一九九七年）
「破線のマリス」　野沢　尚
第四十四回（一九九八年）
「果つる底なき」　池井戸　潤
第四十五回（一九九九年）
「Twelve Y.O.」　福井　晴敏
第四十六回（二〇〇〇年）
「八月のマルクス」　新野　剛志
「脳男」　首藤　瓜於
第四十七回（二〇〇一年）
「13階段」　高野　和明
第四十八回（二〇〇二年）
「滅びのモノクローム」　三浦　明博
第四十九回（二〇〇三年）
「マッチメイク」　不知火京介
「翳りゆく夏」　赤井　三尋
第五十回（二〇〇四年）
「カタコンベ」　神山　裕右
第五十一回（二〇〇五年）
「天使のナイフ」　薬丸　岳
第五十二回（二〇〇六年）
「東京ダモイ」　鏑木　蓮
「三年坂　火の夢」　早瀬　乱
第五十三回（二〇〇七年）
「沈底魚」　曽根　圭介
第五十四回（二〇〇八年）
「誘拐児」　翔田　寛
第五十五回（二〇〇九年）
「訣別の森」　末浦　広海
「プリズン・トリック」　遠藤　武文
第五十六回（二〇一〇年）
「再会」　横関　大
第五十七回（二〇一一年）
「完盗オンサイト」　玖村まゆみ
「よろずのことに気をつけよ」　川瀬　七緒
第五十八回（二〇一二年）
「カラマーゾフの妹」

第五十九回（二〇一三年）　高野　史緒
「襲名犯」　竹吉　優輔
第六十回（二〇一四年）
「闇に香る嘘」　下村　敦史
第六十一回（二〇一五年）
「道徳の時間」　呉　勝浩
第六十二回（二〇一六年）
「ＱＪＫＪＱ」　佐藤　究
第六十三回（二〇一七年）　受賞作品なし
第六十四回（二〇一八年）
「到達不能極」　斉藤　詠一
第六十五回（二〇一九年）
「ノワールをまとう女」
神護かずみ
第六十六回（二〇二〇年）
「わたしが消える」佐野　広実
第六十七回（二〇二一年）
「北緯43度のコールドケース」
伏尾　美紀
「老虎残夢」　桃野　雑派
第六十八回（二〇二二年）
「此の世の果ての殺人」
荒木あかね
第六十九回（二〇二三年）
「蒼天の鳥」　三上幸四郎
第七十回（二〇二四年）
「フェイク・マッスル」
日野瑛太郎
「遊廓島心中譚」　霜月　流

小説推理新人賞

第一回（一九七九年）
「感傷の街角」　大沢　在昌
第二回（一九八〇年）　受賞作品なし
第三回（一九八一年）
「第九の流れる家」五谷　翔
第四回（一九八二年）　受賞作品なし
第五回（一九八三年）　受賞作品なし
第六回（一九八四年）　受賞作品なし
第七回（一九八五年）
「手遅れの死」　津野　創一
「カウンター　ブロウ」
長尾　健二
第八回（一九八六年）　受賞作品なし
第九回（一九八七年）
「湾岸バッド・ボーイ・ブルー」
横溝　美晶
第十回（一九八八年）
「グラン・マーの犯罪」
相馬　隆
第十一回（一九八九年）　受賞作品なし

第十二回（一九九〇年）
「夜の道行」　千野　隆司
第十三回（一九九一年）
「ハミングで二番まで」
香納　諒一
第十四回（一九九二年）
「雨中の客」　浅黄　斑
第十五回（一九九三年）
「砂上の記録」　村雨　優
第十六回（一九九四年）
「眠りの海」　本多　孝好
第十七回（一九九五年）
「ボディ・ダブル」久遠　恵
第十八回（一九九六年）
「隣人」　永井するみ
第十九回（一九九七年）
「退屈解消アイテム」
香住　泰
第二十回（一九九八年）
「ツール＆ストール」
円谷　夏樹
第二十一回（一九九九年）
「見知らぬ侍」　岡田　秀文
第二十二回（二〇〇〇年）
「影踏み鬼」　翔田　寛
第二十三回（二〇〇一年）

「風の吹かない景色」　山之内正文
第二十四回（二〇〇二年）
「過去のはじまり未来のおわり」　西本　秋
第二十五回（二〇〇三年）
「真夏の車輪」　長岡　弘樹
第二十六回（二〇〇四年）
「キリング・タイム」　蒼井　上鷹
第二十七回（二〇〇五年）
「竜巻ガール」　垣谷　美雨
第二十八回（二〇〇六年）
「消えずの行灯」　誉田　龍一
第二十九回（二〇〇七年）
「聖職者」　湊　かなえ
第三十回（二〇〇八年）
「寿限無」　浮穴　みみ
第三十一回（二〇〇九年）
「通信制警察」　耳　目
第三十二回（二〇一〇年）
「遠田の蛙」　深山　亮
第三十三回（二〇一一年）
「ジャッジメント」小林　由香
第三十四回（二〇一二年）
「慕情二つ井戸」　加瀬　政広

第三十五回（二〇一三年）
「マグノリア通り、曇り」　増田　忠則
「スマートクロニクル」　悠木シュン
第三十六回（二〇一四年）
「鬼女の顔」　蓮生あまね
第三十七回（二〇一五年）
「電話で、その日の服装等を言い当てる女について」　清水杜氏彦
第三十八回（二〇一六年）
「エースの遺言」　久和間　拓
第三十九回（二〇一七年）　受賞作品なし
第四十回（二〇一八年）
「五年後に」　松沢くれは
第四十一回（二〇一九年）
「濡れ衣」　上田　未来
第四十二回（二〇二〇年）
「見えない意図」　藤　つかさ
第四十三回（二〇二一年）
「爆弾犯と殺人犯の物語」　くぼりこ
第四十四回（二〇二二年）
「人探し」　遠藤　秀紀
第四十五回（二〇二三年）

「いつか見た瑠璃色」　谷　ユカリ

横溝正史ミステリ&ホラー大賞

（第二十一回に横溝正史賞を改称、第三十九回に横溝正史ミステリ大賞と日本ホラー小説大賞を統合）
第一回（一九八一年）
「この子の七つのお祝いに」　斎藤　澪
第二回（一九八二年）
「殺人狂時代ユリエ」　阿久　悠
第三回（一九八三年）
「脱獄情死行」　平　龍生
第四回（一九八四年）　受賞作品なし
第五回（一九八五年）
「見返り美人を消せ」　石井　竜生　井原まなみ
第六回（一九八六年）　受賞作品なし
第七回（一九八七年）
「時のアラベスク」服部まゆみ
第八回（一九八八年）　受賞作品なし
第九回（一九八九年）
「消された航跡」　阿部　智

第十回（一九九〇年） 受賞作品なし
第十一回（一九九一年）
「動く不動産」 姉小路 祐
第十二回（一九九二年）
「レプリカ」 羽場 博行
「恋文」 松木 麗
第十三回（一九九三年） 受賞作品なし
第十四回（一九九四年）
「ヴィオロンのため息の 高原
のDデイ」 五十嵐 均
第十五回（一九九五年）
「RIKO 女神（ヴィーナス）の永遠」
柴田よしき
第十六回（一九九六年） 受賞作品なし
第十七回（一九九七年） 受賞作品なし
第十八回（一九九八年）
「直線の死角」 山田 宗樹
第十九回（一九九九年）
「T．R．Y．」 井上 尚登
第二十回（二〇〇〇年）
「DZ（ディーズィー）」 小笠原 慧
「葬列」 小川 勝己
第二十一回（二〇〇一年）
「長い腕」 川崎 草志
第二十二回（二〇〇二年）
「水の時計」 初野 晴

第二十三回（二〇〇三年） 受賞作品なし
第二十四回（二〇〇四年）
「風の歌、星の口笛」 村崎 友
第二十五回（二〇〇五年）
「いつか、虹の向こうへ」 伊岡 瞬
第二十六回（二〇〇六年）
「ユグドラジルの覇者」 桂木 希
第二十七回（二〇〇七年）
「首挽村の殺人」 大村友貴美
「ロスト・チャイルド」 桂 美人
第二十八回（二〇〇八年） 受賞作品なし
第二十九回（二〇〇九年）
「雪冤」 大門 剛明
第三十回（二〇一〇年）
「お台場アイランドベイビー」 伊与原 新
第三十一回（二〇一一年）
「消失グラデーション」 長沢 樹
第三十二回（二〇一二年）
「さあ、地獄へ堕ちよう」 菅原 和也

第三十三回（二〇一三年）
「デッドマン」 河合 莞爾
「見えざる網」 伊兼源太郎
第三十四回（二〇一四年）
「神様の裏の顔」 藤崎 翔
第三十五回（二〇一五年） 受賞作品なし
第三十六回（二〇一六年）
「虹を待つ彼女」 逸木 裕
第三十七回（二〇一七年） 受賞作品なし
第三十八回（二〇一八年） 受賞作品なし
第三十九回（二〇一九年） 受賞作品なし
第四十回（二〇二〇年）
「火喰鳥」 原 浩
第四十一回（二〇二一年）
「虚魚（そらざかな）」 新名 智
第四十二回（二〇二二年） 受賞作品なし
第四十三回（二〇二三年）
「をんごく」 露野目ナキロ
第四十四回（二〇二四年） 受賞作品なし

鮎川哲也賞

第一回（一九九〇年）
「殺人喜劇の13人」 芦辺 拓
第二回（一九九一年）
「不連続線」 石川 真介
第三回（一九九二年）

第四回（一九九三年）
「ななつのこ」　加納朋子

第五回（一九九四年）
「凍える島」　近藤史恵

第六回（一九九五年）
「化身」　愛川晶

第七回（一九九六年）
「狂乱廿四孝」　北森鴻

第八回（一九九七年）
「海賊丸漂着異聞」　満坂太郎

第九回（一九九八年）
「未明の悪夢」　谺健二
「殉教カテリナ車輪」　飛鳥部勝則

第十回（一九九九年）
受賞作品なし

第十一回（二〇〇〇年）
「建築屍材」　門前典之

第十二回（二〇〇一年）
「写本室（スクリプトリウム）の迷宮」　後藤均

第十三回（二〇〇二年）
「千年の黙」　森谷明子

第十四回（二〇〇三年）
「鬼に捧げる夜想曲」　神津慶次朗

第十五回（二〇〇四年）
「密室の鎮魂歌（レクイエム）」　岸田るり子

第十六回（二〇〇五年）
受賞作品なし

第十六回（二〇〇六年）
「ヴェサリウスの柩」　麻見和史

第十七回（二〇〇七年）
「雲上都市の大冒険」　山口芳宏

第十八回（二〇〇八年）
「七つの海を照らす星」　七河迦南

第十九回（二〇〇九年）
「午前零時のサンドリヨン」　相沢沙呼

第二十回（二〇一〇年）
「ボディ・メッセージ」　安萬純一

第二十一回（二〇一一年）
「太陽が死んだ夜」　月原渉
「眼鏡屋は消えた」　山田彩人

第二十二回（二〇一二年）
「体育館の殺人」　青崎有吾

第二十三回（二〇一三年）
「名探偵の証明」　市川哲也

第二十四回（二〇一四年）
「B（ビリヤード）ハナブサへようこそ」　内山純

第二十五回（二〇一五年）
受賞作品なし

第二十六回（二〇一六年）
「ジェリーフィッシュは凍らない」　市川憂人

第二十七回（二〇一七年）
「屍人荘の殺人」　今村昌弘

第二十八回（二〇一八年）
「学校に行かない探偵」　川澄浩平

第二十九回（二〇一九年）
「時空旅行者の砂時計」　方丈貴恵

第三十回（二〇二〇年）
「誤認五色」　千田理緒

第三十一回（二〇二一年）
受賞作品なし

第三十二回（二〇二二年）
受賞作品なし

第三十三回（二〇二三年）
「北海は死に満ちて」　岡本好貴

第三十四回（二〇二四年）
「禁忌の子」　山口未桜

日本ミステリー文学大賞

第一回（一九九七年）
大　賞　佐野　洋
新人賞「クライシスＦ」　井谷　昌喜
第二回（一九九八年）
大　賞　中島河太郎
新人賞「パレスチナから来た少女」　大石　直紀
第三回（一九九九年）
大　賞　笹沢　左保
新人賞「サイレント・ナイト」　高野裕美子
第四回（二〇〇〇年）
大　賞　山田風太郎
新人賞　受賞作品なし
第五回（二〇〇一年）
大　賞　土屋　隆夫
新人賞「太閤暗殺」　岡田　秀文
第六回（二〇〇二年）
大　賞　都筑　道夫
特別賞　鮎川　哲也
新人賞「アリスの夜」　三上　洸
第七回（二〇〇三年）
大　賞　森村　誠一
新人賞　受賞作品なし
第八回（二〇〇四年）
大　賞　西村京太郎
新人賞「ユグノーの呪い」新井　政彦
第九回（二〇〇五年）
大　賞　赤川　次郎
新人賞　受賞作品なし
第十回（二〇〇六年）
大　賞　夏樹　静子
新人賞「水上のパッサカリア」　海野　碧
第十一回（二〇〇七年）
大　賞　内田　康夫
新人賞「霧のソレア」　緒川　怜
第十二回（二〇〇八年）
大　賞　島田　荘司
新人賞「プラ・バロック」結城　充考
第十三回（二〇〇九年）
大　賞　北方　謙三
新人賞「ラガド　煉獄の教室」　両角　長彦
第十四回（二〇一〇年）
大　賞　大沢　在昌
新人賞「煙が目にしみる」石川　渓月
「大絵画展」　望月　諒子
第十五回（二〇一一年）
大　賞　高橋　克彦
新人賞「クリーピー」　前川　裕
第十六回（二〇一二年）
「茉莉花（サンパギータ）」　川中　大樹
大　賞　皆川　博子
新人賞「ロスト・ケア」　葉真中　顕
第十七回（二〇一三年）
大　賞　逢坂　剛
新人賞「代理処罰」　嶋中　潤
第十八回（二〇一四年）
大　賞　船戸　与一
特別賞　連城三紀彦
新人賞「十二月八日の幻影」　直原　冬明
第十九回（二〇一五年）
大　賞　北村　薫
新人賞「星宿る虫」　嶺里　俊介
第二十回（二〇一六年）
大　賞　佐々木　譲
新人賞「木足の猿」　戸南　浩平
第二十一回（二〇一七年）
大　賞　夢枕　獏
新人賞「沸点桜（ボイルドフラワー）」　北原　真理
第二十二回（二〇一八年）
大　賞　綾辻　行人
特別賞　権田　萬治
新人賞「インソムニア」　辻　寛之
第二十三回（二〇一九年）

大賞　辻　真先
新人賞「暗黒残酷監獄」城戸　喜由

第二十四回（二〇二〇年）
大賞　黒川　博行
新人賞「オリンピックに駿馬は狂騒う（くるう）」茜　灯里

第二十五回（二〇二一年）
大賞　小池真理子
新人賞「青い雪」麻加　朋
「クラウドの城」大谷　睦

第二十六回（二〇二二年）
大賞　有栖川有栖
新人賞「60％」柴田　祐紀

第二十七回（二〇二三年）
大賞　今野　敏
新人賞「警察官の君へ」斎堂　琴湖

本格ミステリ大賞

第一回（二〇〇一年）
小説部門「壺中の天国」倉知　淳
評論・研究部門
「日本ミステリー事典」権田　萬治
新保　博久
特別賞　鮎川　哲也

第二回（二〇〇二年）
小説部門「ミステリ・オペラ」山田　正紀
評論・研究部門
「乱視読者の帰還」若島　正

第三回（二〇〇三年）
小説部門「オイディプス症候群」笠井　潔
評論・研究部門
「ＧＯＴＨ　リストカット事件」乙　一
「探偵小説論序説」笠井　潔

第四回（二〇〇四年）
小説部門「葉桜の季節に君を想うということ」歌野　晶午
評論・研究部門
「水面の星座　水底の宝石」千街　晶之
特別賞　宇山日出臣
戸川　安宣

第五回（二〇〇五年）
小説部門「生首に聞いてみろ」法月綸太郎
評論・研究部門
「天城一の密室犯罪学教程」天城　一

第六回（二〇〇六年）
小説部門「容疑者Ｘの献身」東野　圭吾
評論・研究部門
「ニッポン硬貨の謎」北村　薫

第七回（二〇〇七年）
小説部門「シャドウ」道尾　秀介
評論・研究部門
「論理の蜘蛛の巣の中で」巽　昌章

第八回（二〇〇八年）
小説部門「女王国の城」有栖川有栖
評論・研究部門
「探偵小説の論理学」小森健太朗
特別賞　島崎　博

第九回（二〇〇九年）
小説部門「完全恋愛」牧　薩次
評論・研究部門
「『謎』の解像度（レゾリューション）　ウェブ時代の本格ミステリ」円堂都司昭

第十回（二〇一〇年）
小説部門「密室殺人ゲーム2.0」歌野　晶午
「水魑の如き沈むもの」三津田信三
評論・研究部門

「戦前戦後異端文学論」　谷口　基

第十一回（二〇一一年）
小説部門「隻眼の少女」　麻耶　雄嵩
評論・研究部門
「エラリー・クイーン論」　飯城　勇三

第十二回（二〇一二年）
小説部門「虚構推理　鋼人七瀬」　城平　京
「開かせていただき光栄です」　皆川　博子
評論・研究部門
「探偵小説と叙述トリック」　笠井　潔

第十三回（二〇一三年）
小説部門「密室蒐集家」　大山誠一郎
評論・研究部門
「本格ミステリ鑑賞術」　福井　健太

第十四回（二〇一四年）
小説部門「スノーホワイト　名探偵三途川理と少女の鏡は千の目を持つ」　森川　智喜
評論・研究部門
「ロジャー・アクロイドはなぜ殺される？　言語と運命の社会学」　内田　隆三

第十五回（二〇一五年）
小説部門「さよなら神様」　麻耶　雄嵩
評論・研究部門
「アガサ・クリスティー完全攻略」　霜月　蒼

第十六回（二〇一六年）
小説部門「死と砂時計」　鳥飼　否宇
評論・研究部門
「ミステリ読者のための連城三紀彦全作品ガイド　増補改訂版」　浅木原　忍

第十七回（二〇一七年）
小説部門「涙香迷宮」　竹本　健治
評論・研究部門
「本格力　本棚探偵のミステリ・ブックガイド」　喜国　雅彦
国樹　由香

第十八回（二〇一八年）
小説部門「屍人荘の殺人」　今村　昌弘
評論・研究部門
「本格ミステリ戯作三昧　贋作と評論で描く本格ミステリ十五の魅力」　飯城　勇三

第十九回（二〇一九年）
小説部門「刀と傘　明治京洛推理帖」　伊吹　亜門
評論・研究部門
「乱歩謎解きクロニクル」　中　相作

第二十回（二〇二〇年）
小説部門「ｍｅｄｉｕｍ（メディウム）　霊媒探偵城塚翡翠（じょうづかひすい）」　相沢　沙呼
評論・研究部門
「モダニズム・ミステリの時代　探偵小説が新感覚だった頃」　長山　靖生

第二十一回（二〇二一年）
小説部門「蟬かえる」　櫻田　智也
評論・研究部門
「数学者と哲学者の密室」　飯城　勇三

第二十二回（二〇二二年）
小説部門「大鞠家殺人事件」　芦辺　拓
「黒牢城」　米澤　穂信
評論・研究部門
「短編ミステリの二百年　1～6」　小森　収

第二十三回（二〇二三年）
小説部門「名探偵のいけにえ　人民教会

殺人事件」　白井智之

評論・研究部門
「阿津川辰海　読書日記　かくしてミステリー作家は語る〈新鋭奮闘編〉」

『このミステリーがすごい！』大賞
第一回（二〇〇二年）
「四日間の奇蹟」　浅倉卓弥
第二回（二〇〇三年）
「パーフェクト・プラン」　柳原慧
第三回（二〇〇四年）
「果てしなき渇き」深町秋生
「サウスポー・キラー」　水原秀策
第四回（二〇〇五年）
「チーム・バチスタの栄光」　海堂尊
第五回（二〇〇六年）
「ブレイクスルー・トライアル」　伊園旬
第六回（二〇〇七年）
「禁断のパンダ」　拓未司
第七回（二〇〇八年）
「臨床真理」　柚月裕子
第八回（二〇〇九年）
「屋上ミサイル」　山下貴光
「トギオ」　太朗想史郎
「さよならドビュッシー」　中山七里
第九回（二〇一〇年）
「完全なる首長竜の日」　乾緑郎
第十回（二〇一一年）
「弁護士探偵物語　天使の分け前」　法坂一広
第十一回（二〇一二年）
「生存者ゼロ」　安生正
第十二回（二〇一三年）
「警視庁捜査二課・郷間彩香　特命指揮官」　梶永正史
「一千兆円の身代金」　八木圭一
第十三回（二〇一四年）
「女王はかえらない」　降田天
第十四回（二〇一五年）
「神の値段」　一色さゆり
「ブラック・ヴィーナス　投資の女神」　城山真一
第十五回（二〇一六年）
「がん消滅の罠　完全寛解の謎」　岩木一麻
第十六回（二〇一七年）
「オーパーツ　死を招く至宝」　蒼井碧
第十七回（二〇一八年）
「怪物の木こり」　倉井眉介
第十八回（二〇一九年）
「模型の家、紙の城」　歌田年
第十九回（二〇二〇年）
「元彼の遺言状」　新川帆立
第二十回（二〇二一年）
「特許やぶりの女王　弁理士・大鳳未来」　南原詠
第二十一回（二〇二二年）
「名探偵のままでいて」　小西マサテル
第二十二回（二〇二三年）
「ファラオの密室」白川尚史

ミステリーズ！新人賞
第一回（二〇〇四年）　受賞作品なし
第二回（二〇〇五年）
「漂流巌流島」　高井忍
第三回（二〇〇六年）

「殺三狼」　秋梨　惟喬
「田舎の刑事の趣味とお仕事」　滝田　務雄
第四回（二〇〇七年）
「夜の床屋」　沢村　浩輔
第五回（二〇〇八年）
「砂漠を走る船の道」　梓崎　優
第六回（二〇〇九年）　受賞作品なし
第七回（二〇一〇年）
「強欲な羊」　美輪　和音
第八回（二〇一一年）　受賞作品なし
第九回（二〇一二年）
「かんがえるひとになりかけ」　近田　鳶迩
第十回（二〇一三年）
「サーチライトと誘蛾灯」　櫻田　智也
第十一回（二〇一四年）
「消えた脳病変」　浅ノ宮　遼
第十二回（二〇一五年）
「監獄舎の殺人」　伊吹　亜門
第十三回（二〇一六年）　受賞作品なし
第十四回（二〇一七年）　受賞作品なし
第十五回（二〇一八年）
「屍実盛」　齊藤　飛鳥
第十六回（二〇一九年）
「二万人の目撃者」　床品　美帆
第十七回（二〇二〇年）
「影踏亭の怪談」　大島　清昭
「嚙む老人」　オオシマカズヒロ
第十八回（二〇二一年）
「三人書房」　柳川　一
第十九回（二〇二二年）
「ルナティック・レトリーバー」　真門　浩平

創元ミステリ短編賞

第一回（二〇二三年）
「嘘つきたちへ」　小倉　千明
「朝からブルマンの男」　水見はがね

アガサ・クリスティー賞

第一回（二〇一一年）
「黒猫の遊歩あるいは美学講義」　森　晶麿
第二回（二〇一二年）
「カンパニュラの銀翼」　中里　友香
第三回（二〇一三年）
「致死量未満の殺人」　三沢　陽一
第四回（二〇一四年）
「しだれ桜恋心中」　松浦千恵美
第五回（二〇一五年）
「うそつき、うそつき」　清水杜氏彦
第六回（二〇一六年）　受賞作品なし
第七回（二〇一七年）
「窓から見える最初のもの」　村木　美涼
第八回（二〇一八年）
「入れ子の水は月に轢かれ」　オーガニックゆうき
第九回（二〇一九年）
「月よりの代弁者」　穂波　了
「それ以上でも、それ以下でもない」　折輝　真透
第十回（二〇二〇年）
「地べたを旅立つ」　そえだ　信
第十一回（二〇二一年）
「同志少女よ、敵を撃て」　逢坂　冬馬
第十二回（二〇二二年）
「そして、よみがえる世界。」　西式　豊
第十三回（二〇二三年）

「時の睡蓮を摘みに」　　葉山　博子

新潮ミステリー大賞

第一回（二〇一四年）
「サナキの森」　　彩藤アザミ

第二回（二〇一五年）
「レプリカたちの夜」　　一條　次郎

第三回（二〇一六年）
「夏をなくした少年たち」　　生馬　直樹

第四回（二〇一七年）　　受賞作品なし

第五回（二〇一八年）
「名もなき星の哀歌」　　結城真一郎

第六回（二〇一九年）　　受賞作品なし

第七回（二〇二〇年）
「私たちの擬傷」　　荻堂　顕

第八回（二〇二一年）
「プリマヴェーラの企み」　　京橋　史

第九回（二〇二二年）
「キツネ狩り」　　寺嶌　曜

第十回（二〇二三年）　　受賞作品なし

＊紙幅の制約上、推理小説限定の賞で、現在継続中のものに限った。また、地方主催の賞も省略した。日本推理作家協会賞、本格ミステリ大賞、日本ミステリー文学大賞（新人賞を除く）以外は公募である。受賞者には、その後に改名、あるいは別名の場合もあるが、受賞時の筆名とした。

収録作
初出

ベルを鳴らして　坂崎かおる
「小説現代」2023年7月号（講談社）

ディオニソス計画　宮内悠介
「紙魚の手帖」vol.14（東京創元社）

人魚裁判　青崎有吾
「小説現代」2023年7月号（講談社）

一七歳の目撃　天祢涼
「別冊文藝春秋」2023年3月号（文藝春秋）

夏を刈る　太田愛
『Ｊミステリー２０２３　ＦＡＬＬ』（光文社）

消えた花婿　織守きょうや
「オール讀物」2023年7月号（文藝春秋）

※各作品の扉に掲載した著者紹介は、
(K)佳多山大地氏、(S)新保博久氏、
(N)西上心太氏、(Y)吉田伸子氏が執筆しました。

推理小説年鑑(すいりしょうせつねんかん)　ザ・ベストミステリーズ2024

2024年6月24日　第1刷発行

編者　日本推理作家協会(にほんすいりさっかきょうかい)
発行者　森田浩章
発行所　株式会社 講談社
〒　112-8001
東京都文京区音羽2-12-21
電話　出版　03-5395-3505
販売　03-5395-5817
業務　03-5395-3615

本文データ制作／講談社デジタル製作
印刷所／株式会社ＫＰＳプロダクツ
製本所／株式会社国宝社

ISBN 978-4-06-535546-6
N.D.C. 913　263p　19cm